DAS DRACHEN-EXPERIMENT
LASS ES DRACHEN

LOUISA MASTERS

DAS DRACHEN-
EXPERIMENT

Wer hätte gedacht, dass es ganze Spezies retten kann, reichlich Sex zu haben?

Ich bin ein einfach gestrickter Drache. Wissen, Forschung, Ringe für meinen Schatz, athletische Männer, die in der Kiste ... und an anderen Orten ... gern in Bewegung kommen – das macht mich glücklich. Andere Dinge ... tja, wen interessieren die schon?

Scheint so, als hätte ich mich doch dafür interessieren sollen. Oder wenigstens auf mein Umfeld achten. Denn unversehens habe ich mich für eine wissenschaftliche Studie angemeldet, durchgeführt von einem schüchternen Nerd von Zauberer mit einem Götterkörper. Und in der Studie geht es rein zufällig auch noch um meinen Lieblingssport.

Es dauert nicht lange, bis mir klar ist, dass ich mit Rhys gern mehr als angewandte Wissenschaft betreiben will. Ich war zwar noch nie der Typ, der Gefühle und Spaß mischt – und doch könnte Rhys die einzige Person sein, die all meine

Bedürfnisse erfüllt, auch wenn er nicht an allen Fingern einen Ring tragen will.

Doch dann wird seine Forschung wichtiger als wir alle je erwartet hätten. Unsere Beziehung tritt in eine neue Phase ein. Und jetzt ist es an mir, Rhys zu beweisen, wie wichtig er ist ... mir persönlich, aber auch für die Zukunft seiner Spezies.

PROLOG

RHYS

VOR VIER JAHREN

Wɪᴇ ɪᴄʜ ᴅᴀʀᴀᴜғ ɢᴇᴋᴏᴍᴍᴇɴ ʙɪɴ, in der Mall einen Stand aufzubauen, um Teilnehmer für meine wissenschaftliche Studie anzuwerben, weiß ich nicht mehr. Was erst nach einer zündenden Idee aussah, hat sich als reine Zeitverschwendung erwiesen. Immerhin habe ich etwas Geld damit verdient, Menschen Ringe zu verkaufen.

Ganz normale Ringe natürlich, nicht die speziellen für die Studie. Sie sehen genau so aus, aber ich würde natürlich nie im Leben einem Menschen einen mit einem Zauber versehenen Ring geben. Aber es waren die Ringe selbst, die sich als der größte Fehler erwiesen. Ich hatte ein sehr gutes Angebot bekommen, von einem Händler, der sein Geschäft aufgab; mir wurde gesagt, sie seien mit dem Wort »Keuschheit« graviert, aber ich dachte, das würde wohl keine Rolle spielen. Es ist schließlich nur ein Wort.

Falsch gedacht. Wie sich herausstellt, nehmen Menschen diesen Kram tatsächlich wörtlich. Der Händler hatte mir sogar Pamphlete dazu mitgegeben. Scheinbar scheiden sich die Geister, was Keuschheitsringe angeht. Manche werden davon angezogen, andere meiden mich komplett. Und die Community-Mitglieder machen einen Bogen darum, was mich ärgert, denn die sind es schließlich, die ich als Probanden brauche. Diese Woche haben sich nur drei Personen angemeldet, ich hatte aber auf das Zehnfache gehofft.

Aber dann nähert sich ein gutaussehender, dunkelhaariger Typ, der kaum den Blick von meinem Schaukasten abwenden kann. »Schau dir doch mal diese Schönheiten an«, sagt er atemlos.

»Hallo«, grüße ich, während ich ihn mit zusammengekniffenen Augen mustere. Er hat irgendetwas an sich ... Mitglied der Community ist er nicht, aber ein Mensch ist das definitiv auch nicht. Entweder ein Elf oder ein Drache, was einerseits ein Schock, andererseits auch supercool ist. Ich bin meist so mit meiner Forschung beschäftigt, dass ich wenig auf die aktuellen Geschehnisse in der Welt achte, doch selbst ich hatte die Migration von Elfen und Drachen aus deren zerstörter Dimension in unsere mitbekommen. Es war vor etwa einem Jahr.

Das ist ja *großartig*! Geradezu unglaublich, wenn einer von ihnen bei meiner Studie mitmachen würde.

Ich räuspere mich, um meine Aufregung in den Griff zu bekommen, und kläre zunächst ab, ob er nicht vielleicht doch nur ein Mensch mit merkwürdiger Ausstrahlung ist. »Du bist vor nicht allzu langer Zeit hergezogen, oder? Mit deiner *Familie*? Auf Einladung unseres gemeinsamen Bekannten Percy?«

Er reißt den Blick von den schimmernden Silber- und Goldringen in meinem Schaukasten los, um zu nicken. »Ja. Ich bin Fabian Draco. Du gehörst auch zur Community, oder?« Er sieht mich prüfend an. »Zauberer, stimmt's?«

Ja! »Richtig«, bestätige ich. Sei gelassen und professionell. Draco, das bedeutet, er ist ein Drache. »Hättest du vielleicht Interesse, an einer Studie teilzunehmen, bei der wir die Auswirkungen von Sex auf die metaphysische Gesundheit erforschen?«

Er hat wieder nur Augen für den Schmuck. »Sicher«, sagt er geistesabwesend.

Grinsend greife ich nach den Unterlagen, in der die Studie erläutert wird, aber bevor ich alles erklären kann, nähert sich ein Grüppchen menschlicher Teenager, um sich die Ringe anzusehen. Sie tuscheln miteinander. Mit einem unterdrückten Seufzer lasse ich stattdessen das vermeintliche Verkaufsgespräch vom Stapel. Ich kann nicht riskieren, sie etwas hören zu lassen, das unsere Existenz verraten könnte.

»Sind Sie reinen Herzens, Sir?«

Er blickt überrascht auf, und ich werfe einen Seitenblick auf die Jugendlichen. Hoffentlich versteht er den Hinweis. »Aber natürlich«, sagt er, und ich lächle erleichtert.

»Wundervoll! Und sind Sie bereit und willens, sich zur Keuschheit zu bekennen und ein allgemein erkennbares Symbol dafür zu tragen?«

Die Mädchen wechseln einen Blick und weichen eilig zurück. Ein Glück.

»Ist das Symbol einer dieser Ringe?«, fragt Fabian Draco und deutet auf den Schaukasten.

»Ja. Tut mir leid, ich wollte nicht, dass die Mädchen etwas hören, was sie nicht sollten.«

Er nickt ernsthaft. »Geheimhaltung ist wichtig. Könnte ich den silbernen da anprobieren?«

Wow, der ist ja sehr interessiert. »Sicher.« Ich nehme den Ring heraus und reiche ihn ihm, wobei mir auffällt, dass er bereits drei Ringe an jeder Hand trägt. »Lass mich kurz erklären, wie die Studie funktioniert. Es ist recht einfach: Ich untersuche, wie Sex sich auf die Gesundheit der magischen Fähigkeiten der einzelnen Spezies auswirkt. Es gibt von Menschen durchgeführte Studien, die den Einfluss von Sex auf die körperliche und mentale Gesundheit untersuchen, aber sie konnten natürlich nicht solche Dinge wie Zauberkunst oder Vampircharisma erforschen. Meine Arbeitshypothese ist, dass regelmäßiger gesunder Sex die jeweilige Fähigkeit der Spezies verbessert.«

Fabian nickt mit Blick auf den Ring.

»Ein Zauberbann bindet den Ring an deinen Körper und übermittelt mir Informationen. Es werden täglich solche Dinge wie Herzfrequenz, Blutdruck und allgemeiner Gesundheitszustand überprüft – Dinge, die bei den Menschen bei einer einfachen Untersuchung und durch Bluttests gecheckt werden – außerdem ein Energiewert, was deine angeborenen magischen Fähigkeiten angeht. Wann immer du Sex hast, werden die gleichen Informationen abgefragt und übermittelt. Das erlaubt mir, die körperlichen und magischen Auswirkungen während, in den vierundzwanzig Stunden nach und langfristig nach dem Sex nachzuverfolgen.«

Er schiebt sich den Ring an den Finger und hält die Hand so, dass sich das Licht darin fängt. »Er sitzt ein bisschen eng«, bemerkt er.

»Ich kann dir eine andere Größe geben, aber da du ihn sowieso die ganze Zeit tragen wirst, ist es kein Problem, wenn er etwas enger ist. Er soll ja nicht abfallen.« Ich lache leise, dann erkläre ich rasch, wieso. »Er kann gar nicht abfallen. Es sei denn, du hörst auf, Sex zu haben. Die Verbindung fixiert ihn an deinem Finger, solange du sexuell aktiv bist. Wenn du drei Monate keinen Sex hattest, deaktiviert sich die Verbindung, und der Ring lässt sich abstreifen. Wenn du nicht mehr weiter an der Studie teilnehmen willst, obwohl du sexuell aktiv bist, komm einfach vorbei, und ich nehme dir den Ring ab.« Hat er mir überhaupt zugehört? Er scheint völlig abgelenkt, und seine gesamte Aufmerksamkeit gilt dem Ring. Das ist nicht gut ... ich kann ihn nicht zur Studie anmelden, ohne dass er bewusst einwilligt.

»Fabian, hast du verstanden, was ich gerade erklärt hatte?«

Er blinzelt mich an. »Natürlich. Wenn ich den Ring nicht mehr will, bringe ich ihn dir wieder.«

»Lass uns die Unterlagen zusammen durchgehen«, schlage ich vor. »Es ist im Grunde das, was ich schon gesagt hatte, nur mit ein paar weiteren technischen Einzelheiten. Ich brauche deine Unterschrift, und ich gebe dir eine Kopie mit, falls du etwas nachlesen willst.«

»Hast du einen Stift zum Unterschreiben?«, fragt er, und jetzt bin ich es, der blinzelt.

»Willst du es nicht erst durchlesen?«

Mit einem Achselzucken erwidert er: »Wenn es die gleichen Informationen sind, die du mir schon gegeben hast, ist das nicht notwendig.« Dann wendet er sich wieder dem schimmernden Ring zu.

Zögernd reiche ich ihm einen Stift. Wenn ich nicht so dringend Kandidaten bräuchte, würde ich ihn wahrscheinlich ablehnen. Er scheint mir nicht ganz bei der Sache zu sein. Andererseits ist die Studie weder invasiv noch gefährlich, und wenn er es sich anders überlegt, wird es mir ein Leichtes sein, den Zauberbann zu lösen, der den Ring an ihn bindet.

Er unterschreibt und setzt das Datum auf die Papiere, dann greift er in die Tasche. »Wieviel?«

»Äh, dir entstehen keinerlei Kosten«, versichere ich ihm. »Alle Kosten sind bereits abgedeckt.«

»Ist ja toll!« Er lächelt breit. »Danke schön!«

»Moment!« Eilig konzentriere ich mich auf den Ring und aktiviere den Bann, der den Ring an ihn bindet. Ich gebe ihm einen metaphysischen Erkennungscode, den ich auf meiner Kopie seiner Einverständniserklärung notiere. »Hier, das ist für dich.« Ich klammere meine Visitenkarte an sein Formular und halte es ihm hin. »Du kannst jederzeit anrufen, wenn du Fragen hast.«

»Das geht sicher in Ordnung, aber danke.« Damit nimmt er die Papiere, winkt und verschwindet in der Menge.

Das ist anders gelaufen als ich dachte.

KAPITEL 1
FABIAN

Ich folge Brandt und Percy aus der Küche und den Flur hinunter zu einem der kleinen Salons. Dieser hat wunderschöne Fenster, und es steht ein kleines Klavier hier, also bezeichnen wir ihn meist als Musikzimmer.

Percy winkt mich zum Sofa und schließt die Tür hinter mir. Er hat die Stirn gerunzelt – er hatte wirklich geglaubt, er würde den Ring mit etwas Eis und Butter abbekommen. Er hatte immer wieder gesagt: »Ich verstehe nicht, wieso der so festsitzt. Dein Finger ist nicht angeschwollen.«

Mir ist nicht so recht klar, wieso der Ring überhaupt ab sollte. Er ist hübsch und steht mir ausgezeichnet. Es stimmt schon, er sitzt seit vier Jahren an meiner Hand fest, und es steht »Keuschheit« darauf – als ich ihn gekauft habe, war mir gar nicht klar, dass dies für Menschen eine andere Bedeutung hat als für mich – aber wen kümmert das schon? Brandt und Percy sind aber entschlossen, und es könnte auch ganz schön sein, mal einen anderen Ring an diesem Finger zu tragen. Ich habe einen sehr schönen aus Silber und Gold, der aussieht wie zwei verflochtene Schlangen.

Also setze ich mich neben Brandt aufs Sofa und strecke

auf seine Aufforderung meine Hand aus. Er betrachtet sie sorgfältig, dann spüre ich den warmen Fluss seiner Magie, die sich vortastet. Das hätte ich auch selbst gekonnt, aber Brandts magische Kräfte sind nun mal mächtiger als meine.

»Na sowas.«

»Wie, na sowas?«, fragt Percy besorgt, der neben uns steht. »Ist es irgendwie infiziert oder so?«

»Nein«, sage ich. »Das wüsste ich doch.« Oder etwa nicht? Außerdem, infiziert womit denn? »Was für eine Infektion sollte das sein?«

Beide ignorieren mich. »Nein, infiziert ist es nicht«, sagt Brandt dann langsam und stirnrunzelnd. »Aber er geht nicht ab. Das ist irgendein ... ich glaube, der Ring ist mit einem Zauber versehen.«

»Wirklich?«

»Was?«

Percy und ich haben gleichzeitig gesprochen. »Wieso würde jemand das meinem hübschen Ring antun?«, frage ich fordernd. »Ist er beschädigt?«

Percy sieht mich geduldig, aber leicht gereizt an. »Was viel wichtiger ist: Wozu dient denn der Zauber?«

Brandt schüttelt den Kopf. »Das kann ich nicht sagen. Drachen-Magie und Zauberei sind zu unterschiedlich. Es könnte sogar Elfenmagie sein, aber das glaube ich nicht.«

Ich kann nicht widerstehen, und prüfe den Ring mit meiner eigenen Magie. Ich hätte doch sicher bemerkt, wenn ich die vergangenen vier Jahre Zauberei am Finger – ach ja, da ist ja tatsächlich etwas. Na das ist ja ein Ding. Wieso mir das wohl nie aufgefallen ist?

»... nicht schädlich?«, fragt Percy. »Ich weiß, dass er ihn schon seit Jahren trägt, aber mir wäre gar nicht wohl, wenn er mit etwas infiziert ist, das später ausbricht, weil wir nicht schnell genug gehandelt haben.«

»Was denn zum Beispiel?«, frage ich neugierig. »Gibt es eine Tradition, bei der sich verzauberter Schmuck aktiviert, sobald der Besitzer sich in Sicherheit wähnt? Gibt es Aufzeichnungen dazu? Das würde ich gerne nachlesen.« Nach einer Pause füge ich hinzu: »Sagt Steffen nichts davon.«

Beide reißen die Augen auf. »Steffen darf niemals davon erfahren«, befiehlt Brandt vehement.

»Niemals«, fügt Percy hinzu. »Er würde dir all deine Ringe abnehmen. Und die von allen anderen auch.«

Ich nicke bekräftigend. »Das muss unter uns bleiben.« Steffen ist ein guter Freund und ein passabler Mitbewohner, aber er ist auch paranoid, was unsere Sicherheit betrifft. Wenn er herausfindet, dass ich einen verzauberten Ring trage, von dem wir keine Ahnung haben, was er tut, würde er unerträglich werden. Ich würde ihm durchaus zutrauen, unsere Sachen zu durchsuchen oder alles zu zerstören, das er als Sicherheitsrisiko einschätzt. »Aber was mache ich denn jetzt?«

Brandt zieht eine Grimasse. »Ich halte ihn nicht für gefährlich, würde aber auch nicht darauf wetten. Und da ich nicht sagen kann, was seine Funktion ist, meine ich, es wäre das Beste, ihn mal von einem Zauberer prüfen zu lassen.«

»Ich kann David anrufen«, bietet Percy an. Sein Freund David ist Zauberer. »Wir könnten heute Nachmittag zu ihm fliegen.«

Ich versuche, nicht zu quengeln. »Muss das unbedingt heute sein? Ich bin ziemlich müde.« Mein gestriges Sex-Abenteuer hat mich ausgepowert. Also im besten Sinne natürlich. Wobei mir einfällt, dass ich eine Dusche brauchen könnte. Wir sind ein bisschen dreckig geworden dabei.

Percy und Brandt wechseln Blicke, als würden sie ein wortloses Gespräch führen, wie Paare das manchmal machen. Das interessiert und nervt mich zu gleichen Teilen. Ich mag es nicht, aus einem Gespräch ausgeschlossen zu werden, aber ich bewundere Superkräfte und wüsste gern genau, wie sie das machen.

»Es hat wohl Zeit bis morgen«, sagt Percy schließlich widerwillig.

»Oder Dienstag? Ich habe morgen eine Vorlesung, die ich nicht verpassen kann.« Bisher gefällt es mir am College sehr gut. Ich habe dort Zugriff auf eine große Auswahl an Sex-Dates. Anscheinend gibt es eine Menge »hetero«-Studenten, die am College offen für neue Erfahrungen sind, sich aber nicht trauen, Grindr zu nutzen oder schwule Nachtclubs aufzusuchen. Ich bin erst seit ein paar Wochen Student, und habe schon einige neue Dinge gelernt. Und das nicht nur in den Vorlesungen.

Percy sieht nicht allzu glücklich aus, willigt aber ein.

»Super! Und jetzt: Kann mir bitte jemand erklären, was da zwischen Dustin und seinem Professor läuft?« Ich war zur Mittagszeit nach Hause gekommen, nur um festzustellen, dass der Professor, für den Dustin schon zwei Jahre schwärmt, zum Essen hier ist. Ich war davon ausgegangen, dass Dustin sich endlich einen Ruck gegeben und ihn angegraben hatte, aber stattdessen kam irgendeine wilde Erklärung dafür, dass die beiden keinen Sex haben.

»Sie wollen aushandeln, wie es mit ihrer Beziehung weitergehen soll«, erklärt Brandt ruhig. »Rob hat das Gefühl, es gibt da Grenzen, die er nicht überschreiten will, da Dustin früher sein Student war.«

Tja, das ergibt ja gar keinen Sinn. Ich werde Dustin später nochmal darauf ansprechen. »Und ich darf also einen Kurs über Drachenkultur unterrichten?« Darüber wurde beim Essen auch gesprochen, und die Idee finde ich *großartig*. Kraft meines Amtes als Historiker und Archivar der Drachen weiß ich so gut wie alles, was es über unsere Spezies zu wissen gibt, und das Wenige, was ich nicht weiß, kann ich einfach recherchieren. Das Lebende Archiv ist nur einen Gedanken weit entfernt.

»Ich finde, es wäre eine wunderbare Idee«, bestätigt Brandt. »Die Leute sind zwar inzwischen an uns gewöhnt, aber sie haben trotzdem manchmal noch Fragen.«

Wir sehen beide Percy an, um dessen Mund ein kleines Lächeln spielt.

»Ja. Aber ich würde gerne sehen, was du geplant hast, bevor wir es publik machen. Es gibt Dinge im Zusammenhang mit Drachen, für die die Öffentlichkeit einfach noch nicht bereit ist.«

Was das heißen soll, weiß ich nun wirklich nicht, da wir einfach nur fantastisch sind, aber ich vertraue Percys Urteilsvermögen, einzuschätzen, was das Beste für uns ist. Brandt war lange Zeit ein wundervoller Flügelführer, aber eines der besten Dinge, die er je getan hat, war, sich mit Percy zusammenzutun.

»Kein Problem«, verspreche ich, dann lasse ich die beiden knutschen und gehe mich abduschen, bewundere meinen Schatz von hübschen Ringen, und denke darüber nach, was für drachenhafte Dinge ich anderen beibringen könnte.

AM DIENSTAGMORGEN FLIEGE ich gehorsam in die Stadt, damit Percy mich zum Ringuntersuchen begleiten kann. Zum Glück bekomme ich bei meiner Ankunft Kaffee und Gebäck. Kethe hatte zwar wie üblich ein üppiges Frühstück vorbereitet, bevor ich losmusste, aber Fliegen macht hungrig.

Die Büros der Drachen-Elfen-Allianz befinden sich in einem für ein Bürogebäude ganz schönen Objekt. Percys frühere Wirkungsstätte, die Geschäftsstelle des Government of Species, ist im gleichen Gebäude untergebracht, darum bin ich auch hier. Genaugenommen sollte ich als Historiker und Archivar im Regierungsdienst vermutlich in diesem Gebäude arbeiten, aber ich komme nicht besonders gut mit so einem strukturierten Umfeld zurecht. Früher, bevor wir unseren Landsitz bezogen hatten, Lass es Drachen, hatte ich hier einen Raum. Doch ich habe damals nicht allzu viel zustande gebracht. Zuhause, in meinem ruhigen Zimmer, arbeite ich viel produktiver, und Brandt weiß das auch. Es reicht aus, auf Zuruf hierherzukommen, wenn ich gebraucht werde.

Jetzt folge ich pflichtschuldigst Percy und Brandt ins Gebäude, und zwinkere dabei dem Wachmann von der Security zu, mit dem ich etwas laufen hatte, gleich nachdem wir zur Erde kamen. Er war großartig – so energiegeladen, und absolut offen für ein paar schnelle Nummern zwischendurch im Büro der Security, ohne jemals mehr zu wollen. Es gibt nichts Schlimmeres als Sexpartner, die zu anhänglich werden. Ich habe schöne Erinnerungen an diesen Wachmann, auch wenn sein Name mir gerade nicht einfallen will.

Percy und ich steigen auf dem Stockwerk des CSG aus dem Fahrstuhl aus, und Brandt geht weiter in sein Büro bei der DEA. »David kann dich gleich empfangen«, sagt Percy, »also haben wir den Rest des Tages Zeit, herauszufinden, wie wir diesen Ring abbekommen, falls es notwendig sein sollte.«

»Okay«, sage ich gutmütig. Ich weiß immer noch nicht

genau, was die ganze Aufregung eigentlich soll. Ich meine, ja, es wäre schön, den Ring ablegen und stattdessen manchmal einen anderen tragen zu können, und ich würde es definitiv gut finden, wenn er sich nicht als mörderischer Schläferagenten-Ring entpuppen würde, aber es wäre auch nicht das Ende der Welt, wenn ich ihn weiter am Finger lassen müsste. Seine elegante Einfachheit schmeichelt meinen Fingern.

Vielleicht ist das eines der Dinge, über die schon alle Bescheid zu wissen scheinen, und die nur ich nicht verstehe.

Wir sehen David schon, bevor wir sein Büro erreichen. Er steht im Korridor, redet mit jemandem, den ich nicht erkenne, und ich nehme mir kurz Zeit, ihn zu bewundern. Mit seinen schwarzen Haaren, blauen Augen und klassischen Gesichtszügen sieht er wirklich gut aus. Leider darf ich nicht mehr tun als ihn anzusehen – Caolan, ein Elf, der manchmal für Brandt arbeitet, hat ihn sich schon unter den Nagel gerissen, bevor ich hier ankam. Ich habe Caolan mal gefragt, ob sie gelegentlich jemand Dritten suchen, aber er hat sehr deutlich gemacht, dass er David nicht teilt. Dann hat er sich darüber aufgeregt, dass Drachen ihm seinen Freund stehlen wollen. Keine Ahnung, wie er darauf gekommen ist.

David sieht uns, lächelt seine Begleitung entschuldigend an, dann kommt er uns auf dem Korridor entgegen. »Morgen, Fabian. Nett, dich wiederzusehen. Ich habe einen Besprechungsraum reserviert, da sind wir ungestört.« Er und Percy gehen voraus, und ich nutze die Gelegenheit, seinen Arsch zu bewundern. Caolan, der Elf, ist wirklich ein Glückspilz.

Der Besprechungsraum ist klein und wird von dem Tisch mit vier Stühlen fast ausgefüllt, aber er wird seinen

Zweck tun. Ich mache es mir auf einem der Stühle bequem. David schließt die Tür.

»Okay«, sagt er, während er sich auch setzt. »Dann zeig mir mal deinen Ring.«

Ich strecke die Hand aus und Percy seufzt. »Den anderen Ring, Fabian.«

Oh. Das ergibt glaube ich Sinn. »Sorry«, sage ich und halte ihm die andere Hand hin. »Ich dachte, dieser hier«, dabei winke ich mit der Hand, an der ich den dicken, mit Aquamarinen besetzten Platinring trage, »wäre mehr dein Geschmack.«

David lächelt freundlich und geduldig. »Das stimmt zwar, aber lass uns erst mal dieses kleine Problem betrachten. Dann kannst du mir den Rest zeigen.«

Er ist so ein netter Mann. Caolan ist auch nett, also ist es wohl ganz passend, dass die beiden zusammen sind.

David betrachtet meinen unechten Keuschheitsring und legt die schöne Stirn in Falten. »Tja, die gute Nachricht ist, dass er nicht gefährlich ist.«

»Bist du sicher?«, fragt Percy nervös, dann fügt er hinzu: »Entschuldige. Natürlich bist du sicher.«

»Ganz sicher. Das hier kann dir überhaupt nicht schaden. Es ist ein Überwachungszauber, und es sieht so aus, als ginge es um Gesundheitsdaten.«

Ich runzle die Stirn. Das kommt mir irgendwie bekannt vor. »Also macht er mich gesünder?«

David schüttelt den Kopf. »Nein. Es misst deine Vitalwerte und berichtet diese an den Zauberer, der den Bann gewirkt hat. Außerdem ruft er besondere Berichte zu bestimmten Zeiten ab. Ich kenne mich nicht gut genug mit dieser Art Zauberbann aus, um genau sagen zu können, um was es geht, dazu müsste ich es mir näher ansehen.«

»Jemand spioniert Fabian nach?« Percy klingt schockiert. »Aber wieso?«

»Weil ich gut aussehe und interessant bin?« Ich versuche, nicht beleidigt zu sein, dass er so etwas überhaupt fragt.

»Natürlich«, sagt er beruhigend. »Aber jemand, der das merkt, würde sich nicht für deine Vitalwerte interessieren. Er würde eher wissen wollen, was du tust oder sagst, und das misst der Ring nicht ... oder?«

»Nein«, bestätigt David. »Es spioniert eigentlich gar nicht. Das hier wäre eher etwas, was du von einem Heiler bekommen würdest, der über Tage oder Wochen bestimmte Tests durchführen will. Also wenn du ein Herzproblem hättest und man dein Herz überwachen wollen würde. Ich kann mir nicht vorstellen, wieso ein Stalker sich für solche Informationen interessieren sollte.«

»Aber wieso bekomme ich ihn dann nicht ab?«, frage ich neugierig.

Er dreht meine Hand, um den Ring aus einem anderen Winkel zu sehen, und ich bewundere, wie er im Licht schimmert. So hübsch. »Dieser Teil des Banns ist mit den speziellen Berichten verbunden. Es ist absolut nicht mein Fachgebiet, aber je länger ich mir das ansehe, desto eher glaube ich, es könnte ein medizinisches Überwachungsgerät sein. Wo hast du ihn nochmal her?«

»Aus der Mall. Da war ein Typ, der sie an einem Stand verkauft hat. Ich habe erst ein paar Tage später gemerkt, dass es ein Keuschheitsring sein sollte.« Ich verdrehe die Augen. Damit habe ich nach wie vor Probleme. Ich kann respektieren, wenn jemand keinen Sex haben will, aber Sex, eine ganz normale Körperfunktion, mit »Reinheit« in Verbindung zu bringen, ist in meinen Augen einfach nur bizarr.

David runzelt die Stirn. »Ein Zauberer hat religiöse Artefakte verkauft? Menschliche?«

Ich öffne den Mund, um zu antworten, dann schließe ich ihn wieder. So hatte ich es noch gar nicht betrachtet. »Er war Zauberer«, sage ich dann langsam. »Und er hat mir den Ring gegeben. Ich erinnere mich, dass er mich gefragt hat, ob ich reinen Herzens bin. Aber das mit der Religion schien ihn gar nicht übermäßig zu interessieren? Er hat eine Weile über den Ring gesprochen und dann musste ich etwas unterschreiben.«

David fängt an zu lachen. Percy schließt die Augen und seufzt.

»Was denn?«

»Ist es denkbar, dass du dich für eine medizinische Studie oder einen Versuch angemeldet hast?«, fragt David.

Ich blinzele. »Aber hätte er mir das nicht gesagt?«

»Ja. Was hat er denn genau gesagt, als er über den Ring sprach?«

»Irgend etwas mit Zurückbringen, wenn ich den Ring nicht mehr will«, erwidere ich achselzuckend.

Die beiden wechseln einen Blick. »Es ist also möglich, dass er gemeint hat, wenn du nicht mehr an der Studie teilnehmen willst? Was ist denn mit dem Formular, das du unterschrieben hattest? Hast du keine Kopie bekommen?«

»Doch!« Ich erinnere mich genau.

»Super!« Percy lächelt erleichtert. »Dann können wir ja nachlesen. Da stehen wahrscheinlich auch die Kontaktdaten des Zauberers drauf, oder?«

»Bestimmt.« David nickt.

Tja ... »Das habe ich glaube ich nicht mehr?«

Percy seufzt erneut. »Wieso denn nicht?«

Ich spreize die Hände. »Ich hätte nicht gedacht, dass ich mich je bei ihm melden muss. Ich meine, wieso sollte ich denn meinen Ring je wieder zurückgeben wollen?« Ich spiele mit den Fingern, um den Ring zur Schau zu stellen.

David schnaubt. »Weil es in Wirklichkeit ein Überwachungsgerät für eine experimentelle Studie ist, über die du rein gar nichts weißt?«

Plötzlich packt mich Entsetzen. »Der Zauberbann wird doch dem Ring nichts anhaben können, oder?« Ich hebe die Hand und halte den Ring so nah vor meine Augen, dass ich zu schielen beginne, um zu prüfen, ob mein armer Liebling irgendwie zu Schaden gekommen ist.

»Nein, der Bann kann dem Ring nichts anhaben.« Davids bisher geduldiger Tonfall lässt jetzt eine gewisse Gereiztheit erkennen. »Dem Ring geht es gut. Lass ihn mich nochmal sehen, dann kann ich eine Signatur von dem Bann abnehmen und mich erkundigen, wer Forschungen betreibt, bei denen so etwas gebraucht werden würde.«

Widerwillig strecke ich die Hand aus. »Nur damit das klar ist«, sage ich warnend. »Ich gebe den Ring nicht zurück. Du musst keine Zeit damit verschwenden, auch nur daran zu denken.«

»Sie nehmen ihn dir nicht weg, Fabian. Du hast ihn doch bezahlt.« Percy klingt, als wollte er wieder seufzen. Warum heute wohl alle so genervt sind? Keine Ahnung.

»Nein, er war umsonst.«

Wieder wechseln die beiden Blicke.

»Tja, das macht es wahrscheinlicher, dass es sich um eine Studie handelt«, sagt David. »Aber hat es dich nicht misstrauisch gemacht, dass ein Zauberer, der angeblich Schmuck verkauft, dir den Ring umsonst gegeben hat, nachdem du eine Einverständniserklärung unterschreiben musstest?«

Ich zucke die Achseln. »Wieso sollte es?«

»Tja, wieso nur«, murmelt Percy.

KAPITEL 2
RHYS

ICH BIN TIEF in die Auswertung der Daten des vergangenen Monats versunken, als plötzlich eine Hand auf meiner Schulter landet und mich zu Tode erschreckt.

Nachdem ich entsetzt aufgeschrien und mich schließlich langsam wieder gesammelt habe, warte ich, bis Sura, meine Kollegin hier im Labor und möglicherweise engste Freundin – allerdings eher Exfreundin, wenn sie nicht gleich aufhört zu lachen – wieder zu Atem kommt.

»Sorry«, japst sie. »Ich wollte dich nicht erschrecken – ich hatte nur vergessen, wie konzentriert du immer bist.«

Ja, klar … Schließlich sind wir ja auch erst ungefähr sechzig Jahre befreundet. Arbeiten schon halb so lange in diesem Labor zusammen. Nein, natürlich tut sie mir das nicht alle paar Wochen an.

Ich verschränke die Arme vor der Brust und hebe eine Augenbraue.

»Puh«, sagt sie schließlich und wischt sich eine Lachträne aus dem Augenwinkel. »Äh. Am Empfang ist eine Anfrage eingegangen, die mit deiner Forschung zu tun haben könnte.«

Mein Herzschlag beschleunigt sich wieder etwas. »Meine Forschung? Von wem denn?« Ich hatte immer auf einen wichtigen Mäzen oder Investor gehofft, der mir das Geld besorgen könnte, das ich brauchen würde, um die Studie weiter auszubauen. Aber die Testreihen, die ich hier betreibe, sind nicht interessant genug. Ein Investor, den ich angesprochen habe, teilte mir mit, dass Sex zwar gut fürs Geschäft sei, aber meine Forschung einfach nicht sexy genug sei. Dann schlug er vor, die sexuellen Handlungen meiner Teilnehmer »genauer zu beobachten« – mit einem vielsagenden Augenzwinkern. Es dauerte ein paar Sekunden, bis mir klarwurde, dass er Videoüberwachung meinte. Ich teilte ihm mit, er könne sein Geld behalten, und ließ ihn stehen.

Sura zuckt die Achseln. »Ich hab's nicht gesehen. Das Empfangspersonal sprach darüber; sie waren nicht sicher, wem sie es weiterleiten sollten. Es ging um einen Ring, der Vitalwerte misst. Das waren doch deine, oder?«

Das weiß sie doch ganz genau. »Dann gehe ich mal nachfragen.« Es ist unwahrscheinlich, dass ein Geldgeber das alles weiß, ohne meinen Namen zu kennen, aber wer weiß schon, was reiche Leute bei einer Cocktailparty so besprechen. Vielleicht haben sie einen Gesprächsfetzen mitbekommen, aber nicht alle Details.

Sie fängt wieder an zu lachen, während ich das Labor verlasse. Mir ist sonnenklar, dass sie daran denken muss, wie hoch ich gerade gehüpft bin. Aber was kann ich denn dafür, dass ich die Welt ausblende, wenn ich mich konzentriere?

Am Empfang sitzen Taryn und Chris. Bei Kendall Research & Development wechselt das Servicepersonal ständig, denn bei manchen von uns (nicht bei mir) machen die Experimente Krach und bringen Wände zum Einstürzen.

Einmal hatte eine meiner Kolleginnen einen kleinen Zauberbann aus den Augen verloren, den sie ihren mobilen Feuerkäfer nannte. Dieser Feuerkäfer war aus dem brandsicheren Labor entkommen und war durch das Gebäude gewandert, wobei – man ahnt es schon – vieles in Brand geriet. Seither sind die Mitarbeitenden besonders angespannt. Das ist jetzt ein paar Monate her, und ich habe sie schon munkeln hören, dass die nächste Katastrophe nicht mehr lange auf sich warten lassen wird. Man kann es ihnen sicher nicht zum Vorwurf machen, wenn sie nervös sind, aber solche Sachen passieren nun mal in Forschungseinrichtungen.

Die beiden blicken angespannt auf, als ich mich nähere. Eigentlich mögen sie mich, da meine Experimente nie einen Überschallknall verursachen würden, nach dem man einen Tag lang nichts mehr hören kann; aber sie betrachten dennoch alle, die in den Laboren arbeiten, mit einem gesunden Misstrauen.

»Hi«, grüße ich gut gelaunt. Die gute Laune ist natürlich aufgesetzt. Ich bin sonst nie so glücklich darüber, mit Leuten zu reden, die ich nicht besonders gut kenne. »Ich habe gehört, es gab eine Anfrage zu den Ringen, die Vitalwerte messen?«

»Oh!« Taryn klingt überrascht. »Ja. War das dein Projekt?« Sie durchblättert einen Stapel Nachrichten.

»Ich denke schon. Ich nutze definitiv Ringe, um die Vitalwerte meiner Studienteilnehmer zu überwachen.«

Sie reicht mir die Nachricht. »Er schien sehr an einem Rückruf interessiert zu sein.«

»Danke, Taryn. Ich kümmere mich darum.« Ich lächle die beiden an, winke etwas ungeschickt, und lese auf dem Weg zurück zum Labor die Nachricht.

Auf der Suche nach einem Forscher, der mithilfe von Keusch-

heitsringen Vitalwerte misst. Die Studie müsste mindestens vier Jahre alt sein. Bitte bei David Carew melden.

Darunter steht eine Telefonnummer, aber ich bleibe an den Namen hängen. David Carew? Das kann doch unmöglich *der* David Carew sein, die rechte Hand des Luzifer? Meine Studie ist nichts, was normalerweise für die Regierung von Interesse wäre. Vielleicht werde ich später Fördergelder bekommen, wenn ich zweifelsfrei nachweisen konnte, dass Sex die metaphysische Gesundheit verbessert – Regierungen schätzen schließlich günstige, einfache Methoden, ihre Bürger gesund zu halten – aber solange ich noch mit der Datenerfassung beschäftigt bin, ist es unwahrscheinlich, dass sie davon etwas hören wollen.

Nein, es muss jemand anderer sein, der auch so heißt.

Dennoch bin ich neugierig geworden. Wer auch immer es ist – er weiß davon, dass ich »Keuschheitsringe« benutze. Er muss Kontakt mit einem der Teilnehmer gehabt haben, es ist also seltsam, dass er meinen Namen nicht weiß.

Ich lasse das Labor links liegen und trete in unser winziges Gemeinschaftsbüro. Wir sind zu viert, alle mit risikoarmer Forschung beschäftigt. Das sind meist wenig profitable Forschungsgebiete, also bekommen wir auch nur ein so schäbiges Büro. Die meiste Zeit verbringen wir ohnehin im Labor, also ist es nicht so wichtig. Da das Büro gerade leer steht, kann ich aber hier in Ruhe meinen Anruf erledigen.

Es klingelt dreimal, bevor jemand abnimmt. »CSG-Vorstandsrezeption, Candice am Apparat.«

Mein Herz rutscht mir in die Hose, und ich vergesse kurz, wie Sprechen geht.

»Hallo?«, sagt die liebliche Stimme fragend.

»Äh, ja, hallo. Sorry. Ich war, äh, kurz abgelenkt. Könnte

ich bitte David Carew sprechen?« Der tatsächlich derjenige ist, der dem Luzifer beim Regieren hilft.

»Lassen Sie mich kurz schauen, ob er zu sprechen ist. Wer ist denn bitte am Apparat?«

»Rhys Griffiths. Dr. Griffiths, von Kendall R&D. Ich, äh, das ist der Rückruf, um den er gebeten hatte. Es geht um –« ich breche ab. Das muss sich die Empfangsdame nicht unbedingt alles anhören.

»Danke, Dr. Griffiths. Einen kleinen Moment, bitte.«

Ich lausche der beruhigenden Instrumentalmusik, während ich warte, und kneife mich. Es tut weh. Das muss wohl bedeuten, dass ich wach bin. Aber warum in aller Welt sollte David Carew vom CSG sich für meine Forschung interessieren?

Ach *verdammt*. Was, wenn dieser Arsch, der meine Experimente interessanter machen wollte, indem er sie zu Pornos umfunktioniert, dummes Zeug rumerzählt hat, und wenn die Regierung jetzt glaubt, ich würde unter dem Deckmantel der legalen Forschung Sextapes produzieren?

Aber ... würde ich nicht einfach Besuch von der Exekutive bekommen, wenn das so wäre?

»Dr. Griffiths, David Carew hier«, sagt eine sanfte, angenehme Stimme in meinem Ohr, reißt mich damit aus meinen merkwürdigen Gedanken und lässt mich quieken. Ich hoffe wirklich, das hat er nicht gehört. »Danke für den Rückruf.«

»Kein Vergnügen.« Ich schließe die Augen und frage mich, was ich in einem früheren Leben verbrochen habe, um das zu verdienen. »Ich meine, kein Problem. Ist mir ein Vergnügen.«

Er zögert, und als er wieder spricht, schwingt ein Hauch Belustigung mit. »Sind Sie mit Experimenten befasst, bei denen Keuschheitsringe zur Messung von Vitalwerten benutzt werden?«

»Ja, das bin ich. Ich hoffe, Sie nehmen es mir nicht übel, wenn ich nachfrage: Wo haben Sie denn von meiner Studie gehört? Ich hätte nicht gedacht, dass sie jetzt schon für das CSG von Interesse ist.«

»Ich bin auch nicht sicher, ob das der Fall wäre. Bisher weiß ich nicht mehr von Ihrer Studie als das, was ich gesagt hatte. Ich wollte Sie einem Freund zuliebe ausfindig machen.«

Das erklärt überhaupt nichts.

»Ach ja?«

»Ja. Er hat sich vor vier Jahren unwissentlich für die Studie angemeldet.«

»Ich erkläre die Studie immer sehr ausführlich«, widerspreche ich aufgebracht. Ich werde mir ganz sicher kein unethisches Verhalten vorwerfen lassen. »Jede Person, die sich anmeldet, erhält außerdem eine Kopie der unterzeichneten Einverständniserklärung.«

»Oh, daran zweifle ich nicht. Mein Freund kann etwas … geistesabwesend sein. So wie ich es verstanden habe, war er fasziniert von dem Ring und hat nicht so richtig darauf geachtet, was Sie sagten.«

Das unangenehme Gefühl im Magen verstärkt sich. Mir fällt genau ein Proband ein, der bei der Anmeldung irgendwie unkonzentriert zu sein schien, und er ist die Quelle meiner wertvollsten Daten. Wenn er jetzt aussteigen will, fange ich an zu weinen. Die Studie ist zwar so angelegt, dass ich nicht sehen kann, zu wem die einzelnen Informationen gehören, aber in den ersten Jahren hatte ich nur einen einzigen Drachen als Probanden, und seine Vitalwerte unterscheiden sich so sehr von denen der anderen Teilnehmenden, dass ich seine Werte zuordnen konnte.

Oder ... was, wenn er beschließt, gar nicht mitmachen zu wollen und mich bittet, seine ganzen Daten zu löschen? Ich bin zwar gesetzlich nicht dazu verpflichtet – er hat freiwillig sein Einverständnis gegeben, nachdem ich ihm die Studie erläutert hatte – aber ich würde mich trotzdem moralisch dazu verpflichtet fühlen. Und das würde den Datenbestand meines Experimentes stark reduzieren. So viele Schlussfolgerungen basieren auf seinen Daten. Niemand sonst hat so häufig oder bei einer Begegnung so oft hintereinander Sex wie er. Erst dachte ich, es muss daran liegen, dass er Drache ist, aber vor etwa eineinhalb Jahren konnte ich noch zwei weitere Drachen anwerben, und keiner von ihnen kommt auch nur ansatzweise an ihn heran.

Ich schlucke, dann zwinge ich mich, zu sagen: »Aus Datenschutzgründen kann ich die Identität meiner Probanden nicht preisgeben. Aber wenn Ihr Freund aus dem Programm aussteigen will, kann ich Ihnen gern meine Durchwahl geben, und er kann sich melden, um eine abschließende Besprechung zu vereinbaren.«

»Ich bin gar nicht überzeugt, dass er aussteigen will. Besonders, wenn er dann den Ring abgeben müsste.« Er lacht leise. »Könnten Sie mir vielleicht Näheres zu der Studie erzählen?«

»Äh, na klar. Sicher. Meine Hypothese ist die: Regelmäßiger, befriedigender Sex kann metaphysische Gesundheit auf die gleiche Weise verbessern wie körperliche und mentale Befindlichkeit.« Er erkläre die Details meiner Studie und wie die Ringe und die Überwachung hineinspielen, wobei ich Wert darauf lege, zu betonen, dass dabei ausschließlich Vitalwerte und Daten zum metaphysischen Zustand erfasst werden. Ich kann nicht brauchen, dass jemand denkt, ich würde ihre Sexpartner bespitzeln.

»Das ist faszinierend«, sagt David, als ich fertig bin. Er klingt wirklich interessiert. »Wie sind die Resultate bisher?«

»Ausgezeichnet.« Ich versuche gar nicht, meine Selbstzufriedenheit zu verbergen. »Ich bin jetzt fünf Jahre dabei, zu forschen, und es deutet alles darauf hin, dass häufiger, gesunder Sex zu besserer metaphysischer Gesundheit führt. Das schließt auch Onanie mit ein«, füge ich hinzu. »Ich werde noch dieses Jahr Zwischenresultate publizieren, bevor wir mit Phase Zwei der Studie beginnen. Die Endresultate werde ich innerhalb der kommenden fünf Jahre vorlegen können.« Mit mehr Probanden wäre es sicher auch früher möglich, aber dafür bräuchte ich dementsprechend mehr Mittel. Derzeit müsste ich sogar damit rechnen, dass mir Mittel gestrichen werden, wenn jemand dem Vorstand ein Forschungsprojekt vorschlägt, das sie dem meinen vorziehen. Das sind die Nachteile davon, nicht »sexy« genug zu sein.

Es entsteht eine Pause, und ich frage mich schon, ob die Leitung versagt hat. »Hallo? Sind Sie noch dran?«

»Ja, Verzeihung, ich habe nur nachgedacht. Der Ring ist also mit den Probanden verbunden und bleibt es auch, solange diese regelmäßig Sex haben?«

»Oder mir mitteilen, dass er oder sie aus der Studie aussteigen möchte«, ergänze ich. »Natürlich entferne ich die Ringe auf Wunsch der betreffenden Person.«

»Natürlich. Ich werde meinem Freund diese Details weitergeben und bin ziemlich sicher, dass er sich melden wird; dass er aussteigen will, ist aber eher unwahrscheinlich. Machen Sie sich deswegen nicht zu viele Sorgen. Dass der Ring nicht abging, hat seiner Familie mehr Kopfzerbrechen gemacht als ihm.«

Das ist weniger beruhigend, als er zu denken scheint. »Dann warte ich ab, bis ich von ihm höre.«

»Außerdem würde ich gern einen Termin ausmachen, um Ihr Forschungsprojekt näher zu besprechen. Gehe ich recht in der Annahme, dass Sie früher publizieren könnten, wenn Sie mehr Fördermittel zur Verfügung hätten?«

Meine Stimmbänder schienen einzufrieren, und ich kann nur ein wortloses Quietschen von mir geben. Ob er wirklich das meint, was ich glaube?

»Ja«, sage ich schließlich erstickt. »Ähm. Ich würde die Fördermittel zum Anwerben weiterer Probanden nutzen, ihnen vielleicht eine kleine Vergütung für die Teilnahme anbieten. Und einen wissenschaftlichen Mitarbeiter einstellen, der mir bei der Auswertung der Daten behilflich ist. Aber eine größere Anzahl Probanden ist der Schlüsselfaktor. Ich habe derzeit knapp zweitausend, aber je größer der Pool, desto aussagekräftiger die Daten. Ich hätte am liebsten doppelt so viele. Das könnte ich, glaube ich, wenn ich die Mittel hätte, die Studie stärker zu bewerben.«

»Sehe ich auch so. Könnten Sie vielleicht beim CSG vorbeikommen, um weiter darüber zu sprechen?«

»Ja.« *Wann denn? Jetzt gleich?* Das verkneife ich mir, laut auszusprechen, da ich nicht übereifrig wirken möchten. Oder verzweifelt.

»Wunderbar. Wie wäre es ...« es entsteht eine Pause und ich vermute, dass er in seinen Kalender schaut. »Übernächste Woche Dienstag um elf Uhr?«

»Absolut«, bestätige ich. »Ich werde da sein.«

»Wundervoll. Ich gebe Ihnen meine E-Mail-Adresse, und würde mich freuen, wenn Sie mir eine kurze Zusammenfassung Ihres Forschungsprojektes zuschicken könnten. Das, was Sie Ihren Probanden mitgeben, würde reichen.«

Ich nehme hastig einen Stift und schreibe die E-Mail-Adresse auf, dann gebe ich ihm meine direkte Durchwahl, damit sein Freund – der so gut wie sicher Fabian Draco sein muss – sich bei mir melden kann.

Als er sich verabschiedet, bin ich etwas benommen, und meine Hände zittern. Ob das gerade eine gute oder miserable professionelle Erfahrung war, bleibt abzuwarten.

Aber ich habe einen Termin mit dem Vizeoberhaupt unserer Regierung, um mein Forschungsprojekt zu besprechen. Nichts daran ist schlecht.

Ich sitze immer noch reglos am Schreibtisch und fixiere das Telefon, als Sura den Kopf hereinsteckt. »Oh, gut, du bist fertig. Und?« Sie tritt herein und lehnt sich an ihren Schreibtisch.

»Ich weiß nicht genau, was das war«, sage ich ehrlich, dann fasse ich das Gespräch kurz zusammen.

»Wow. Wie aufregend ist das denn! Ein Termin beim CSG wäre ja großartig für dein Projekt.«

Ich nicke langsam. »Ja, aber ich weiß nicht genau, was mich erwartet. Wie bereite ich mich denn darauf vor? Was soll das Ganze überhaupt?«

Pragmatisch wie immer antwortet Sura mit einem Augenrollen: »Schick ihm einfach die Infos wie besprochen. Dann würde ich mich auf eine Art Präsentation vorbereiten. Du kennst diese Studie in- und auswendig, also wird das kein Problem. Nimm vorläufige Resultate mit, falls er danach fragt. Hab' keine Angst, Rhys. Dieses Meeting kannst du im Tiefschlaf durchziehen.«

Ich mache mir nicht die Mühe, ihr zu sagen, wie wenig Sinn das ergeben würde, sondern nicke nur und schalte mein Laptop an. »Erst die E-Mail.« Das kriege ich hin.

ÜBER DIE GANZE Aufregung im Zuge der Vorbereitung auf den Termin beim CSG hatte ich den »Freund« von David ganz vergessen. Also gut, nicht vergessen in dem Sinne. Ich hatte mich einfach in die Verdrängung gestürzt und mir vorgemacht, alles würde schon gut werden. Bestimmt würde er sich nicht melden, und mein Experiment würde nicht leiden.

Beim Kopf in den Sand stecken könnte ich ohne Weiteres einem Vogel Strauß Konkurrenz machen.

Leider waren meine Hoffnungen vergebens, denn er rief gleich am nächsten Vormittag an. Ich hatte eine Pause gemacht und war rausgegangen, um mir einen Kaffee zu holen, denn obwohl KRD eine topmoderne Einrichtung ist, die Milliarden Fördergelder bekommt, ist der Kaffee im Pausenraum miserabel. Sura vermutet, das ist Absicht, um Kosten zu sparen – wenn wir den Kaffee nicht trinken, müssen sie ihn nicht bezahlen. Zugegeben, es klingt tatsächlich nach einem so diabolischen Plan, wie ihn sich nur die Finanzabteilung ausdenken kann.

Jedenfalls bin ich gerade mit meinem Karamell-Latte auf dem Weg zurück ins Büro; dabei denke ich darüber nach, wie sich die Welt zum Positiven verändern würde, wenn ich anfangen würde, all meine Lebensmittel mit Karamell zu verfeinern, als Sura den Kopf hebt und in den Telefonhörer sagt: »Er ist gerade reingekommen. Kleinen Augenblick noch, danke.« Sie drückt einen Knopf am schnurlosen Gerät und hält es mir dann hin, während sie sich von meinem Schreibtischstuhl erhebt. »Einer der Probanden. Ich habe den Namen nicht mitbekommen. Er hört sich irgendwie geistesabwesend an.«

Und damit bin ich gezwungen, der Realität ins Auge zu blicken. »Danke«, sage ich, nehme den Hörer und stelle meinen Kaffee ab. Jetzt kann noch nicht mal mehr der Karamellsirup meine Stimmung verbessern.

Ich setze mich an meinen Schreibtisch, rufe die Teilnehmerliste der Probanden auf dem Computer auf, dann nehme ich den Anruf an und hebe das Telefon ans Ohr. »Dr. Griffiths hier.« Vielleicht überzeugt es ihn, in der Studie zu bleiben, wenn ich professionell und kompetent klinge.

»Hi ... Dr. wer? Ich meine, nicht Dr. Who. Obwohl das sowas von cool wäre. Das sind Sie nicht, oder?«

Nicht ... wie bitte? Ich versuche es nochmal. »Dr. Rhys Griffiths hier.«

»Oh. Griffiths. Das ist walisisch, richtig? Mittelalterlich? Wales hat eine so faszinierende Geschichte. Sind Sie aus Wales? Kann ich Ihnen Fragen darüber stellen?«

Was passiert hier gerade? Ich schaue zu Sura hinüber, die mich fragend ansieht, und zucke die Achseln. »Ich bin in der Tat Waliser, aber ich lebe seit fast siebzig Jahren nicht mehr dort. Verzeihung, wie war Ihr Name?«

»Fabian Draco«, sagt er desinteressiert. »Also kennen Sie sich mit walisischer Geschichte aus? Ich wette, Sie wissen mehr, als Sie denken. Wenn ich eine Liste mit Fragen zusammenstelle, würden Sie sie mit mir durchgehen?«

»Ich ... ja, das kann ich machen. Ich weiß aber nicht, wie hilfreich es wäre. Es gibt sicherlich bessere Ansprechpartner und Quellen«, antworte ich schwach, erneut enttäuscht, dass es tatsächlich er ist, der anruft und nicht jemand anderer, wie ein klitzekleiner Teil von mir noch gehofft hatte. Ich kämpfe darum, mich wieder auf das Wesentliche zu konzentrieren. »Hat Ihr Anruf einen bestimmten Grund?« So unhöflich war ich glaube ich noch nie am Telefon, aber ich habe das Gefühl, Fabian ist leicht abzulenken ... und dann lässt er sich schwer wieder aufs eigentliche Thema bringen.

»Einen Grund? Äh, ja. Walisische –«

»Nicht die walisische Geschichte«, unterbreche ich hastig. »Bevor Sie wussten, dass ich aus Wales stamme, hatten Sie einen Grund, anzurufen. Vielleicht wegen der Studie, die ich durchführe? Mit dem Ring?«

»Sind Sie der Mann, der mir meinen schönen Ring gegeben hat? Es war sehr unartig von Ihnen, mir nicht zu verraten, dass Menschen Reinheit mit Enthaltsamkeit gleichsetzen, wissen Sie. Das musste ich auf die harte Tour lernen.«

Die ... harte Tour? Soll das eine Anspielung sein? »Ich ... ich wusste nicht, dass Ihnen das nicht klar war. Tut mir leid?« Habe ich mich gerade ernsthaft für etwas entschuldigt, das nicht meine Schuld ist? Vielleicht war es ganz gut, dass er so abgelenkt und unaufmerksam war, als ich ihn kennengelernt habe. Wer weiß, worauf ich mich sonst noch eingelassen hätte?

»Kein Problem«, sagt er beruhigend. »Es ist alles gut ausgegangen. Kann ich meinen Ring denn behalten?«

Ich atme tief durch. »Können wir kurz ein paar Dinge klarstellen? Ich will sicher sein, worüber wir hier reden.«

»Wir reden über meinen Ring«, sagt er geduldig. Wenn es mal so einfach wäre.

»Ja. Den Ring, den ich Ihnen gegeben habe, als Sie sich zu meiner Studie zu den Auswirkungen von regelmäßigem Sex auf die metaphysische Gesundheit angemeldet haben. Dieser Ring misst Ihre Vitalwerte und übermittelt Daten, während Sie Sex haben. Für mein Forschungsprojekt.«

»Oh ...«, sagt er. »Dafür ist er also gedacht? Ich dachte, es ist einfach nur ein hübscher Ring.«

Ich schließe die Augen und widerstehe der Versuchung,

meinen Kopf auf den Schreibtisch zu knallen. »Das hatte ich Ihnen alles erklärt, als ich Ihnen den Ring gegeben habe«, erinnere ich ihn. »Und ich habe Ihnen auch die Informationen auf Papier mitgegeben.«

»Ich erinnere mich, dass Sie etwas gesagt hatten, keine Sorge«, sagt er beruhigend. »Lässt der Ring sich deswegen nicht abnehmen?«

»Genau.« Ich kratze die Reste meiner Geduld zusammen. »Damit die Daten nicht verfälscht werden – wenn Sie ihn zum Beispiel verlieren und jemand anderer ihn tragen würde, oder Freunde ihn anprobieren wollen würden. Der Ring ist fest mit Ihrem Finger verbunden, solange Sie regelmäßig Sex haben. Wenn Sie drei Monate lang keinen Sex hätten, verliert der Zauberbann seine Wirkung und man kann den Ring abnehmen. Oder wenn Sie nicht länger an der Studie teilnehmen wollen würden, könnte ich ihn Ihnen auch abnehmen.«

»Wieso sollte ich nicht mehr teilnehmen wollen? Es klingt nach interessanter und wichtiger Arbeit. War ich denn hilfreich? Wenn ich mich daran erinnert hätte, wozu er dient, hätte ich versuchen können, mehr Sex zu haben.«

Mir bleibt der Mund offen stehen. Meine Güte, ich habe Inkuben, die seltener Sex haben als er.

»Nein, das ... ist schon in Ordnung. Sie waren wirklich ... sehr hilfreich. Also, um das ganz klarzumachen: Sie wollen gern weiter Proband in der Studie bleiben?«

»Oh ja. Jetzt, da ich weiß, wieso ich den Ring nicht abnehmen kann, ist alles gut. Brauchen Sie weitere Probanden? Ich kenne da Leute, die sicher interessiert wären.«

»Das wäre großartig«, sage ich ehrlich, überwältigt vor Erleichterung, weil er die Studie nicht verlassen will. »Die interessierten Personen sollen sich einfach bei mir melden. Ich beantworte gern alle Fragen, wenn sie unsicher sind.«

»Das ist ja toll. Okay, danke!«

Ich habe schon den Mund geöffnet, um zu antworten, höre aber nur noch ein Piepen. Was zum Teufel war das denn?

Ich schalte das schnurlose Telefon aus und lege es weg, dann nehme ich meinen Kaffee und trinke einen großen Schluck. Ich brauche das Koffein und den Zucker, damit in meinem Gehirn ein Wunder geschieht.

»Alles okay?«, fragt Sura. »Das klang irgendwie komisch.«

Ich drehe mich zu ihr, um sie anzuschauen. »Du machst dir keine Vorstellung.«

KAPITEL 3

FABIAN

ICH ÜBERPRÜFE NOCHMALS MEINE Liste mit den Fragen. Es sind mehr, als ich bei diesem ersten Treffen eigentlich stellen wollte, aber als ich erst einmal begonnen hatte, konnte ich mich nicht mehr bremsen. Er muss auch nicht alles gleich heute beantworten. Ich lasse ihm die Liste einfach da, dann kann er mir später eine E-Mail schicken. Eigentlich sollte ich mich ohnehin eher auf das Essay über amerikanische Literatur konzentrieren, das ich noch schreiben muss, oder auf die Erinnerungen, die ich in das Lebende Archiv einsortieren muss, als auf die Geschichte und Kultur von Wales.

»Gehen wir jetzt rein oder nicht?«, fragt Dustin ungeduldig. Ich konnte ihn nur überreden, mitzukommen, weil seine große Liebe, Professor Sarris – den ich jetzt Rob nennen darf – heute den ganzen Nachmittag unterrichtet. Ich musste schwören, dass wir rechtzeitig zurück sein würden, damit die beiden zusammen zu Abend essen können. Was die beiden da genau machen, ist mir nicht ganz klar. Dustin sagt, sie lernen sich besser kennen, aber Sex ist nicht erlaubt, wegen Robs moralischer Skrupel, und ich muss als Anstandswauwau dabei sein. Das Konzept ist mir neu – ich wusste gar nicht, dass es so etwas gibt, bevor wir zur Erde kamen – und ich bin nicht ganz sicher, dass ich es besonders gut mache. Ich blättere meist in Robs Büchern oder arbeite, während die beiden was auch immer im anderen Zimmer machen. Laut der Literatur des neunzehnten Jahrhunderts, die ich studiert habe, sollte ich wohl mehr darauf achten; doch ich finde den Verzicht auf Sex ziemlich sinnlos, und wenn die beiden nicht genug Willenskraft haben, um nicht übereinander herzufallen, dann werde ich ihnen nicht im Wege stehen.

Es wäre mir allerdings lieber, wenn sie es nicht gerade dann treiben würden, wenn ich mich zu konzentrieren versuche. Vielleicht sollte ich mir beim nächsten Mal Kopfhörer mit Noise-canceling-Funktion mitbringen, falls sie der Versuchung nachgeben.

»Wir gehen rein«, bestätige ich. »Du solltest definitiv bei dieser Studie mitmachen. Du hilfst anderen, indem du Sex hast!« Glaube ich jedenfalls. Ich war etwas in Gedanken, als Dr. Wales mir das gestern erklärt hat. Er hat so einen schönen, singenden Tonfall beim Sprechen, und ich hatte gestern schon über die Fragen zu Wales und der walisischen Kultur nachgedacht. David hatte mir schon gesagt, dass der Ring keine Gefahr für mich darstellt, und er findet diese Studie auch vielversprechend. Ich hatte überhaupt nur angerufen, weil Percy und Brandt fanden, ich sollte das tun. Doch jetzt bin ich froh, es getan zu haben, denn so habe ich eine Quelle für meine Recherchen zu Wales.

»Aber ich habe derzeit keinen Sex«, sagt Dustin bissig. Er ist diese Woche etwas angespannt, vermutlich, weil er jede freie Minute mit Rob verbringt, ohne Sex zu haben. An seiner Stelle wäre ich vermutlich auch angespannt.

»Aber das wirst du«, tröste ich ihn. »Du und Rob werdet ganz viel Sex haben. Einfallsreichen Sex. Schläfrigen

Sex. Sex in der Missionarsstellung. Ach ja – wieso heißt das eigentlich so? Das wollte ich schon lange wissen und vergesse immer, zu fragen.«

Dustin blinzelt mich an. »Das weiß ich auch nicht. Es muss etwas mit Missionaren zu tun haben, oder? Und die sind religiös. Also ist es vielleicht ein religiöser Ritus? Vielleicht war das die Stellung, die sie einnehmen mussten, wenn sie an einem Feiertag in der Kirche vor der ganzen Gemeinde Sex hatten?«

Ich denke darüber nach. »Das klingt plausibel. Das wäre ein Ritus, der ihren Gott auf die Gemeinde aufmerksam werden lassen würde, und dann würde er ihnen mehr Fruchtbarkeit geben. Vielleicht ist es etwas Saisonales – im Frühjahr und im Herbst, um die Saat und die Ernte zu segnen.«

»Das wäre vernünftig. Man wünscht sich eine reiche Ernte«, sagt Dustin zustimmend. »Das sollten wir aber noch verifizieren. Bestimmt sind da viele kleine Details mit im Spiel.«

»Lass uns reingehen. Wahrscheinlich weiß jemand da drin das. Wissenschaftler lieben religiöse Theorien, weil sie sie als falsch entlarven können.« Ich gehe voraus ins elegante, moderne Gebäude, das sehr nach Wissenschaft aussieht. Im Empfangsbereich wird mit gedämpften Stimmen gesprochen. Das heißt, die Leute sind beschäftigt, finden sich selbst aber zu wichtig und sind zu wohlerzogen, um laut zu sprechen. Die Sitten auf der Erde sind faszinierend.

Ich schlendere an den Empfangstresen und lächle die beiden Empfangspersonen an. Sie sind beide am Telefon, aber der Mann – ein Shifter, wenn ich richtig geraten habe – sucht den Blickkontakt und lächelt zurück. Kurz darauf

beendet er sein Gespräch und widmet mir seine Aufmerksamkeit.

»Kann ich Ihnen helfen?«, fragt er mit leicht flirtendem
Unterton. Das wundert mich nicht weiter – die meisten
Leute flirten mit mir, auch die, die keine Hintergedanken
haben. Ich habe mir sagen lassen, dass ich etwas an mir
habe, das zum Flirten animiert. Was auch gut so ist, denn
ich mag Sex, und meist kommt das Flirten vorher.

»Hi! Wir sind hier, um Dr. Wales zu sprechen.«

Der Shifter sieht stirnrunzelnd seine Kollegin an, die
aber noch am Telefon ist. »Dr. Wales? Ich glaube nicht, dass
wir so jemanden hier haben. Ist er ein Besucher?«

Ich verdrehe die Augen und klatsche mir vor die Stirn.
»Nein, tut mir leid. Sein Name ist Griffiths. Aber er ist Waliser, wissen Sie, und ich interessiere mich für die walisische
Kultur, also –« Seine Augen sind schon leicht glasig, also
zwinge ich mich, zum Punkt zu kommen. »Könnten Sie uns
sagen, wo wir ihn finden? Dr. Griffiths, meine ich.« Ich
lächle gewinnend.

Der Shifter blinzelt ein paarmal, dann versucht er
wacker, sich zusammenzunehmen. »Äh ... erwartet er Sie?«

»Das sollte er jedenfalls.«

»Wie war Ihr Name?« Er blickt auf seinen Computer
und klickt mit der Maus.

»Fabian Draco. Und Dustin Draco.«

Der Shifter runzelt erneut die Stirn, während er den
Bildschirm betrachtet. »Sie sind nicht auf der Besucherliste
von heute. Lassen Sie mich sehen ...« Er klickt noch ein
paarmal. »Und im Kalender steht kein Termin. Sind Sie
sicher, dass er Sie erwartet?«

»Natürlich.« Das muss er doch sicherlich, oder? Ich
hatte angekündigt, dass ich Fragen an ihn habe, und seither
ist ein ganzer Tag vergangen.

»Ich rufe einfach an und sage ihm, dass Sie da sind.«

»Danke.«

Er tippt an sein Headset, dann drückt er ein paar Knöpfe auf der lustigen Konsole, die vor ihm steht. Ich habe so etwas schon gesehen, sie heißen Schaltpult, und die Empfangsdame beim CSG hat mir gezeigt, wie man es bedient, als sie Daíthí, den Elf, der bei der DEA am Empfang arbeitet, ausgebildet hat. Es ist faszinierend. Es heißt Schaltpult, weil das ursprüngliche Design, vor etwa hundertfünfzig Jahren, richtige Schalter hatte, mit denen die Anrufe verbunden wurden. Es ist so großartig, sich vorzustellen, dass die Technologie auf der Erde sich in so kurzer Zeit zu drahtloser Telekommunikation weiterentwickelt hat.

»Dr. Griffiths? Sie haben Besuch. Fabian und Dustin Draco. Ja, klar. Danke.« Er tippt erneut an sein Headset und deutet auf eine kleine Sitzgruppe an der Seite »Er kommt gleich. Nehmen Sie Platz.«

»Danke!« Ich ziehe Dustin mit. »Hast du gemerkt, dass wir die andere Seite des Gesprächs gar nicht hören konnten? Das Headset muss eine spezielle Isolierung haben oder so. Ich frage mich, ob wir auch so etwas bekommen könnten.«

»Wozu?«, fragt Dustin, wobei er sich in einen Sessel fallen lässt. »Außerdem kann dich das Empfangspersonal hören.«

Mit einem Blick über die Schulter sehe ich, dass der Shifter uns tatsächlich beobachtet, also winke ich mit den Fingern. Er hebt die Hand, um zurückzuwinken, reißt sie aber abrupt herunter und wendet sich wieder seinem Computer zu. »Um zu sehen, wie sie funktionieren, natürlich«, erkläre ich Dustin. Er ist einer meiner liebsten Freunde, aber manchmal ist er doch zu sehr auf das *jetzt* konzentriert anstatt auf das, was davor kam und all die Dinge, die wir für die Zukunft bewahren müssen. »Was hat zu seiner Entwicklung geführt? Wie wurde es erfunden? Sollte die Technologie allgemein zugänglich gemacht werden oder einigen wenigen vorbehalten bleiben? Warum? Es gibt so viel über jedes einfache Ding zu erfahren.«

Er sieht nicht überzeugt aus.

»Mr Draco?« Ich drehe mich um, als ich den singenden Tonfall höre, und sehe einen Mann auf uns zukommen. Er ist etwas überdurchschnittlich groß, hat aschblonde Haare und grüne Augen. Grüne Augen sind sehr ungewöhnlich, und ich ergänze meine Liste mental um ein Paar Fragen. Ist die Augenfarbe häufiger in Wales? Steht sie für seine walisische Herkunft, oder wurde sie durch einen Vorfahren mit anderem kulturellem Hintergrund nach Wales gebracht? Wie viele in seiner Familie haben diese Augenfarbe? Ist es genau die gleiche Farbe, dieses klare, kräftige Grün, das fast unecht wirkt, oder haben die Augen der Verwandten andere Schattierungen?

»Hi! Sie müssen Dr. Wales sein ... ich meine, Dr. Griffiths. Nennen Sie mich bitte Fabian.« Ich halte ihm die Hand hin, wie es hier auf der Erde üblich ist. Ich mag diese Sitte – dabei kann ich mit meiner Magie die Personen, die ich kennenlerne, einschätzen. Das verrate ich aber niemandem. Denn genau genommen ist es unverschämt, andere ohne ihre Erlaubnis mithilfe von Magie zu prüfen, selbst wenn es nur oberflächlich ist.

»Schön, Sie wiederzusehen, Fabian«, sagt er verhalten. »Wusste ich davon, dass Sie heute kommen wollten?«

Ich antworte nicht sofort, denn ich bin überrascht, wie stark seine Abschirmung ist. Das ist natürlich Zauberkunst und keine Drachen-Magie, wie ich sie nutze, aber er ist trotzdem undurchdringlich. Ich müsste mich anstrengen, um sie zu durchbrechen, und ich bin nicht sicher, ob es mir gelingen würde ... außerdem würde ich ihm vermutlich Schaden zufügen, wenn ich es versuchen würde.

»Fabian?«, sagt Dustin, und mir fällt auf, dass mich beide anstarren.

»Ja. Nein. Äh ... vielleicht? Ich hatte doch gesagt, dass ich Fragen habe.« Er scheint überrascht, also fahre ich schnell fort. »Das ist Dustin, und er hat Interesse, an der Studie teilzunehmen. Aber er wird erst in anderthalb Wochen Sex haben. Ist das okay?«

»Noch zehneinhalb Tage«, verbessert Dustin mich düster.

Der Wissenschaftler sieht verdattert aus, ein wunderbares Wort, das ich von der Assistentin des Dekans an der Uni gelernt habe. Es bedeutet verwirrt, aber auf einer tieferen Ebene. »Das ist in Ordnung. Ich erwarte nicht, dass die Probanden ständig mit, äh, sexuellen Handlungen beschäftigt sind. Wir gehen am besten irgendwo hin, wo ich die Studie in Ruhe erklären kann.«

»Und über meine Fragen schauen können«, füge ich hinzu. Das sollte er nicht vergessen.

»Sicher«, sagt er, sieht aber alles andere als sicher aus. Er schüttelt den Kopf, dann sagt er: »Kleinen Moment bitte« und geht an den Empfangstresen, um sich bei dem Shifter nach einem freien Besprechungsraum zu erkundigen. Eine Minute später führt er uns den Korridor entlang zu einem kleinen Raum mit einem runden Tisch, einem an der Wand montierten Flachbildschirm und einer Anrichte, auf der eine Kapselmaschine für Kaffee steht.

»Das ist perfekt!«, verkünde ich, dann deute ich auf den Bildschirm. »Kann ich mein Handy damit verbinden?«

»Ja«, sagt er. Den zögerlichen Unterton ignoriere ich.

Viele Leute hören sich so an, bevor sie zum ersten Mal mit mir sprechen, aber ich habe gelernt, mich davon nicht abhalten zu lassen. Meine Aufgabe ist es, Wissen zu dokumentieren und zu erhalten, und ich erledige sie, auch wenn mir niemand dabei helfen will.

»Fabian, warum richtest du nicht die Technik ein und siehst dir nochmal deine Fragen an, und Dr. Griffiths erklärt mir inzwischen seine Studie?«, schlägt Dustin vor. Der Wissenschaftler lächelt erleichtert.

»Nennt mich bitte Rhys«, sagt er.

»Das wäre definitiv besser als Dr. Wales, wie Fabian die ganze Zeit sagt.«

»Er ist Waliser und hat einen Doktortitel. Das passt doch«, beharre ich, obwohl ich eigentlich seiner Meinung bin. Es wurde langsam peinlich. »Rhys ist auch ein sehr walisischer Name. Wie schreibt sich das?«

Er buchstabiert, dann unterbricht Dustin erneut. Ich beschließe, mein Handy anzuschließen, sodass Rhys all meine Fragen sehen kann. Sie reden noch immer, als ich fertig bin, also durchforste ich das nach und nach zusammengestellte Online-Archiv der Community. Es ist wirklich viel Arbeit, neuntausend und mehr Jahre Geschichte zu fotografieren, zu scannen oder abzuschreiben, aber sie bekommen es hin. Als mich Noah, der bei David im CSG arbeitet, ein paar Archivaren vorgestellt und ihnen meine Aufgabe erklärt hat, boten sie mir freundlicherweise Zugang zu ihrer eigenen Geschichte an. Und jetzt, da Brandt mir erlaubt hat, einen Kurs zu Drachen-Kultur zu unterrichten, weiß ich genau, dass sie mir begeistert helfen werden, die Leseliste zusammenzustellen.

Ich schaue durch das Register der neu hochgeladenen Materialien, mache mir einen Vermerk, mir später einige davon anzusehen – mesopotamische Geschichte gefällt mir wirklich gut –, dann klicke ich eine der Dateien über »alte« Folklore an, die ich schon zu lesen begonnen hatte. Was ich daran am interessantesten finde, ist, dass eine Menge dieser Geschichten mündlich überlieferte Legenden aus der Zeit sind, als wir Drachen und die Elfen die Erde noch regelmäßig durch Portale besuchten, bevor das Reisen hierher verboten wurde. Es war vor meiner Zeit, aber ich habe schon als Jungdrache viele Geschichten von der Erde gehört. Uns war nicht bekannt, dass ihr Wissen über uns verloren gegangen war, aufgrund der Dramen der Spezieskriege. Bis wir vor fünf Jahren hierher kamen, wussten sie gar nicht, dass diese Legenden sehr lose auf wahre Begebenheiten zurückgehen.

Die, die ich gerade lese, stellt die Elfen als listige kleine Unruhestifter dar. In Wirklichkeit sind manche Elfen zwar ganz lustig, aber die meisten haben ein völlig übertriebenes Verantwortungsbewusstsein. Wir Drachen sind da deutlich entspannter.

»Fabian?«

Mühsam kehre ich ins Hier und Jetzt zurück. Dustin und Dr. Rhys schauen mich an.

»Alles klar mit deinem Sex-Experiment?«, frage ich fröhlich, und der Wissenschaftler zuckt zusammen, keine Ahnung, wieso.

»Es ist kein Sex-Experiment«, setzt er an, aber ich winke ab.

»Oh, ich weiß. Es ist sehr wichtig. Ich habe schon viel über den Zusammenhang zwischen Orgasmen und Endorphin-Ausschüttung gelesen. Es wäre sehr plausibel, wenn es in der Community neben den regulären auch magische Endorphine gäbe.«

»Haben wir auch Endorphine?«, fragt Dustin. »Wir sind keine Erdenspezies.«

»Ja. Unsere unterscheiden sich aber leicht von denen der Erdenspezies. Ich verstehe es nicht genau. Sophie hat es mir einmal zu erklären versucht, aber mir wurde langweilig.«

Er tätschelt meine Hand. »Ist klar. Sophies Erklärungen sind immer zu technisch und zu wissenschaftlich. Ich hole mir einen Kaffee, während du Rhys deine ganzen Fragen stellst. Möchtest du auch etwas?«

»Hier steht doch Kaffee.« Ich deute auf die Maschine, und Dustin sieht mich mitleidig an.

»Ich möchte etwas mit Milchschaum und Aromasirup, das ich nicht selbst zubereiten muss.«

Oh, das hört sich gut an, jetzt, da er es erwähnt. »Haselnuss-Cappuccino bitte.« Ich liebe Cappuccino über alles. Er schmeckt nicht so nach diesem ekligen Kaffeearoma, dafür ist viel Milchschaum drin. Kaffee schmeckt ohne Zusätze nicht besonders gut, aber mit genug Milch und Sirup ist er großartig.

Er hüpft mit einem anzüglichen Grinsen hinaus und zieht die Tür hinter sich zu.

Ich lächle Dr. Rhys an, der aus irgendwelchen Gründen nervös wirkt, und klopfe auf den Stuhl neben mir. »Komm, setz dich. Das wird ein Spaß!«

Er wechselt gehorsam den Platz, dann sagt er: »Ich weiß wirklich nicht, ob ich dir so viel weiterhelfen kann. Es gibt andere, die wesentlich besser über walisische Kultur und Geschichte Bescheid wissen als ich.«

»Schon gut.« Ich klopfe ihm ermutigend auf den Arm. »Du tust ganz sicher dein Bestes.«

Er schluckt, also klopfe ich noch einmal. Sein vom Hemd verhüllter Arm hat eine wirklich schöne Form. Sehr definiert. Mehr als man es sonst von einem Wissenschaftler erwarten würde. »Machst du ... Sportsachen?« Ich schaue fern. Ich weiß, dass man Gewichte herumheben muss und all sowas, um Muskeln zu bekommen. Die Methode der Drachen ist viel simpler, und weniger schweißtreibend. Sex ist der einzig denkbare gute Grund, zu schwitzen.

Mit einem Seitenblick fragt er: »Willst du wissen, ob ich trainiere?«

Ich schnipse mit den Fingern. »Genau so heißt das! Machst du das? Dein Unterarm fühlt sich sehr schön an. Rolle mal deinen Ärmel auf, ich will ihn sehen.«

Ihm bleibt der Mund offen stehen, was meinen Blick auf sein Gesicht lenkt. Er ist wirklich ausgesprochen attraktiv. Guter Knochenbau. Nicht, dass ich wählerisch wäre, was das Aussehen anderer betrifft. Mir geht es mehr um ihre Art als alles andere. Ich bevorzuge Leute, die im Bett Spaß haben.

Apropos Bett ...

»Weißt du eigentlich, warum die Missionarsstellung so genannt wird?«

Mit einem hörbaren Klick schließt er den Mund, und eine Welle der Röte überläuft sein Gesicht. »Äh, soll das ein Witz sein? Also, bestimmt ist es für dich komisch –«

»Nein, ganz und gar nicht«, erkläre ich ernsthaft. »Dustin und ich hatten vorhin darüber gesprochen. Warum nennt man es die Missionarsstellung? Ist es, weil Missionare es bei ihren Ritualen so gemacht haben, wenn neue Mitglieder in ihre Kirche aufgenommen wurden?«

Er starrt mich an, dann kneift er die Augen zusammen, öffnet sie wieder und abtwortet schließlich: »Nein. Ich bin nicht sicher, warum die Stellung so heißt, aber ich kann dir versichern, dass menschliche Religionen, die missionieren, keine Sexrituale praktizieren.«

Ich seufze. »Das ist enttäuschend. Ich hatte überlegt, mich mit den menschlichen Religionen zu befassen, nachdem ich mein Englisch-Studium abgeschlossen habe. Sexrituale wären faszinierend gewesen.«

»Faszinierend. Ja. So ... kann man das wohl nennen.«

»Fällt dir jemand ein, der den Ursprung der Missionarsstellung kennen würde? Ich könnte vielleicht online nachlesen, aber am liebsten wäre es mir, es von einem Experten zu erfahren. Vielleicht könnte ich mich mit religiösen Institutionen in Verbindung setzen.«

»Das könntest du versuchen, aber ich glaube, die meisten wären nicht erfreut über Anfragen zu Sex. Sie könnten glauben, du wolltest dich über sie lustig machen. Ich – ich könnte einen befreundeten Anthropologen fragen, ob er das weiß.«

»Oh!« Ich grinse. »Ein Anthropologe. Den würde ich gern kennenlernen, bitte. Er könnte mir sehr helfen bei meinen Recherchen über die Menschen.«

Dr. Rhys sieht etwas benommen aus, nickt aber. »Ich rede mit ihm und gebe dir Bescheid.«

»Großartig! Du hattest meine Frage gar nicht beantwortet. Treibst du Sport? Kann ich deine Muskeln sehen?«

Er schluckt. »Das wäre glaube ich unpassend.«

Ich blinzele, meinerseits verwirrt. »Warum denn? Wir werden Sex haben. Wieso darf ich also deine Arme nicht sehen?«

Er schiebt seinen Stuhl so schnell zurück und springt so hastig auf, dass ich seinen Arm fast noch unter meinen Fingern spüren kann.

»Wir – was – wir – wieso ...« Er unterbricht sich und atmet tief durch. »Wir werden keinen Sex haben. Wie kommst du darauf? Das wäre so unpassend, und ... *falsch*.«

»Entschuldige mal, Sex mit mir ist *nie* falsch!« Wie kann er es wagen! »Und wieso sollten wir keinen Sex haben? Bist du in einer festen Beziehung?«

»Würde es dir etwas ausmachen, wenn ich ja sagen würde?«

Das ist nun wirklich kränkend. »Aber natürlich! Es sei denn, es ist eine offene Poly-Beziehung – dann hätte ich keine Hemmungen, dich zu vögeln. Anderenfalls lasse ich mich nie mit Leuten ein, die gebunden sind. Nicht mehr. Einmal wurde ich von der festen Freundin eines Sexpartners – von der ich im Übrigen keine Ahnung hatte – mit einem Messer verfolgt. Sie befahl mir, ihr zu folgen, und als ich versuchte, erst die Schriftrolle, in der ich gerade gelesen hatte, wegzulegen, hat sie sie mir *aus der Hand gerissen.* Sie war unrettbar beschädigt.« Ich schüttele traurig den Kopf bei der Erinnerung. »Danach war mir klar: Es ist die Sache nicht wert, mit Leuten zu schlafen, die in festen Händen sind.«

Dr. Rhys starrt mich an, als wäre ich ein bisher unentdecktes, besonders faszinierendes Stück Geschichte. »Hat sie dir etwas getan?«

»Wer?«

»Die Freundin mit dem Messer!«

Er hat den wichtigsten Punkt nicht verstanden. »Oh. Ja. Sie hat mir das Messer zweimal in die Seite gestochen. Dann kam jemand, der ihr Geschrei gehört hatte, mir zu Hilfe.«

Er nickt langsam und lässt sich wieder auf den Stuhl fallen, der einen halben Meter vom Tisch entfernt steht. »Du hast dich offensichtlich wieder erholt.«

Ich winke ab. »Körperliche Heilung ist einfach. Aber Schriftrollen und Bücher ...« ich schnalze mit der Zunge und sage kopfschüttelnd: »Die arme Schriftrolle.«

»Ja, die ... Schriftrolle. Ich verstehe, wie traumatisch das für dich gewesen sein muss.«

»Das war es tatsächlich. Aber du hast keine Beziehung,

bist nicht verheiratet, und ich bin überzeugt, du würdest niemals ein historisches Schriftstück beschädigen – oder?«

Er schüttelt den Kopf.

»Ausgezeichnet. Also können wir Sex haben.«

Er schüttelt wieder den Kopf, und ich seufze. »Warum nicht? Machst du dir nichts aus Männern?« So etwas wäre mir doch sicherlich nicht entgangen. Normalerweise kann ich sehr gut lesen, ob ein Mann offen für gleichgeschlechtlichen Sex ist, selbst wenn er es noch nie gemacht hat und nie vorhatte. Einige Jahrhunderte lang war ich in unserer alten Heimat als Erstes-Mal-Fabian bekannt, weil so viele Typen ihre erste schwule Sexerfahrung mit mir gemacht hatten.

»Das spielt keine Rolle«, sagt er ruhig. Er scheint sich wieder gefasst zu haben. »Du bist ein Proband in meiner Forschungsstudie. Es wäre unethisch von mir, Sex mit dir zu haben.«

Ich stöhne. In letzter Zeit habe ich schon zur Genüge davon hören müssen, wie unethisch Sex ist. Das ist der Grund, wieso Dustin und Rob es nicht wie die Karnickel treiben: Rob will nicht unethisch sein. Es ist sowas von albern. Dustin ist nicht mit den anderen zwanzigjährigen Studenten zu vergleichen, die auf Robs Benotung angewiesen sind, um das College abzuschließen und sich eine Karriere aufzubauen. Dustin ist nur am College, weil er fand, dass es sich nach Spaß anhört! Und jetzt das.

»Wieso sollte es unethisch sein, wenn wir Sex hätten? Welche Auswirkung sollte es auf die Studie oder mein Leben haben?«

Er öffnet den Mund und schließt ihn wortlos wieder.

»Genau. Das ist doch keine Studie für ein neues Medikament, oder eine medizinische Behandlung, bei der eine persönliche Beziehung meine Gesundheit oder die Resultate beeinflussen würde. Hypothetisch hätten wir uns auf der Straße kennenlernen können. Ich hätte dich abschleppen können, ohne dass wir uns nach der einen kurzen Begegnung vor vier Jahren überhaupt wiedererkennen. Wieso ist es anders, wenn du weißt, wer ich bin?«

»Na ja ... es ist einfach anders. Du bist ein Proband«, sagt er schwach, wobei er sich in den Nasenrücken kneift.

Ich verdrehe die Augen. »Ja, ja. Ich finde, das ist ein dämlicher Grund. Wenn du nicht mit mir schlafen willst, okay. Das kann ich akzeptieren. Aber wenn du eigentlich offen dafür wärst und alles, was dich daran hindert, die Studie ist, ist das einfach nur albern. Ich könnte aussteigen, wenn es das einfacher machen würde. Aber den Ring würde ich gern behalten«, füge ich hinzu. Den lasse ich mir keinesfalls wieder abnehmen.

»Wenn du aussteigen möchtest«, sagt er langsam, »kannst du das jederzeit tun. Aber ich –« Er unterbricht sich und beißt die Zähne zusammen.

»Aber was?« Ich sehe dem Spiel seiner Gesichtsmuskeln fasziniert zu. Er hat einen besonders schönen Unterkiefer. Sonst bevorzuge ich Männer mit mehr Bartstoppeln, aber sein Kiefer ist wirklich zu schön, um ihn zu verdecken. Ich frage mich, wie er reagieren würde, wenn ich ihm genau auf das Kiefergelenk einen Kuss geben würde.

»Ethisch gesehen«, setzt er an, und ich seufze. »Ethisch gesehen kann ich nicht versuchen, dich zum Bleiben zu bewegen, wenn du aufhören möchtest. Wenn du nicht mehr mitmachen möchtest, ist die einzig ethisch korrekte Herangehensweise, ›okay‹ zu sagen und alles Nötige in die Wege zu leiten.«

Ich brauche einen Moment, um zu verstehen, was ihm eigentlich so unangenehm ist. Oh, wie niedlich, jetzt hat er seine ethischen Prinzipien verraten, um anzudeuten, dass es ihm lieber wäre, wenn ich im Programm bleiben würde.

»Aber wenn ich weiter Proband bleibe, können wir deinen anderen ethischen Prinzipien zufolge keinen Sex haben.« Ich reiße die Augen auf und klimpere mit den Wimpern, wie Dustin es ständig macht. Ich habe zwar nicht die gleiche bezaubernde Ausstrahlung wie er, aber es ist den Versuch wert.

Dr. Rhys runzelt die Stirn. »Alles okay bei dir?«

Hm. Ich schätze, das funktioniert wohl bei mir nicht. Ich muss einfach auf meine natürliche sexuelle Anziehungskraft bauen. »Mir geht's gut. Ich hatte nur eine Wimper im Auge, oder Staub oder so. Ist schon wieder gut. Also ... wo stehen wir denn jetzt in Bezug auf Sex?«

»Wird es nicht geben«, sagt er entschieden. »Aber wenn du aus der Studie aussteigen willst, kann ich das arrangieren.«

»Pfft. Wenn du keinen Sex mit mir haben willst, gibt es dafür keinen Grund. Kannst du wenigstens dein Hemd ausziehen ... nein?« Der Blick, den er mir zuwirft, würde einer niederen Lebensform wahrscheinlich Angst machen. »Wie wär's damit? Du rollst deine Ärmel hoch, damit ich deine Unterarme sehen kann?«

Kopfschüttelnd antwortet er: »Wenn du mir Fragen stellen willst, solange ich angezogen bin, nur zu. Anderenfalls gehe ich jetzt wieder weiterarbeiten. Du kannst gerne hier auf Dustin warten.«

Was für eine Spaßbremse. »Also gut. Dann reden wir über Wales.«

Er rollt seinen Stuhl wieder an den Tisch und setzt sich neben mich, aber nicht so nahe, dass es Spaß machen würde. Ich schmolle nur ein ganz kleines Bisschen, dann aktiviere ich den Bildschirm und führe ihn durch meine

Fragen. Genau wie ich es mir schon dachte weiß er viel mehr als er denkt, und auch wenn er nicht sicher ist, gibt er mir genug Informationen, um zu entscheiden, was ich weiterverfolgen sollte.

Dustin kommt mit Kaffee für uns alle wieder, so lecker, und es ist tatsächlich fast gar kein Kaffee drin. Ich lächle ihn dankbar an.

Dann ruiniert er alles, indem er fragt, wann wir wieder gehen können. »Ich muss rechtzeitig zum Abendessen mit Rob wieder da sein«, quengelt er, wie ein quengeliges Baby, das superviel quengelt.

Dr. Rhys erhebt sich langsam. »Wenn ihr losmüsst, kann ich gerne den Rest per E-Mail ...«

»Wir müssen nicht los«, sage ich scharf, wobei ich Dustin zornig anfunkele. »Es ist noch reichlich Zeit, und ich bin fast durch. Nur weil du auf dem Trockenen sitzt, bedeutet das nicht, dass ich es auch tun muss.«

Beide halten inne.

»Ich will euch nicht beim Sex zusehen«, sagt Dustin.

»Wir haben keinen Sex!«, betont Dr. Rhys. »Es wäre ethisch nicht richtig!«

Dustin schenkt mir einen mitleidigen Blick. »Oh, du auch? Das ist ja ätzend. Versuch mal, ihn auf zwei Wochen runterzuhandeln, wie ich es bei Rob gemacht habe.«

»Das ist nicht notwendig. Ich würde Dr. Rhys nie unter Druck setzen, Sex mit mir zu haben, wenn er es so offensichtlich nicht will. Das Leben ist noch lang, er hat noch viel Zeit, es sich anders zu überlegen. Ich lasse es langsam angehen.« Ich zögere. »Was heißt das eigentlich genau?«

Dr. Rhys, der sich etwas entspannt hat, als ich angefangen hatte zu sprechen, verkrampft sich erneut. Dann sagt er: »Es heißt, geduldig zu sein und auf etwas zu warten, das möglicherweise lange Zeit nicht passieren wird. Aber um es noch einmal deutlich zu sagen: Ich werde keinen Sex mit dir haben.«

»Noch nicht mal, wenn die Studie abgeschlossen ist?«

Er öffnet den Mund, um etwas zu antworten, vermutlich wieder etwas über Ethik. Dann schließt er ihn wieder.

»Es ist gut, ihn nicht unter Druck zu setzen«, sagt Dustin ernst. »Freiwillige Bereitschaft ist so wichtig.«

»Finde ich auch. Ich kann geduldig sein. Es ist ja nicht so, dass ich alt werde oder sterbe, wenn ich nicht will. Und Dr. Rhys hat sicher noch ein paar hundert Jahre vor sich.«

»Eher tausend«, sagt er empört.

Ich klatsche in die Hände. »Großartig! Wir haben also reichlich Zeit. Du konzentrierst dich erstmal auf deine Studie, und wenn die Zeit reif ist, dann wird es schon passieren.«

Er fängt an zu stottern, und Dustin beugt sich herüber, um zu murmeln: »Ich glaube, du hast ihn kaputt gemacht.«

»Nein, er verarbeitet nur. Schau doch nur, wie niedlich. Ich mag es, wenn so verkopfte Leute merken, dass man nicht alles mit dem Kopf regeln kann.«

Dustin schürzt die Lippen. »Ich glaube, so sagt man das nicht.«

»Aber du hast verstanden, was ich meine, also ist es okay. So entwickelt Sprache sich weiter.« Ich nicke ernst. »Das weiß ich, weil ich vor etwa tausend Jahren zur Evolution von Sprache geforscht habe.«

»*Tausend* ... wie alt bist du eigentlich?«, will Dr. Rhys wissen.

»Ist es hier auf der Erde nicht unhöflich, danach zu fragen, Dr Rhys?«

»Du kannst mich einfach Rhys nennen, weißt du. Oder Dr. Griffiths. Dr. Rhys hört sich an, als wäre ich ein abgehalfterter Talkmaster.«

Ich bin nicht ganz sicher, was das sein soll, aber er klingt mürrisch und ungeduldig, was mich scharf macht. Mit Männern, die schnell mürrisch werden – nicht sauer, nur mürrisch – hat man immer so viel Spaß im Bett.

»Aber ich mag es, dich Dr. Rhys zu nennen. Du hast dir deinen Doktortitel erarbeitet, und all die Autorität, die das mit sich bringt«, sage ich mit fiesem Lächeln. »Dr. Griffiths will ich dich nicht nennen, das ist zu förmlich. Du und ich, wir werden nicht auf diese Weise förmlich zueinander sein ... Dr. Rhys.«

Er atmet tief durch, was in einem Seufzer endet. »Also gut. Bitte nenne mich nur nicht ... vor meinen Kollegen so.«

Ich zucke die Achseln. »Okay. Um deine Frage zu beantworten: Ich bin fast viereinhalbtausend Jahre alt.«

Er starrt mich an. »Fast?«

»Die Umrechnung von unseren Zyklen zu eurem Jahr könnte etwas ungenau sein. Aber so ungefähr.«

Sein Adamsapfel hüpft beim Schlucken. »Du wirkst so viel jünger. Viel, viel jünger.«

»Wir Drachen sind sehr locker und seelisch jung. Darum passen wir überall, wo wir hinkommen, so gut hinein. Wir nehmen uns selber nicht allzu ernst.«

Dustin nickt bekräftigend. »Darüber solltest du auch nachdenken«, fügt er dann hinzu. »Moralische Standards ändern sich mit der Zeit. Was vor fünfhundert Jahren moralisch war, ist anders als heute, und in weiteren fünfhundert Jahren wird es wieder anders sein. Das Einzige, was bestehen bleibt, ist, ob die eigenen Handlungen Schaden anrichten oder nicht. Und wenn nicht, was sollen dann die Regeln?«

Dr. Rhys' Augen werden ganz groß, und ich habe das Gefühl, Dustin überfordert ihn. Regeln sind ein wichtiger Bestandteil zivilisierter Gesellschaften. Klar, manchmal scheinen sie sinnlos, und natürlich sind einige wenige unantastbar. Obwohl die Zeit so gut wie alles verändert. Aber die meisten Leute brauchen Regeln, um sich sicher zu fühlen. Darum halten so viele Menschen sich an Religion, auch wenn das erwiesenermaßen falsch ist. Es ist faszinierend. Eines Tages werde ich menschliche Religion und diese Abhängigkeit erforschen.

»Lass uns ein anderes Mal darüber reden«, sage ich beruhigend. »Ich glaube, wir haben Dr. Rhys schon genug aufgehalten. Er hat viel damit zu tun, Sex zu erforschen. Ich schicke dir die restlichen Fragen per E-Mail, und du antwortest, wann immer du Zeit findest. Aber du solltest übernächstes Wochenende zu unserem Anwesen kommen. Wir feiern eine kleine Party, und ich denke, es werden viele da sein, die gern bei der Studie mitmachen würden.« Und dann kann er mich in einem privateren Umfeld erleben. Natürlich wird er hier an seinem Arbeitsplatz seine blöden moralischen Prinzipien nicht lockern. Das wäre, als würde man mich zu einer Studentenparty mitnehmen und mir gleichzeitig Sex verbieten. Also bitte. Diese ganzen notgeilen Studis, die gern mal etwas Neues ausprobieren wollen? Das ist ein Smörgåsbord.

»Ich weiß nicht recht ...« sagt Dr. Rhys, aber er ist sichtlich hin- und hergerissen. Ich weiß, er hätte wirklich gern mehr Teilnehmer. Es ist aber möglich, dass er Sorge hat, mir nicht widerstehen zu können.

»Du musst nicht sofort entscheiden. Bestimmt musst du erst in deinen Kalender schauen. Ich schicke dir später die Einzelheiten.« Ich trenne die Verbindung zum Bildschirm, springe vom Stuhl auf und schiebe ihn an den Tisch, dann nehme ich mit einer Hand meinen noch halbvollen Kaffee, mit der anderen tätschele ich noch einmal den Arm von Dr. Rhys – dieses Mal seinen Bizeps. Er hat wirklich wunderbare Arme. Ich wünschte, ich hätte sie auch sehen können. »Alles Gute, und bis bald!«

Wir lassen ihn mit ungläubiger Miene im Besprechungsraum zurück und gehen wieder zur Rezeption, wo wir dem Empfangspersonal auf dem Weg nach draußen zuwinken. Dustin wartet, bis wir wieder im Auto sitzen, dann sagt er: »Manchmal glaube ich, du bist ein genialer Schurke. Und dann wieder bindest du deine Schuhe vor dem Anziehen zu, und ich komme ins Zweifeln.«

»Das ist nur ein einziges Mal vorgekommen«, protestiere ich, obwohl es eher sechs Mal waren. Er weiß aber nur von dem einen Mal, also ist es nicht so wichtig. Man kann nicht von mir erwarten, dass ich auf solche Lappalien achte wie ob ich Schuhe anhabe. Schließlich bin ich dafür verantwortlich, die Geschichte und das gesamte Wissen aller Drachen zu bewahren. Und schließlich habe ich die Schnürsenkel zugebunden.

Das ist außerdem egal. Mein Fokus muss jetzt sein, wie ich den Erdenspezies alles über Drachen beibringen kann ... außerdem will ich recherchieren, wo die Missionarsstellung ihren Namen herhat. Oh, und viel Sex zu haben, um Dr. Rhys bei seiner Studie zu helfen, damit er sie schneller abschließen und mit mir ins Bett gehen kann.

Als Drache braucht man eben Ziele.

KAPITEL 4
RHYS

NACHDEM DIE DRACHEN WEG SIND, bleibe ich noch ein paar Minuten im Besprechungsraum sitzen, starre die Tür an und versuche, alles zu verarbeiten. Es fällt mir nicht leicht. Was ist da gerade passiert? Habe ich mich ernsthaft darauf eingelassen, in Zukunft irgendwann Sex mit Fabian zu haben? Eigentlich glaube ich, nein gesagt zu haben, aber er schien so sicher zu sein, dass es passieren würde ...

Also nicht, dass es eine Strafe wäre. Ich habe noch nie in meinem ganzen Leben jemanden getroffen, der sich seiner Wirkung auf eine so beiläufige Art sicher ist. Und er hat eine so positive Einstellung zu Sex. Die Community ist zwar weniger prüde als die Menschheit, aber so offen sexuell wie Fabian es zu sein scheint sind wir dann auch wieder nicht.

Kopfschüttelnd lösche ich das Licht im Besprechungs-raum und gehe wieder ins Labor zurück. Ich brauche vernünftige Daten, um mich wieder zu sortieren. Diese Drachen sind nicht ganz unkompliziert.

Sura erwartet mich, und ich zucke zusammen. Ich wollte, ich hätte daran gedacht, ihr durch Chris Bescheid geben zu lassen. Sie weiß nur, dass der Drache aus meiner

Studie, der für den Anruf vom CSG gesorgt hat, unange-
meldet hier aufgekreuzt ist.

»Und? Was ist passiert? Du warst ewig weg, aber du
bist auch nicht wiedergekommen, um die Unterlagen zu
holen, also kann er nicht ausgestiegen sein.«

»Ist er auch nicht«, bestätige ich. »Er hat sogar einen
Freund mitgebracht, der sich auch anmelden will. Dem
muss ich noch die Einverständniserklärung zuschicken.«
Ich taste in der Hosentasche nach meinem Handy. Dustin
hatte mir seine Kontaktdaten gegeben, und ich will das
Formular so bald wie möglich versenden. Ich glaube aber
nicht, dass er es sich anders überlegen wird. Er hatte im
Gegensatz zu Fabian sehr kluge Fragen zur Studie und
schien sehr daran interessiert, wie sich die Ergebnisse
auswirken würden.

»Das ist doch großartig!« Sura strahlt, aber ihr Lächeln
erstirbt, als sie mich mustert. »Wieso bist du nicht besser
gelaunt?«

Ich hatte nicht vor, jemandem von Fabians Avancen zu
erzählen. Wirklich nicht. Aber als mir meine beste Freundin
so tief in die Augen blickt, kann ich es einfach nicht zurück-
halten. Immerhin hatte ich darauf geachtet, dass wir allein
im Labor sind, bevor ich ihr alles brühwarm berichte.

Ihr fällt schon nach der Hälfte die Kinnlade herunter,
und als ich schließlich damit ende, wie Dustin mich zum
einige Stunden entfernt liegenden Drachen-Anwesen auf
dem Land eingeladen hat, sinkt sie auf ihrem Stuhl
zusammen.

»Wow«, flüstert sie.

»Oder? Es ist so unangenehm.«

»Das ist es wirklich.« In der kurzen Pause brüten wir
beide über der Schwierigkeit meiner Situation. »Aber du
wirst doch mit ihm schlafen, oder?«

»Was? Nein!«, stottere ich. »Sura!«

Sie zuckt die Achseln, richtet sich auf dem Stuhl auf und rollt damit vor und zurück, während sie fortfährt: »Wieso denn nicht? Er hat recht. Der moralische Anspruch, den du an diese Studie anlegst, ist viel zu hoch. Sie ist rein beobachtend. Du gibst weder Medikamente aus, noch nimmst du medizinische Behandlungen vor; du hattest mit keinem Probanden Kontakt nach deren Anmeldung. Ich kann mir niemanden vorstellen, der das allen Ernstes moralisch verwerflich finden würde.«

Sie hat recht, und das gefällt mir nicht. Denn ja, Fabian ist attraktiv, und wenn wir uns in einer Bar getroffen hätten, wäre ich ihm ohne Zögern nach Hause oder zu meinem Auto oder zur Herrentoilette gefolgt. Aber in der Situation hätten wir auch nicht viel geredet. Da wäre es um Blowjobs oder eine Nummer mit der Hand oder einen schnellen Fick gegangen, und dann hätten sich unsere Wege getrennt.

Und das ist jetzt nicht mehr möglich. Also für mich jedenfalls. Ich bin über die Maßen anhänglich, wenn ich jemanden erstmal kennengelernt habe. Und ich weiß schon mehr über Fabian als über meinen letzten festen Freund: dass er total auf Geschichte und neue Kulturen steht, dass er Ringe liebt und sie zu sammeln scheint, wie intelligent, attraktiv, sexuell aktiv und sympathisch er ist. Er ist fast schon zu ehrlich, aber nicht auf eine böswillige Art. Er respektiert meine Entscheidung, obwohl er sie nicht verstehen kann, und er wird sich davon nicht abhalten lassen, sich mit mir anzufreunden, wenn das für mich okay ist.

Es läuft darauf hinaus: Ich mag ihn, und wenn wir dann auch noch Sex haben, werde ich wahrscheinlich Gefühle entwickeln. Romantiker sein ist hart. Solche Sachen passieren mir ständig. Und Fabian scheint ja ein netter Kerl zu sein, aber auf der Suche nach Gefühlen scheint er eher nicht zu sein. Also würde mein Herz wieder mit Blessuren enden.

Andererseits könnte er sich als solches Arschloch entpuppen, dass es gar nicht erst so weit kommt. Das habe ich auch schon ein paarmal hinter mir. Es war ein ganz großer Spaß.

Ich blicke auf und sehe die verständnisvolle Miene von Sura. »Es kann doch sein, dass es dieses Mal gut ausgeht«, sagt sie. Sie ist schon eine ganze Weile mit meinem katastrophalen Liebesleben vertraut. »Und selbst wenn es nur eine Weile schön ist, du kannst es brauchen. Es ist sowas von lange her, dass bei dir etwas lief.«

»So lange her nun auch wieder nicht«, widerspreche ich.

Sie schnaubt. »Doch, doch. Du arbeitest an einer Studie zu den Auswirkungen von Sex auf die metaphysische Gesundheit, und könntest selbst gar nicht teilnehmen. So lange.«

Tja, sie hat recht. Tatsache ist, dass ich selbst nie die Anforderungskriterien erfüllt habe. Erst war ich so damit beschäftigt, alles zum Laufen zu bekommen, dass es jeden Gedanken an Sex in den Hintergrund gedrängt hat. Dann war ich so abgelenkt von den ersten Daten, die reinkamen ... dann kam wieder etwas dazwischen ... und schließlich schien es den Aufwand nicht wert zu sein. Wenn ich einen der Ringe anziehen würde, dann würde er sich deaktivieren, ohne mehr als meine Vitalwerte zu senden.

Ich seufze. Was ist das nur für ein Leben? Ich bin ein junger Zauberer – noch nicht mal zweihundert Jahre alt. Ich sollte mehr erleben.

»Du musst ja nicht sofort entscheiden«, sagt Sura sanft.

»Erstmal das Meeting beim CSG, dann gehst du zu der Drachen-Party, wirbst ein paar Leute an, und siehst dir diesen Fabian mal in seinem natürlichen Umfeld an.« Sie unterbricht sich und fragt dann mit geschürzten Lippen: »War ›Fabian‹ nicht ein Songtitel?«

Ich zucke die Achseln, im Geiste immer noch mit der Einöde beschäftigt, die mein Sexleben darstellt. »Ja? Du weißt doch, dass ich Musik nicht so verfolge.«

»Ich bin ziemlich sicher. Es ist so ein witziger Menschen-Song. Es war … nicht wirklich ein Weihnachtslied. Eine Parodie vielleicht? Denn die Menschen haben ein Weihnachtslied über ein Rentier. Und dieser Song handelte auch von einem Rentier. Das Fabian hieß. Und es war Inzucht im Spiel. Sein Vater war gleichzeitig seine Schwester, wenn ich mich recht entsinne.«

Das lässt mich aufhorchen, und ich hebe den Kopf. »Was?«

Sie spreizt die Finger. »Es ist schon eine Weile her, dass ich es gehört habe, aber ich glaube, so ging es. Fabian frisst am Ende seinen Vater/seine Schwester.«

Ich blinzele langsam. »Warum erzählst du mir das nochmal?«

»Wenn du mit einem Typ in die Kiste gehst, der Fabian heißt, musst du auf alle Eventualitäten vorbereitet sein.«

»Ich weiß gar nicht, warum ich überhaupt mit dir rede.«

GELINDE GESAGT BIN ICH GESCHOCKT, beim CSG-Meeting nicht nur David Carew, sondern auch Imani Abara, die Gesundheitsbeauftragte des CSG und eine Handvoll weiterer Personen anzutreffen. Hier in den Räumen des CSG, fern von menschlichen Augen, hat sich niemand die Mühe gemacht, Tarnzauber zu verwenden, und die drei Unbekannten sind sehr offensichtlich *fremd*. Ich war noch nie bei einer informellen oder ganz privaten Gelegenheit mit Elfen oder Drachen zusammen, also sehe ich ihre wahren Gesichtszüge gerade zum ersten Mal. Die spitzen Ohren, die kantigen Gesichtszüge – hohe Wangenknochen, spitzes Kinn, schwere Stirn. Die Augenhöhlen sind auch anders geformt als unsere. Es sieht fremd aus, aber sehr ansprechend, und plötzlich bin ich froh, dass Fabian seinen Tarnzauber benutzt hat, als wir uns neulich trafen. Es wäre mir wesentlich schwerer gefallen, seine Bitte, ihm meine Muskeln zu zeigen, abzulehnen, wenn ich sein echtes Gesicht zu sehen bekommen hätte.

Ich bin wieder nervös, und als David mir die anderen als Angehörige der DEA – Drachen-Elfen-Allianz – vorstellt, steigert sich meine Aufregung noch: Caoimhe als Vertretung der Elfen und Sophie für die Drachen. Die beiden haben die Imani entsprechenden Positionen für ihre jeweilige Spezies inne. Und der dritte ist Brandt, der Flügelführer aller verdammten Drachen. Meine Hand zittert, als ich sie ihm reiche. Warum die anderen hier sind, verstehe ich, aber er? Ist er nicht zu beschäftigt und zu wichtig, um sich so früh im Prozess für diese Studie zu interessieren?

David scheint meine Verwirrung zu bemerken, denn er lenkt mich mit einer Geste zu einem freien Stuhl und sagt: »Brandt ist hier, weil er gern seine Nase in das Leben anderer Leute steckt.«

Mir bleibt einen Moment das Herz stehen, aber dann lacht Brandt leise. »Es stimmt«, sagt er. »Ich musste einfach den Mann kennenlernen, der Fabian einen Keuschheitsring gegeben hat.«

Ich versuche, nicht zusammenzuzucken. »Sie kennen Fabian?«

Brandt, der wie ein sehr gut gealterter sexy Daddy aussieht, nickt. »Natürlich. Ich kenne alle meine Drachen. Aber Fabian ist der Historiker und Archivar unserer Spezies, also lebt er auf unserem Anwesen.«

Ich lächle schwach. »Ich schätze, deswegen interessiert er sich so für walisische Geschichte.«

Sophie lacht. »Er interessiert sich für alles. Als er von eurer Besprechung wiederkam, verschwand er in seinen Räumen, um antike menschliche Sexrituale zu recherchieren, die dazu dienten, Wohlstand und Gesundheit herbeizuführen. Ich glaube, dank dir hat er ein neues Hobby.«

»Ich bin ziemlich sicher, dass Sex schon immer sein Hobby war«, sagt Brandt trocken. »Immerhin praktiziert er ihn jetzt zum Wohle der Gesellschaft.«

Das muss einer der seltsamsten Sätze sein, die ich je gehört habe.

David bittet kurz um Ruhe und erklärt mir, dass sie das Material, das ich geschickt hatte, begutachtet haben und mir jetzt gerne Fragen dazu stellen möchten. Was dann folgt, ist etwas anstrengend, in etwa so wie der Termin mit dem Vorstand von KRD, den ich davon überzeugen musste, mir die Mittel für die Studie zur Verfügung zu stellen ... oder die Verteidigung meiner Dissertation. Ich bin froh, die Daten in leicht verständlichen Charts und Grafiken dargestellt zu haben, denn sie wollen Zahlen, sie wollen sie auf alles Mögliche herunterbrechen, und sie stellen alles in Frage.

Es macht mir extrem viel Spaß.

Schließlich entsteht eine Pause, und alle sehen sich leise nickend an. Ich bin ziemlich sicher, dass das ein gutes

Zeichen sein muss und kein verklausuliertes »Lass uns diesen Irren rauskegeln«.

»Danke, Dr. Griffiths«, sagt Imani. »Wie wissen sehr zu schätzen, dass Sie sich heute Zeit für uns genommen haben. Bevor wir fortfahren, würden wir Sie gerne eine Verschwiegenheitserklärung unterzeichnen lassen.«

Sie ... was?

»Eine Verschwiegenheitserklärung?« Ich hoffe, ich klinge nicht so verdutzt wie ich mich fühle. »Äh ... natürlich.« Was auch immer sie mir mitteilen wollen, muss bedeutend sein. Oder beängstigend. Oder bedeutend und beängstigend. Der Wissenschaftler in mir ist begeistert.

Ansonsten wird mir gerade flau.

Imani schiebt mir ein Dokument herüber, und ich lese es mir durch. Es ist recht durchschnittlich, und ich würde vermuten, es ist ein für Verschiedenes genutztes Formular, das für alles verwendet wird, was vertraulich gehandhabt werden muss, aber nicht das Ende der Welt bedeutet. Ich unterzeichne und schiebe es ihr wieder zurück.

»Danke«, sagt sie erneut. »Die metaphysische Gesundheit hat in den letzten Jahrhunderten weniger Beachtung gefunden, als gut gewesen wäre. Es wurde mehr Wert auf körperliche und geistige Gesundheit gelegt, und uns liegen Zahlen vor, die einen Rückgang unserer Fähigkeiten über die Zeit nahelegen. Wir arbeiten daran, die Ursache dafür zu finden, sind aber auch interessiert an allem, was diesen Prozess verlangsamen oder umkehren könnte, bevor es zu spät ist.«

Ich versuche, mir nach außen nichts anmerken zu lassen, aber es gibt mir einen Stich. Zu spät? Meint sie, bevor wir unsere Kräfte ganz verlieren? Wie ist das möglich? Unsere Kräfte sind ein integraler Bestandteil von uns. Was würde ich tun, wenn ich keine Zauber mehr wirken könnte? Es ist nicht nur ein Element meiner Arbeit, sondern auch entscheidend für meine Identität.

»Oh«, presse ich hervor. »Könnte ich vielleicht Zugang zu diesen Daten haben?« Als Wissenschaftler möchte ich Beweise sehen.

Sie hebt eine Augenbraue, und David antwortet: »Zu manchem davon schon. Vielleicht können wir auch nach und nach den Rest zugänglich machen. Es ist mit anderen Forschungsprojekten verknüpft, die höchst vertraulich sind.«

»Natürlich.« Ich schlucke, denn ich will gar nicht darüber nachdenken, was das für Forschungsprojekte sind, die sich mit der Messung metaphysischer Kräfte beschäftigen, und deswegen vertraulich sind. »Sie denken also, meine Studie könnte potenziell diese Entwicklung umkehren?« Das ist faszinierend. Mir war gar nicht klar, was für einen wichtigen praktischen Nutzen meine Arbeit haben könnte. Ich hatte eher daran gedacht, dem allgemeinen Gesundheitszustand einen Schub zu geben, so wie regelmäßige Spaziergänge gut für die Fitness sind, aber keine Krankheiten heilen können. Das hier könnte so viel mehr bedeuten.

»Wir werden keine Forschungsprojekte links liegen lassen, die sich als potenziell hilfreich erweisen könnten«, sagt Imani entschieden. »Darum würden wir gerne gemeinsam Ihre Studie finanzieren, und sie so weit ausbauen wie möglich.« Sie nennt eine Zahl, bei der ich instinktiv die Hände zu Fäusten balle. Mit so viel Geld kann ich die Studie zehnmal so groß machen. »Wir würden sie auch öffentlich sponsern, um das Bewusstsein dafür zu schärfen und mehr Teilnehmer zu generieren.«

Ich räuspere mich im Versuch, einen Siegesschrei zu unterdrücken. »Das hört sich großartig an«, sage ich dann ruhig. »Ich nehme an, im Gegenzug hätten Sie gern Zugriff auf alle Ergebnisse?« Das wäre natürlich völlig in Ordnung. Ich müsste nur alle Probanden informieren und sie eine weitere Einverständniserklärung unterzeichnen lassen, aber selbst, wenn sie ablehnen sollten, würde die Zahl der neuen Teilnehmer das mehr als ausgleichen. Wesentlich mehr. Exponentiell mehr.

»Ja. Sie unterliegen selbstverständlich unseren Datenschutzgesetzen und werden entsprechend behandelt.«

Mir liegt ein »selbstverständlich« auf der Zunge, aber meine Stimme versagt mir den Dienst, also nicke ich einfach. Sie lächelt freundlich.

»Ich weiß, es ist viel auf einmal, vor allem, da Sie gar nicht damit gerechnet hatten, uns bei der heutigen Besprechung auch anzutreffen. Wie wäre es, wenn wir erstmal so verbleiben? Wir können beim nächsten Termin weitere Details und das weitere Vorgehen diskutieren.«

Ja. Perfekt. »Eine sehr gute Idee. Ehrlich gesagt hätte ich nie damit gerechnet, die Studie in diesem Maßstab ausbauen zu können, also muss ich ein paar Zahlen prüfen. Eine Frage habe ich aber«, füge ich an Caoimhe und Sophie gewandt hinzu. »Hat dieses Nachlassen der Kräfte sich auch auf Ihre Spezies ausgewirkt? Oder betrifft es nur die Spezies der Community?«

»Die Elfen sind auch betroffen«, antwortet Caoimhe ohne Zögern. »Wir waren zeitweise mit dringenderen Problemen beschäftigt« – sie spricht vom drohenden Kollaps ihrer Dimension. Ich kann mir sehr gut vorstellen, dass einen das ablenken kann – »aber nachdem wir uns hier eingelebt hatten und von Imani auf die Angelegenheit aufmerksam gemacht wurden, haben wir selbst nachge-forscht und dabei festgestellt, dass es auch uns betrifft.«

»Der Prozess scheint bei den Elfen langsamer fortzu-schreiten«, fügt Imani hinzu, »aber warum, können wir nicht mit Sicherheit sagen, ohne die Ursache des Problems zu kennen. Und bisher«, sagt sie mit einem Achselzucken, »haben wir absolut keine Ahnung. Wir erhoffen uns Anhaltspunkte von Ihren Forschungsergebnissen.«

Wow. Kein Stress oder so. »Wenn ich einen größeren Probandenpool habe, könnten sich unerwartete Erkennt-nisse ergeben«, sage ich vage, dann wende ich mich wieder an Sophie.

Sie schüttelt den Kopf. »Ich habe nichts dergleichen bei den Drachen festgestellt. Wir sind natürlich zahlenmäßig wesentlich weniger, und unsere Entstehungsgeschichte unterscheidet sich von denen aller anderen Spezies. Unsere Kräfte funktionieren ebenfalls ganz anders. Aber wir sind entschlossen, der Sache auf den Grund zu gehen und das Problem zu beheben.« Sie grinst Brandt an. »Und nicht nur, weil unser Flügelführer sich anstellt wie ein quengeliges Kleinkind, wenn es seinem Seelenpartner nicht gut geht.«

Ich brauche einen Moment, bis ich nachvollziehen kann, dass sie von Brandts Partner Percy spricht, dem ehemaligen Luzifer. Er ist felider Shifter, also beeinträchtigt ihn das natürlich auch.

»Ich habe derzeit drei Drachen in der Studie, wie Sie gesehen haben. Es wäre hilfreich für mich, die Unterschiede zwischen Ihnen und den anderen Spezies besser zu verste-hen, insbesondere die der Elfen, da Sie sich körperlich so sehr gleichen.«

Caoimhe schnaubt. »Noch nicht einmal das, bedauerli-cherweise.«

Das verstehe ich nicht. Dankenswerterweise erklärt

Sophie, bevor ich nachfragen muss: »Drachen waren ursprünglich ätherische Wesen aus reiner Energie. Die Entdeckung physischer Körper – unserer Drachengestalt – geschah rein zufällig. Doch dann stellten die Drachen fest, dass sie es zu sehr genossen, um es wieder aufzugeben. Die zweibeinige Gestalt nahmen sie erst an, als sie den Elfen begegneten, um mit ihnen kommunizieren zu können. Im Wesentlichen wurde ihre Form kopiert, aber unsere genetische Ausstattung ist eine völlig andere.«

Ich weiß nicht, was ich dazu sagen soll. In meinem Kopf sprudelt es nur so vor Fragen.

Brandt lacht. »Den Gesichtsausdruck kenne ich. Das ist ein Wissenschaftlergesicht. Sie und Sophie werden reichlich Zeit haben, darüber zu sprechen.«

»Auf jeden Fall«, sagt Sophie. »Mit Fabian könntest du auch reden. Ich weiß über die medizinische Seite Bescheid, aber er hat Zugang zum Lebenden Archiv und kann dir genau erklären, wie das alles geschah.«

Ich nehme mir vor, mich später nach dem Lebenden Archiv zu erkundigen, denn es hört sich supercool und superbeängstigend zugleich an. »Ich werde eine Liste von Fragen zusammenstellen«, verspreche ich Sophie. Es klingt fast wie eine Drohung, so eifrig bin ich, und um mich herum wird leise gelacht.

»Aber du solltest auf jeden Fall am Wochenende zum Anwesen kommen«, sagt sie einladend. »Wir haben ein paar Leute zu Gast, es werden viele Drachen, einige Elfen und andere Spezies da sein. Es wäre eine gute Gelegenheit, deine Studie bekannt zu machen, und dich weiter zu informieren.«

»Ein guter Plan«, sagt Brandt zustimmend. »Kommen Sie übers Wochenende. Sie und Fabian und Sophie können sich über ... alles Mögliche unterhalten.« Mit einer Geste

umreißt er »alles Mögliche«, das wir offenbar zu besprechen haben. »Es macht Ihnen doch nichts aus, am Wochenende zu arbeiten? Bestimmt können Sie dafür nächste
Woche ein oder zwei Tage freinehmen.«

Ich versuche, nicht daran zu denken, wann ich das
letzte Mal ein komplettes Wochenende frei hatte. War es im
Frühling? Oder vielleicht letzten Winter, als der Strom
ausfiel und ich im Labor sowieso nichts ausrichten konnte.
»Es macht mir nichts aus«, sage ich geistesabwesend, und
das versteht Brandt als Zusage, denn er beginnt, mir den
Anfahrtsweg zum Anwesen zu beschreiben. Das Anwesen
heißt – aufgepasst – Lass es Drachen.

Da muss jemand high gewesen sein, als er sich das
ausgedacht hat. Entweder das oder Drachen sind sehr
exzentrisch.

Und ehe ich es mir versehe, löst sich das Meeting auf.
Ich bekomme diverse Visitenkarten in die Hand gedrückt
und übergebe einige von meinen – ein Glück, dass ich daran
gedacht hatte, welche einzustecken. Brandt schärft mir
noch ein, am Freitagabend rechtzeitig zum Essen da zu sein,
und alle verlassen im Gänsemarsch den Besprechungsraum.

Dann sind nur noch David und ich übrig.

Ich sehe ihn an, und stelle ein bisschen überrascht fest,
wie gut er aussieht. Es war mir schon vorher aufgefallen,
aber meine Nervosität und die Anwesenheit der vielen
Leute hatte mich abgelenkt. Aber jetzt lächelt er mich
verständnisvoll an, die dunkelblauen Augen blitzen, und
ich lächle zurück.

»Habe ich gerade eingewilligt, ein gesamtes Wochenende mit den Drachen zu verbringen?«, frage ich, denn ich
glaube, das war so, aber ich bin nicht ganz sicher.

Er nickt. »Ja. Aber keine Sorge. Percy wird dir zu Hilfe

kommen, wenn es nötig wird. Und ich bin auch zeitweise da.« Er unterbricht sich, dann fügt er hinzu: »Versuche, es dir nicht mit Steffen zu verderben.«

Wieder bin ich besorgt. »Sollte ich irgend etwas Bestimmtes unterlassen?«

Er zuckt die Achseln. »Wer weiß das schon? Lass dich einfach ... darauf ein. Und versuche lieber, nicht mit ihm allein zu sein. Die anderen haben ihn recht gut im Griff, aber allein kann er ein bisschen schwer zu ertragen sein.«

»Ist er gefährlich?« Ob ich noch etwas von dem Selbstverteidigungskurs parat habe, an dem ich vor einigen Jahrzehnten teilgenommen hatte?

»Nur für Logik und Vernunft. Komm, ich stelle dich Noah vor. Er hat die Daten, die du brauchst.«

ALS ICH WIEDER BEI KRD ankomme, habe ich den Schock größtenteils verwunden und bin schon ganz aufgeregt wegen all der neuen, vor mir liegenden Chancen. An der Rezeption bitte ich Chris, mir dringend einen Termin mit dem Direktor zu machen. »Und sag ihm, dass ich gute Neuigkeiten habe«, füge ich hinzu. Ich will ihn keinesfalls verärgern.

Chris klickt, gelangweilt und gereizt wie eh und je, in die Termin-App, um sich darum zu kümmern, und ich laufe den Flur entlang zu meinem Labor.

Sura ist gar nicht da, also fühle ich mich etwas im Stich gelassen. Die anderen beiden Wissenschaftler, mit denen wir uns den Platz teilen, sind zwar da, und ich mag auch beide, aber Sura würde mich umbringen, wenn ich ihnen die Neuigkeiten vor ihr erzählen würde. Glücklicherweise finde ich sie im Büro an ihrem Computer, fluchend wie ein Bierkutscher.

»Zwischenbericht oder Kosten?«, frage ich. Das sind die Dinge, die sie normalerweise so aufregen.

»Weder noch«, presst sie hervor, wobei sie ihren Bildschirm weiter wütend anstarrt. »Dieser Horst aus der Personalabteilung hat meinen Joghurt gegessen und jetzt wagt er auch noch, es abzustreiten.«

Ah, die Dramen im Pausenraum, Glück der gemeinsam genutzten Räume.

»Ich kaufe dir einen neuen Joghurt, wenn du mir deine Aufmerksamkeit schenkst.«

Sie murmelt noch ein paar ausgesuchte Schimpfwörter und äußert sich zur mangelnden Hygiene des Kerls aus der Personalabteilung, dann wendet sie sich widerwillig mir zu. »Was gibt's? Ach ja – du bist zurück von der Besprechung!«

Ja, das hat ein bisschen gedauert. Wie lautet dieses menschliche Zitat noch? Die Hölle selbst kann nicht wüten wie eine verärgerte Sura. »Ja, genau.«

»Wie lief es denn? War er interessiert? Glaubst du, es springen Fördermittel dabei heraus? Du könntest schon mit fünfzigtausend eine Menge anstellen.«

»Ich bekomme definitiv Fördergelder.« Mit einem breiten Lächeln lasse ich mich von meinem Glück überwältigen und erzähle ihr alles. Na ja, fast alles. Dass wir metaphysisch schwächer werden, ist Top Secret, also verschweige ich es. Sie unterbricht mich ein halbes Dutzend Male, kreischt aber nur ein einziges Mal.

»Das ist ja *großartig*«, sagt sie, als ich fertig bin.

»Es ist eine fantastische Chance«, gebe ich zu.

»Und diese Wochenendsache auch. Es ist die perfekte Gelegenheit, mit Fabian anzubändeln. Garantiert kennt er jeden Winkel im Haus, an dem man ungestört sein kann

... und wenn nicht, bleibt immer noch sein Schlafzimmer.«

Tja, darauf werde ich mal nicht eingehen. Zum Glück klingelt das Telefon, und ich beuge mich vor, um abzunehmen.

»Ich musste mich etwas reinhängen«, sagt Chris, ohne auch nur Hallo zu sagen, »aber du hast jetzt gleich dreißig Minuten beim Direktor. Lass ihn nicht warten.« Er legt auf, bevor ich antworten kann.

»Mist. Ich muss zum Direktor«, werfe ich über die Schulter, schon auf dem Weg nach draußen. Sura winkt nur ab. Wir mit den wenig sexy Low-budget-Forschungspro-jekten wissen alle, wie wichtig es ist, den Direktor nicht zu verstimmen.

Ich eile durch die Korridore, im Versuch, nicht so auszu-sehen, als würde ich rasen. Das Ergebnis ist eine Art sehr verklemmtes, watschelndes Walking. Wenn Fabian mich jetzt sehen könnte, würde er sofort jedes Interesse an Sex mit mir verlieren. Vielleicht sollte ich das mal am Wochen-ende ausprobieren.

Die Assistentin des Direktors, eine kühle, blonde Vampirin, die genügend Verstand und Ehrgeiz hätte, um die *Titanic* zum Sinken zu bringen, hebt eine Augenbraue, als ich nach Luft ringend ihr Reich betrete. Ich habe sie noch kein einziges Mal die Fassung verlieren sehen, noch nicht mal, als der Feuerkäfer in ihr Büro gelaufen kam. Sie hat einfach eine allgemeine Evakuierung angeordnet und dann den Feuerlöscher zur Hand genommen.

»Er wartet«, sagt sie, in einem Ton, der unterstellt, ich hätte absichtlich getrödelt und damit die wertvolle Zeit des Direktors verschwendet. Obwohl sie genau sieht, wie zerzaust ich nach dem Sprint durch die ganze Anlage bin.

»Danke«, keuche ich, dann klopfe ich leicht an die

Flügeltür und warte auf das herrische »Herein« des Direktors.

Innen ist das Büro weniger edel als man erwarten würde. Keine teure Kunst an den Wänden, kein luxuriöses Mobiliar und kein prunkvoller Schreibtisch. Der Direktor mag generell knauserig sein – und das ist er wirklich – aber für sich selbst gibt er auch kein Geld aus. Ich schließe die Tür hinter mir und setze mich ihm gegenüber. Er ist auf seinen Bildschirm konzentriert und tippt etwas auf der Tastatur, aber ich weiß aus Erfahrung, dass er sich meiner Anwesenheit bewusst ist und es nicht zu schätzen wüsste, wenn ich herumstehen und auf eine Einladung warten würde, Platz zu nehmen.

Endlich dreht er sich vom Computer weg und widmet mir seine Aufmerksamkeit. Er ist ein Dämon, außerdem Wissenschaftler, obwohl ehrlicherweise seine Forschung eher mittelmäßig war. Aber er versteht unseren Arbeitsprozess, und er ist ein ausgezeichneter Verwaltungsbeamter und Geschäftsmann, also der perfekte Direktor. Auch wenn er mir große Angst macht mit seiner typisch dämonischen schlechten Laune.

»Was kann ich für Sie tun, Dr. Griffiths? Eine dringende Angelegenheit, aber keine schlechten Nachrichten, wie ich höre?«

»Es sind ausgezeichnete Nachrichten, Sir. Das CSG stellt finanzielle Mittel für mein Forschungsprojekt bereit.« Ich berichte von der Besprechung und erläutere, was die nächsten Schritte sein werden.

Seine Miene verrät mildes Interesse und Neugier. »Das sind in der Tat gute Nachrichten. Allerdings bin ich ehrlich gesagt etwas erstaunt, nicht im Vorfeld davon informiert worden zu sein, dass Sie so etwas in Planung haben.«

»Das hatte ich nicht, Sir. Ich hatte ein erstes Gespräch

erwartet, möglicherweise die Aufforderung, Fördergelder zu beantragen. Wenn ich gewusst hätte, was kommt, hätte ich darum gebeten, dass Sie mich zu der Besprechung begleiten.« Das ist zwar richtig, aber ich bezweifle, dass das Ergebnis anders ausgefallen wäre. Ich musste gar nicht verhandeln.

Er akzeptiert das nickend, dann stellt er noch ein paar Fragen nach Einzelheiten. Als er sich schließlich zurücklehnt, lächelt er. Na ja ... für ihn ist es ein Lächeln. Bei jeder anderen Person würde man es wahrscheinlich nicht so nennen. »Ich würde gern Ihren Plan sehen, wenn Sie ihn ausgearbeitet haben. Trauen Sie sich zu, am Wochenende allein zurechtzukommen, oder soll ich mich auch um eine Einladung bemühen?«

Oh, um Gotteswillen, bloß nicht. Das Letzte, was ich brauchen kann, ist, dass er die wenig subtilen Avancen von Fabian mitbekommt.

»Ich würde Ihre Begleitung sehr zu schätzen wissen, Sir, glaube aber nicht, dass ich sie brauche. Sie müssen nicht meinetwegen Ihr Wochenende opfern.«

Zu meiner Verblüffung lacht er. Es ist ein leises Lachen, kein schallendes Gelächter, aber dennoch. Ich wusste gar nicht, dass er dazu in der Lage ist.

»Das haben Sie aber schön gesagt. Na gut, Sie haben meine Handynummer, falls es Probleme gibt. Es wird eine gute Erfahrung für Sie sein, wichtige Leute in einer ungezwungenen Atmosphäre zu erleben. Wenn Ihr Forschungsprojekt sich so entwickelt wie es aussieht, werden Sie noch viele wohlhabende und einflussreiche Leute kennenlernen.«

Ich habe das Gefühl, mir wird schlecht. »W ... wirklich?«

Er nickt. »Darauf werden Sie sich leider einstellen

müssen. Wenn reiche Leute wissenschaftliche Studien unterstützen, sehen sie sich als Philanthropen. Aber sie gehen auch sicher, dafür ja jedes Quäntchen Anerkennung zu bekommen, das sie bekommen können. Und dazu gehört, von Wissenschaftlern umschwärmt zu werden.«

Das klingt ja ... super spaßig. Ich lächle schwach. »Yippie.«

Wieder lacht er leise. »Was mir noch nicht klar ist: Wie hat David Carew denn von Ihrem Forschungsprojekt erfahren?«

»Oh. Er, äh, hat von einem der Probanden davon erfahren. Einem Drachen.« Das ist nicht gelogen. Ich habe nur einen Teil der Geschichte weggelassen.

Wieder nickt der Direktor. »Einer der beiden Drachen, die neulich hier zu Besuch waren?«

Wie ...?

»Ja.« Ich zerbreche mir den Kopf, wieso er davon wissen könnte.

»Ich glaube, das war das erste Mal, dass wir Drachen in diesem Gebäude hatten«, sagt er nachdenklich. »Chris sagt, sie waren sehr begeistert.«

»Ich habe nicht viel Erfahrung mit Drachen«, antworte ich ehrlich, »aber das scheint irgendwie ihre Natur zu sein.«

Er scheint gründlich über etwas nachzudenken, und ich frage mich, ob das Gespräch damit beendet ist. Es ist jetzt schon das längste Einzelgespräch, das ich seit meiner Bewerbung jemals mit ihm geführt habe.

Er räuspert sich. »Chris hatte den Eindruck gewonnen, einer von ihnen war besonders begeistert von Ihnen.«

Ich blinzele ein paarmal. Meint er etwa ...? Ich werde so von Panik erfasst, dass ich kaum noch Luft bekomme. »Sir, ich würde niemals –«

Er hebt eine Hand. »Ich stelle hier nicht Ihre Moral infrage, Dr. Griffiths. Tatsache ist, dass angesichts des Forschungsgegenstandes niemand Ihre Integrität in Zweifel ziehen würde, selbst wenn einer der Probanden besondere … Begeisterung für Sie entwickeln würde.«

Das ist eine Umschreibung, die ich noch nie gehört habe.

»Äh, Sir –«

»Ich will nur sagen«, unterbricht er mich erneut, »dass Sie keine Scherereien bekommen würden, wenn Sie geneigt wären, darauf einzugehen.«

Wie merkwürdig ist das denn? »Verstanden, Sir.« Ich verstehe es zwar nicht wirklich, aber das wird bei Sura wahrscheinlich anders sein, und so muss ich dieses unangenehme Gespräch mit meinem Chef nicht mehr unnötig in die Länge ziehen.

Seine Miene vermittelt höflich, dass ich damit entlassen bin. »Ich erwarte dann eine E-Mail mit Ihrem Plan«, sagt er, und ich lächle, stimme zu und stehe auf.

»Danke, Sir.«

Als ich die Tür hinter mir zuziehe, mustert mich seine Assistentin, als würde sie sich fragen, wieso ich eigentlich immer noch ihren Raum kontaminiere. Keine Ahnung, was mich reitet, aber ich schenke ihr ein freches Grinsen und sage: »Ich wünsche Ihnen noch einen großartigen Tag!«

Ihr verblüffter Blick begleitet mich bis in den Korridor.

Sura erwartet mich schon ungeduldig, obwohl sie so tut, als würde sie arbeiten. Ich erkenne, dass sie nur so tut, denn sie starrt nachdenklich den Bildschirm an, als würde sie sich konzentrieren. Wenn sie wirklich arbeiten würde, würde sie ihn böse angucken und mit dem Stift, ihren Fingern oder ihrem Fuß klopfen. Sura arbeitet nicht leise.

»Und?«, fragt sie fordernd.

Ich erzähle ihr alles. »Was hat er nur damit gemeint?«, frage ich dann ungeduldig, und sie schüttelt ungläubig den Kopf.

»Du musst unbedingt öfter aus dem Labor raus.«

»Sura.« Ich versuche, nicht zu quengeln.

»Er hat gemeint, dass du alles dafür tun sollst, dass die Drachen zufrieden sind.«

Mein Unterkiefer klappt nach unten. »Ist nicht wahr.«
Sie lächelt selbstgefällig.

»Er schickt mich auf den Strich?« Beim letzten Wort wird meine Stimme ganz hoch, und sie klapst mir auf den Arm.

»Natürlich nicht. Wenn du nicht willst, zwingt dich keiner. Aber wenn du wollen solltest, und Fabian – ich nehme mal an, um ihn geht es – sich darüber freuen würde und dann nette Sachen über dich und KRD zum Flügelführer sagen würde, dann ...« schließt sie achselzuckend, als würde es Sinn ergeben, dass ich mit jemandem Sex habe, um meinen Chef zufriedenzustellen.

Mir fehlen die Worte.

»Woher wusste er überhaupt, dass Fabian scharf auf dich ist?«

Ich versuche, gegen meine durcheinander surrenden Gedanken anzublinzeln. »Er sagte, Chris hat es erwähnt.«

»Chris vom Empfang? Wieso sollte der das denn wissen? Ich dachte, Fabian hat dich erst angegraben, als ihr allein wart.«

Jetzt zucke ich die Achseln. »Vielleicht hat er beim Hinausgehen etwas zu Dustin gesagt. Chris hat ein phänomenales Gehör.«

Sura runzelt die Stirn, scheint das aber zu akzeptieren. »Wie dem auch sei – ich schätze, das ist jetzt nicht so wichtig. Du hast andere Prioritäten«, fährt sie dann fort.

»Wie zum Beispiel einen Plan für das Ausbauen der Studie aufzustellen.« Es wird sowas von episch.

»Nein. Also, ja. Aber erstmal musst du dir ein paar anständige Klamotten für das Wochenende kaufen. Einschließlich sexy Unterwäsche.«

»Ich kann nicht mit dir reden, wenn du so drauf bist.« Damit drehe ich mich auf dem Absatz um und gehe die drei Schritte zu meinem Schreibtisch, aber sie ist aufgesprungen und mir gefolgt, bevor ich ihn erreiche.

»Nein, hör doch erst mal zu. Ich meine das ernst. Dein Schrank ist voll mit Arbeitsklamotten, oder? Chinos und Hemden und ein guter Anzug. Besitzt du überhaupt noch Jeans?«

»Natürlich besitze ich Jeans!« Obwohl ... jetzt, da sie es erwähnt ... »Die könnten vielleicht etwas zu abgetragen sein für dieses Wochenende.« Sie haben Löcher. Und zwar nicht so strategisch von Designern vorgesehene. Und dann habe ich noch ein Paar, aber die passen mir nicht mehr. Ich hatte sie in den Neunzigern gekauft, und ich glaube, die Mode hat sich seither geändert.

»Das dachte ich mir. Also gehen wir shoppen und besorgen dir ein paar legere, aber gute Sachen, die man im Haus des Flügelführers tragen kann, wo du alle möglichen Leute kennenlernen wirst, die du beeindrucken musst.«

»Ich glaube, ich muss spucken.«

Sie klopft mir auf die Schulter. »Alles wird gut. Die Klamotten werden dir mehr Selbstbewusstsein geben. Und über dein Forschungsprojekt kannst du im Schlaf reden, schon vergessen?«

Sag das mal meinen plötzlich ganz zittrigen Händen.

»Und neue Unterwäsche, da du zu lange keinen Sex mehr hattest und dringend eine Motorwäsche brauchen kannst. Jetzt, da der Direktor dir grünes Licht gegeben hat, sollte dich nichts mehr daran hindern, es mit Fabian in der Drachenstellung zu treiben.« Sie unterbricht sich. »Keine Ahnung, was das ist, aber das kannst du mir ja am Montag alles berichten.«

Langsam blicke ich auf und betrachte ihre gespielt unschuldige Miene. »Wir können nicht mehr befreundet sein.«

KAPITEL 5
FABIAN

FREITAGNACHMITTAG SIND Brandt und Percy früher aus der Stadt zurück. Ich bin auch gerade erst vom College wiedergekommen. Seit ich nicht mehr auf Dustin und seinen Stundenplan Rücksicht nehmen muss, bin ich flexibler und kann kommen und gehen, wie ich will. Das einzige Problem ist, dass ich manchmal abgelenkt bin beim Autofahren, da niemand neben mir im Wagen sitzt, der dafür sorgen würde, dass ich mich konzentriere. Diese Woche habe ich schon zwei Verwarnungen bekommen. Aber ich hatte danach ein Date mit dem Polizeibeamten, der mich am Mittwochabend aufgeschrieben hat. Er war nett, aber ich habe ihn glaube ich ziemlich durcheinandergebracht. Ich glaube nicht, dass wir uns noch einmal treffen werden. Immerhin hat er mir heute beim Vorbeifahren zugewunken.

»Warum sind sie so früh zurück?«, frage ich Kethe, nachdem ich sie aus dem Küchenfenster auf dem langen Rasenstück erspäht habe, wo Brandt und Steffen sich gerade in ihre zweibeinige Gestalt verwandelt haben. Percy hebt das Geschirr auf.

»Wahrscheinlich, damit sie noch Zeit haben, sich für unsere Gäste fertigzumachen«, antwortet sie, ohne aufzublicken. Sie versieht gerade eine Torte mit Glasur. Sie sieht köstlich aus – Kethe liebt YouTube-Videos und ist in letzter Zeit ganz begeistert von aufwändig dekorierten Kuchen. Aus Gründen, die ich selbst nicht ganz verstehe, läuft mir bei Kuchen mit hübscher Dekoration eher das Wasser im Mund zusammen als bei einfach glasierten. Wils Theorie zufolge sieht unser Gehirn die Buttercreme und rechnet automatisch aus, wie viel besser es dank des zusätzlichen Zuckers schmecken wird. Steffen glaubt an eine Verschwörung zwischen der Backindustrie und den Pharmaunternehmen, die darauf aus sind, mehr Menschen von Insulin abhängig zu machen. Ich bin relativ sicher, dass es nicht so abläuft – und doch ist es eine von Steffens plausibleren Verschwörungstheorien.

Jedenfalls habe ich schon versucht, etwas von der Buttercreme zu naschen und habe dafür mit dem Holzlöffel eins auf die Finger bekommen.

»Es kommt heute schon jemand? Ich dachte, alle waren erst für morgen eingeladen.« Das erklärt allerdings die Torte. Kethe macht sich nicht so viel Mühe, wenn wir unter uns sind, es sei denn, sie will ein neues Rezept ausprobieren.

Sie seufzt und wirft mir einen genervten Blick zu. »Hast du diese Woche gar nicht zugehört?«

»Wobei denn?« Ich drehe mich vom Fenster weg und widme ihr meine ganze Aufmerksamkeit. Also ... den Großteil meiner Aufmerksamkeit, denn gleichzeitig denke ich darüber nach, ob ich vielleicht eines von den Mini-Snickers stibitzen kann, wenn sie nicht hinschaut.

»Bei allem, was besprochen wurde. David und Caolan

kommen heute Abend, und der Wissenschaftler, der mit Sophie und den anderen zusammenarbeiten wird, auch.«

Ich runzele die Stirn. »Woran denn?«

Kopfschüttelnd antwortet Kethe: »Ehrlich, Fabian, ich weiß wirklich nicht, wie du es eigentlich schaffst, durch den Tag zu kommen. Erinnerst du dich, dass Sophie und Brandt dich gebeten hatten, in deinem Archiv nachzulesen, ob in den vergangenen paar Jahrtausenden je eine Schwächung der Drachen-Magie vorgekommen ist?«

»Natürlich erinnere ich mich«, erkläre ich empört. Ich vergesse niemals solche Suchen. »Aber es gab keine. Ich habe es dreimal nachgeprüft. Magienutzung und -kräfte sind seit Anbeginn der Aufzeichnungen unverändert.« Ich bin so beleidigt, dass sie denkt, ich könnte es vergessen haben, dass ich beschließe, den Snickers-Diebstahl zu riskieren.

»Ja, aber der Grund für ihre Frage – wie sie dir damals auch gesagt hatten – war, dass die anderen Spezies alle eine Schwächung ihrer Kräfte zu verzeichnen haben.« Sie schlägt mit dem Teigschaber nach mir und klatscht mir auf die Finger, die ich nach der Schokolade ausgestreckt habe. Schmollend ziehe ich die Hand zurück. Aber es ist gut für mich ausgegangen – auf dem Teigschaber war Buttercreme, und die kann ich jetzt von meinen Fingern ablecken.

Meinen mitgenommenen, schmerzenden Fingern.

Aber das war es wert.

»Ich sag's nicht nochmal«, warnt sie. »Beim nächsten Mal bekommst du eine ganze Woche keine Kekse und kein Dessert.«

»Also gut«, sage ich, dann lecke ich grinsend meine Hand ab, und sie verdreht die Augen. »Und jetzt hilft ein Wissenschaftler bei den Nachforschungen?« Das klingt ja interessant. Ich frage mich, wieso ich dieses Gespräch vergessen habe.

»Nein, Fabian«, sagt Brandt aus dem Türrahmen, und ich drehe mich zu ihm um. Percy schiebt sich an ihm vorbei und läuft direkt zum Schrank mit den Tees. »Dr. Griffiths' Forschungsprojekt wird *uns* helfen, einzuschätzen, wie weit das Problem geht, und hoffentlich, es zu beheben, aber es ist unwahrscheinlich, dass es uns den Grund verraten wird.«

»Dr. Griffiths? *Mein* Dr. Griffiths?«

Brandt hebt eine Augenbraue und setzt sich an den Küchentisch. »Gehört er denn dir?«

»Ich habe ihn entdeckt.« In meiner Stimme schwingt ein Schmollen mit, was ich nicht ganz verstehe. »Ihr hättet wenigstens erwähnen können, dass ihr mit ihm zusammenarbeiten werdet.«

»Ich arbeite nicht mit ihm zusammen«, sagt Brandt. »Jedenfalls nicht viel. Sophie schon.«

»Und wir haben es sehr wohl erwähnt«, erinnert Percy mich, der sich mit zwei dampfenden Tassen in der Hand zu Brandt setzt. »Wir haben am vergangenen Wochenende darüber gesprochen, und sind am folgenden Dienstagabend eigens nach Hause gekommen, um anzukündigen, dass dieses Wochenende zusätzliche Gäste hier sein werden. Du hast dich sogar an dem Gespräch beteiligt.«

»Habe ich?« Ich erinnere mich nicht daran, am Dienstag darüber gesprochen zu haben. So etwas Wichtiges würde ich doch kaum vergessen.

»Diese Torte war deine Idee«, fügt Kethe hinzu. »Ich wollte die mit drei verschiedenen Schokoladensorten machen, und du hast stattdessen Snickers vorgeschlagen.«

Oh. Daran erinnere ich mich tatsächlich. »Ich hatte

Snickers vorgeschlagen, weil es Caolans Lieblingssüßigkeit ist. Dass Dr. Rhys auch kommt, habt ihr nicht gesagt.«

»Dr. Rhys?«, fragt Steffen scharf beim Hereinkommen. »Wer ist das? Der Namen steht nicht auf meiner Liste.«

»Es ist Dr. Griffiths«, beruhigt Percy ihn. »Fabian wird uns sicher gleich verraten, wieso er ihn Dr. Rhys nennt.«

»Es ist weniger förmlich, umfasst aber trotzdem all seine Errungenschaften«, erkläre ich. »Er kommt also heute Abend schon? Ich hatte ihn für morgen eingeladen, aber das war, bevor ihr Pläne geschmiedet habt, ohne mir davon zu erzählen.«

»Pläne geschmiedet? Was für Pläne wurden geschmiedet?« Steffen starrt mich an, als wollte er mir direkt ins Gehirn gucken. Wer weiß? Vielleicht kann er das ja tatsächlich. Als Spezies haben wir uns über die Zeit stets unseren Bedürfnissen entsprechend weiterentwickelt. Vielleicht hat Steffen so einen Drang, Verschwörungen aufzudecken, dass er inzwischen die Fähigkeit entwickelt hat, Gedanken zu lesen.

Hm. Das ist wahrscheinlich etwas, das ich als Archivar wissen sollte. Vielleicht muss ich die Theorie unter Beweis stellen. Ich starre zurück und *denke* so konzentriert wie möglich in seine Richtung: »*Kannst du mich hören*«?

»Fabian, geht es dir gut? Du siehst ein bisschen so aus, als hättest du Verstopfung.« Kethe mustert mich. »Brauchst du etwas Lakritz-Tee? Das lockert die Verdauung auf.«

»Alles gut«, sage ich beruhigend. »Hab' nur nachgedacht.« Ich schaue noch einmal hinüber, aber Steffen scheint meinen telepathischen Kontaktversuch nicht bemerkt zu haben. Das beweist zwar im Grunde nichts, aber immerhin kann ich abhaken, dass er Gedanken lesen kann.

Ich bin enttäuscht. Das hätte Spaß gemacht.

Aber Dr. Rhys kommt übers Wochenende hierher!

»Ich warte immer noch drauf, dass jemand mir von den Plänen erzählt«, fordert Steffen. »Muss ich die Notfallrettungspakete rausholen?«

»Es gibt keine Pläne«, sagt Percy entschieden. »Fabian, sag ihm, dass es keine Pläne gibt.«

»Es war nur so dahingesagt«, sage ich zu Steffen. Hauptsächlich, weil der Notfallrettungsplan das Anlegen von Gasmasken vorsieht und die Dinger sowas von unbequem sind. Sophie hat ihm schon so oft erklärt, dass keines der giftigen Gase auf diesem Planeten uns Drachen etwas anhaben könnte – Steffen besteht weiter auf Vorsicht. »Aber ich finde trotzdem, jemand hätte erwähnen können, dass er früher kommt.«

»Hast du ein besonderes Interesse an Dr. Rhys, von dem du uns erzählen willst?«, fragt Brandt anzüglich.

Mit einem Achselzucken antworte ich: »Als die Person, die ihn und seine Arbeit entdeckt hat, finde ich, es wäre höflich gewesen, mich zu informieren. Und ja, ich will ihn verführen, aber er macht sich Sorgen wegen ethischer Probleme. Diese Erdenspezies haben es geschafft, Sex zu einem komplizierten moralischen Dilemma zu machen.«

»Danke.« Percys Stimme ist knochentrocken. »Ich finde, wir sollten an dieser Stelle betonen, dass Sex ein kompliziertes moralisches Dilemma *ist*.«

»Nicht zwischen zwei freiwillig beteiligten Erwachsenen. Dann sollte es einfach nur Spaß machen.« Ich lächle verträumt, während ich mir all den Spaß ausmale, den Dr. Rhys und ich zusammen haben könnten. »Er ist sehr muskulös.«

»Wieso du das weißt, kannst du uns später erzählen.«

Kethe reicht mir die leere Buttercremeschüssel und den Teigschaber, und ich fange sofort an, sie säuberlich auszukratzen und den Rest der köstlichen Karamellbuttercreme zu essen. »Aber zuerst sollte dies dein Hinweis sein, Dr. Griffiths' Grenzen einzuhalten, sonst bekommst du es mit mir zu tun.«

Ich lasse um ein Haar den Teigschaber fallen, so überrascht bin ich. »Ich würde niemals seine Grenzen überschreiten! Außer, es wäre ein Rollenspiel, und wir hätten vorher alles besprochen.« Das könnte viel Spaß machen. »Ich habe ihm schon gesagt, dass ich abwarte, bis er seine ganze Moral ablegt, damit wir Sex haben können.«

Percy schließt kurz die Augen und seufzt. »Natürlich hast du das. Hast du das auch genau so formuliert?«

Mit geschürzten Lippen überlege ich. »Kann sein? Oder auch nicht. Nachdem er gesagt hatte, dass wir erstmal keinen Sex haben können, war ich sowieso mehr auf die Fragen zur walisischen Kultur konzentriert.«

Zu meiner Überraschung lacht Kethe, beugt sich zu mir und gibt mir einen Kuss auf die Wange. »Oh, Fabian. Du darfst dich niemals ändern.«

»Hatte ich nicht vor, aber danke. Es ist immer nett, geschätzt zu werden.«

»Haben wir eigentlich noch Shifter-Whiskey?«, fragt Percy ohne erkennbaren Zusammenhang.

NACHDEM ICH SOPHIE gefunden und zu den Details befragt habe, weiß ich, dass Dr. Rhys um achtzehn Uhr hier sein wollte. Sie drückt mir außerdem eine Liste mit Informationen in die Hand, die sie aus dem Lebenden Archiv braucht, aber nichts davon ist dringend. Also lege ich sie auf meinen Schreibtisch und gehe runter, um auf Dr. Rhys zu warten. Ich will mein Versprechen halten, was das Einhalten seiner Grenzen betrifft – nichts ist weniger sexy als jemanden zu bedrängen – aber es spricht nichts dagegen, ihn daran zu erinnern, dass ich hier und bereit bin, wann immer er soweit ist.

Steffen ist schon in der großen Halle, läuft vor dem großen Kamin auf und ab und murmelt vor sich hin.

»Was machst du da?«, frage ich, und er wirbelt herum und funkelt mich an.

»Ich warte auf den Wissenschaftler.« Er schafft es, »Wissenschaftler« so klingen zu lassen wie »serienmordender Kannibale«.

»Wieso?« Bilde ich mir das ein, oder ist Steffen in letzter Zeit angespannter geworden? Wann er wohl das letzte Mal guten Sex hatte?

Überhaupt ... hat Steffen überhaupt je Sex? Könnte er sich jemals so weit entspannen, um jemandem so nah zu kommen?

Ich spüre, wie ich von Kummer übermannt werde. Man stelle sich vor, wie das sein muss, so große Angst vor dem Universum zu haben, dass man nie jemanden einfach an sich heranlassen würde. Impulsiv trete ich näher und umarme ihn fest.

Und schon werde ich einmal quer durch den Raum geworfen und krache lautstark gegen die Wand, dann rutsche ich daran herunter und bleibe auf dem Boden liegen.

»*Aua.*«

Von allen Seiten nähern sich eilige Schritte, dann sind alle in der großen Halle versammelt, und Steffen schreitet durch den Raum auf mich zu und beugt sich über mich, seine Magie in vollem Kampfmodus.

»Was ist hier los?«, donnert Brandt, verstärkt durch seine Magie und das Gewicht seiner Autorität als Flügelführer. »Steffen, Kampfmodus aus, und zwar sofort!«

»Schon gut«, ächze ich und versuche, mich aufzusetzen. Sophie und Percy eilen herbei, um mir behilflich zu sein. »Ist schon gut. Es war ein Missverständnis.«

»Du hast mich angegriffen«, sagt Stef, aber ganz sicher klingt er nicht, und er hat den Zugriff auf seine Magie wieder gelockert.

»Ich habe dich umarmt«, verbessere ich und zucke zusammen, als Sophie nicht allzu sanft meine Rippen abtastet. Da ist wohl etwas gebrochen.

»Was?«, fragen mehrere Anwesende wie aus einem Mund.

»Es ist meine Schuld«, setze ich nach. »Ich weiß es besser, als Stef ohne Vorwarnung anzufassen. Es war außerdem eine feste Umarmung. Tut mir leid, dass ich dich erschreckt habe, aber ich schwöre, es war kein Angriff. Ich würde dich doch nicht angreifen. Du bist mein Freund.«

»Bin ich das?«

Autsch. »Dachte ich.« In dem Maße, wie Steffen eben Freunde hat, jedenfalls. Das gibt mir erneut das Bedürfnis, ihn zu umarmen, auch wenn Sophie meine Verletzungen durch die erste Umarmung noch gar nicht geheilt hat.

Sein ratloser Gesichtsausdruck ist herzzerreißend, und ich muss ernsthaft in Frage stellen, ob ich den Leuten in meinem Umfeld in letzter Zeit eigentlich genug Beachtung geschenkt habe. Ich war auf das Archiv konzentriert, und auf das Lernen neuer Dinge, und auf schnellen Sex; und doch ist das Archiv sinnlos, wenn diejenigen, die es repräsentiert, wegbrechen.

»Okay«, sagt Brandt ruhig. »Fabian, mach das nicht nochmal. Wir sollten Steffens Grenzen respektieren.«

»Das werde ich. Es tut mir leid«, sage ich an Steffen gewandt, aber das lässt ihn womöglich noch bekümmerter aussehen.

»Steffen, es ist niemand hier, der dich angreifen würde. Das weißt du, oder?« Brandt löst auch seinen eigenen Griff auf die Magie wieder und tritt näher. Er reicht Steffen die Hand, der sie mit leerem Blick fixiert. »Lass uns eine Pause machen.«

Das veranlasst Steffen, wieder normaler zu werden. »Es kommt ein Fremder«, protestiert er.

»Das ist okay, Stef.« Wil tritt herein. »Ich habe das Security-System gerade geprüft, alles funktioniert. David und Caolan sind gerade durch ein Portal angekommen. Wir sind auf alles vorbereitet, was passieren könnte. Du hattest Dr. Griffiths schon überprüft und nichts Beunruhigendes festgestellt, erinnerst du dich?«

»Man kann nie vorsichtig genug sein«, sagt er nervös, dann nickt er. »Aber lass ihn nicht unbeobachtet durchs Haus gehen, bevor du ihn richtig einschätzen kannst.«

»Werde ich nicht, versprochen«, versichert Wil. »Ich vertraue deinem Urteil.«

Steffen zögert noch einen Moment, dann folgt er Brandt aus der großen Halle hinaus. Wir hören die beiden schweigend in Brandts Büro gehen, dann ist gar kein Geräusch mehr zu hören, also wurde die Privatsphären-Abschirmung aktiviert.

Kethe seufzt tief auf. »Dieser arme Junge. Es frisst ihn langsam auf.«

»Ich hatte gar nicht mitbekommen, wie schlimm es geworden ist«, gibt Sophie zu, während sie weiter unsanft an mir herumdrückt – inzwischen vermute ich aber, dass sie es aus sadistischer Freude macht. »Er war ja immer schon paranoid, aber einen von uns anzugreifen ...«

»Es war meine Schuld«, wiederhole ich entschieden. Ich möchte nicht, dass einer von ihnen Stef die Schuld gibt. »Aber ich glaube auch, es geht ihm schlechter. Hat er außer uns überhaupt jemanden, dem er nahesteht?«

Wir alle schauen Wil an, der ihn am besten kennt. Er beißt sich kopfschüttelnd auf die Lippe.

»Er lässt niemanden an sich ran. Ich versuche schon manchmal, auch privat etwas mit ihm zu unternehmen, aber ...«

Kethe legt den Arm um ihn. »Wir werden uns alle mehr Mühe geben«, verspricht sie. »Er soll sich hier sicher und geliebt fühlen.«

Bevor Wil antworten kann, hören wir David und Caolan durch die Tür des Wintergartens eintreten. Gleichzeitig klingelt es am Tor.

»Mist«, sagt Wil mit Blick auf meine immer noch auf dem Boden sitzende Gestalt.

»Lass ihn rein«, sagt Percy ruhig. »Sophie, wird Fabian überleben?«

»Kann man sich da je sicher sein?«, antwortet sie nachdenklich, während Wil zur Tür geht. »Sein Gehirn ist komplex und anstrengend. Aber ernste Verletzungen hat er nicht, und seine Knochenbrüche und Prellungen kann ich heilen.«

»Hallo?«, ruft eine Stimme im Flur. »Wo seid ihr denn alle?«

»Hier, David«, ruft Percy zurück.

Wil drückt die Mikrofon-Taste am Bedienungspanel. »Hallo?«

Meine Ohren sind scharf genug, um die Antwort von Dr. Rhys zu hören. »Hi. Ich, ähm, wurde eingeladen? Rhys Griffiths.« Ich recke mich, um sein Gesicht auf dem kleinen Bildschirm zu sehen, aber das geht aufgrund meiner derzeitigen Position nicht. Das ist okay, denn die Drehung hat meinen Kopf mächtig schmerzen lassen.

»Kommen Sie herein, Dr. Griffiths. Einfach den Weg entlangfahren.« Wil drückt den Knopf zum Öffnen der Tore, dann tritt er vom Security-Panel zurück.

»Hossa«, sagt David, als Caolan und er hereinkommen und mich auf dem Boden und die anderen in der Hocke um mich geschart sehen. »Was ist hier vorgefallen?« Sein Blick huscht durch den Raum, während er einen Sicherheitscheck macht. Richtig, David ist Nahkampf-Zauberer. Caolan aktiviert seine Elfen-Magie, aber Percy steht auf und bedeutet ihnen, Ruhe zu bewahren.

»Alles in Ordnung. Es gab ein Missverständnis.«

Caolans Blick fällt auf die Wand hinter meinem Rücken. »Das sieht nach einem großen Missverständnis aus.«

Ich drehe mich um, um zu sehen, was er meint, halte aber mit einem Aufschrei inne. Das hat verdammt wehgetan!

»Halte still«, schilt mich Sophie. »Ich heile dich jetzt.« Sie legt die Hände auf mich und ich spüre, wie ihre vertraute Magie mich sanft streift. Sophie ist sonst keine sehr sanfte Person, also bin ich jedes Mal von ihrer Magie überrascht. Sie durchströmt meinen Körper, berührt dabei jede Zelle, und der Schmerz lässt nach.

Sie setzt sich auf die Fersen. »So. Und jetzt ist Schluss mit den Dummheiten.«

Ich bewege vorsichtig meinen Kopf, aber es tut nicht mehr weh. »Versprochen«, sage ich, dann schaue ich mich um. Percy, Caolan und Kethe starren die Wand an und unterhalten sich leise.

Es ist eine lebensgroße, Fabian-förmige Delle in der Wand zu sehen. »Wow. Kein Wunder, dass es so wehgetan hat. Man kann den Umriss meines ganzen Körpers sehen.«

»Nichts, worauf du stolz sein solltest«, ruft Wil über die Schulter, während er gemeinsam mit David die Eingangstür öffnen geht, vermutlich, um Dr. Rhys zu begrüßen. Ich stehe hastig auf, um ihnen zu folgen, aber Sophie packt mich mit eisernem Griff und zieht mich wieder zu Boden. »Was denn?«, quengele ich.

»Es reicht jetzt mit deiner Impulsivität für einen Tag. Bleib einfach hier sitzen und überdenke deine Entscheidungen.«

Ich kneife die Augen zusammen. »Bist du etwa sauer auf mich?«

Sie pustet genervt aus und verdreht die Augen. »Ob ich sauer bin? Ich bin sogar verdammt sauer, Fabian! Du läufst durchs Leben, ohne zu merken, was um dich herum geschieht. Es ist ein wahres Wunder, dass du das so lange überlebt hast. Und all die Male, als es knapp wurde – zugegeben, ich habe selbst auch darüber gelacht. Aber es hat dich kein einziges Mal wachgerüttelt. Du hast bis heute nicht kapiert, dass du ein bisschen vorsichtiger sein musst. Erst diese Woche wurdest du wegen leichtsinnigen Fahrens angehalten, und das war noch nicht mal absichtlich! Das ist eine Gefahr, nicht nur für dich selbst, sondern für alle anderen im Straßenverkehr und für unsere gesamte Spezies und die Community, wenn du dich den Menschen gegenüber zu auffällig verhältst.«

Jetzt bin ich doppelt froh, niemandem erzählt zu haben, dass ich zweimal angehalten wurde.

»Das würde ich doch nie absichtlich machen«, protestiere ich, und sie schließt kurz die Augen.

»Genau das ist Teil des Problems. Du passt nicht auf, und Dinge gehen schief. Du lässt dich begeistert auf Bondage mit einer fremden Person ein, die du irgendwo kennenlernst, und dann bleibst du zwei Tage in deren Keller an ein Rohr gekettet. Du meldest dich für ein wissenschaftliches Experiment an, ohne es mitzukriegen, weil du nicht zugehört hast. Was, wenn der Ring nicht nur zur Überwachung dienen würde? Was, wenn dein Gehirn oder dein Körper dadurch geschädigt worden wäre? Du weißt ganz genau, wie paranoid Steffen ist, aber du umarmst ihn ohne Vorwarnung. Wenn du in einem minimal anderen Winkel an die Wand geknallt wärst, hätte ich nichts mehr für dich tun können, Fabian. Ich kann dich nicht wieder lebendig machen. Du kannst nicht mehr so durchs Leben laufen, ohne über die Konsequenzen deiner Entscheidungen nachzudenken, oder auch nur darauf zu achten, was du entscheidest.«

Ich schlucke. Bin ich wirklich so schlimm?

In der großen Halle ist es still, und ich schaue von Sophie zu den anderen. Alle sehen mich mit ernster Miene an.

»Wir haben dich lieb, Fabian«, sagt Kethe sanft. »Wir wollen dich nicht verlieren, weil du etwas Unüberlegtes getan hast. Versuche einfach, ein bisschen aufzupassen.«

Ich nicke. »Das kann ich machen.« Dann sehe ich Sophie in die Augen. »Das kann ich machen.«

Ihr Lächeln ist traurig. »Ich weiß, dass du es kannst. Tut mir leid, wenn ich laut geworden bin.«

»Tut mir leid, dass es nötig war.« Das meine ich ernst. Ich will nicht der Grund dafür sein, dass meine Familie leidet.

Wir hören den Wagen draußen ankommen, und Sophie zieht sich soweit zurück, dass ich aufstehen kann. Ich betrachte die Wand. »Sollen wir das in Ordnung bringen?«

Percy sieht noch einmal hin, dann schüttelt er den Kopf. »Lass es so.«

Interessant. Was er wohl für einen Eindruck machen will?

Draußen begrüßt David Dr. Rhys, dann stellt er ihm Wil vor. »Brandt musste kurzfristig in eine Besprechung, aber Fabian ist da ... und Percy. Kennst du Percy schon?«

»Noch nicht«, antwortet Dr. Rhys. »Es wäre mir eine Ehre.«

Oh, ist das niedlich. Manchmal vergesse ich, dass Percy früher das Regierungsoberhaupt der Community war. Heute ist er nur noch unser Percy, der sich um uns kümmert und nach Möglichkeit unsere schlimmsten Fehler verhindert.

Sie treten ein, und Dr. Rhys macht große Augen, wie jeder, der zum ersten Mal die große Halle zu sehen bekommt. Sie ist in der Tat ziemlich spektakulär mit dem riesigen Kamin und der vier Stockwerke hohen Decke, von der ein gigantischer Kronleuchter zwischen den Dachbalken herabhängt. Dann landet sein Blick auf der beschädigten Wand, und er kneift die Augen zusammen.

»Hi, Dr. Rhys!« Ich trete mit ausgestreckter Hand auf ihn zu. Am liebsten würde ich ihn in die Arme schließen, um zu fühlen, ob er überall so muskulös ist, aber ich will ja seine Grenzen respektieren. Außerdem ist er heute etwas legerer gekleidet, in guten Jeans und einem kurzärmeligen Poloshirt. Man sieht, dass ich recht hatte: Er ist muskulös.

»Hallo, Fabian. Schön, dich wiederzusehen.« Seine Stimme klingt ruhig und höflich, aber nicht herzlich. Das ist okay. Ich habe Zeit, dafür zu sorgen, dass er mich mag.

»Das ist Percy Caraway«, stelle ich vor. Ich tue mein Bestes, dafür zu sorgen, dass er sich wohl und willkommen fühlt. Wenn ich darauf achte, erkenne ich soziale Signale durchaus.

»Willkommen auf Lass es Drachen«, sagt Percy herzlich und nimmt die Hand von Dr. Rhys. »Wie schön, Sie kennenzulernen. Ich habe schon viel von Ihrem Forschungsprojekt gehört.«

Percy beruhigt unseren Gast, und dann höre ich ein zweites Auto die Auffahrt hochfahren. Das müssen Dustin und sein Professor sein, da niemand geklingelt hat und sie sich auch angesagt hatten. Und eine Minute später höre ich die Autotüren zufallen und Dustins Beschwerde, weil die Auffahrt blockiert ist. Er springt die Treppe hoch und tritt durch die noch offene Tür.

»Hey! Warum ist da ein Auto – was zum Teufel ist denn hier passiert?« Er starrt mit offenem Mund die Delle im Putz an.

»Guten Abend«, sagt Rob – Dustins wesentlich bessere Hälfte – zu Dr. Rhys. »Wir kennen uns noch nicht. Ich bin Rob Sarris.«

»Rhys Griffiths.«

»Ah, die Quelle von Fabians Keuschheitsring. Dustin hat mir schon von dir erzählt. Hättest du auch Interesse an Menschen als Probanden? Ich weiß, wir haben keine eigene Magie, aber –«

»Ich finde, das ist eine ausgezeichnete Idee«, sagt Sophie.

»Ja?« Dr. Rhys klingt zweifelhaft, und ich mische mich ein, um zu beweisen, wie wertvoll ich bin.

»Das ist es wirklich. Und Menschen haben durchaus – aua!« Ich zucke vor Sophies Ellbogen zurück.

»Sorry«, sagt sie unschuldig. »Muskelzuckungen. Wie

Fabian gerade sagte, gibt es eine Menge physischer und mentaler Ähnlichkeiten zwischen Menschen und den Spezies der Community, also kann es nicht schaden, auch menschliche Probanden zu haben. Eine Art Kontrollgruppe.«

Dr. Rhys schaut sie an, als sei ihr gerade ein zweiter Kopf gewachsen. Ich hatte das mal aus Neugier ausprobiert – aber es hat keinen Spaß gemacht. »So funktioniert das eigentlich nicht mit Kontrollgruppen. Aber wenn du meinst, dass es eine gute Idee wäre, wenn auch Menschen mitmachen würden, kann es wohl nicht schaden, schätze ich. Vielleicht kannst du mir dann irgendwann erklären, wieso genau.«

»Alles geschieht irgendwann«, sagt Sophie gelassen. Ich weiche ihr sicherheitshalber aus.

»Jedenfalls«, sagt Percy, nur geringfügig lauter als notwendig, »gibt es überhaupt keinen Grund, hier bei offener Tür rumzustehen. Dr. Griffiths, wenn Sie Wil Ihre Schlüssel geben, parkt er Ihr Auto, und Kethe kann Ihnen Ihr Zimmer zeigen. Abendessen gibt es in ...« er sieht Kethe fragend an, die nach einem Blick auf die Uhr antwortet.

»In etwa fünfundvierzig Minuten. Aber wir können etwas trinken, sobald du fertig bist, vielleicht nicht hier, sondern im Wintergarten.«

Normalerweise gibt es die Drinks vor dem Essen hier in der großen Halle, aber man kann sich denken, wieso Kethe zögert.

»Das klingt gut.« Dr. Rhys lächelt etwas verhalten. »Aber ich kann selbst umparken. Ich wollte keine Umstände machen.«

»Keine Umstände«, erklärt Wil, und Dr. Rhys gibt ihm den Autoschlüssel.

Dustin wartet, bis die Schritte von Dr. Rhys und Kethe

verklungen sind, dann dreht er sich zu uns um. »Was ist denn *das*?«, fragt er mit einer Geste auf die Wand.

»Steffen hat Fabian an die Wand geworfen«, sagt Wil ruhig. »Rob, willst du auch den Wagen umparken?«

Rob, der möglicherweise die gelassenste Person sein muss, die je geboren wurde, denn er findet Dustin süß, lächelt. »Na klar.«

»Steffen hat Fabian *geworfen*?« Dustin ignoriert das Winken seines festen Freundes, bevor er die Tür hinter sich zuzieht, und mustert mich von oben bis unten. »Warum?«

»Mir geht's übrigens gut. Sophie hat mich geheilt. Dann hat sie versucht, mir ein Loch in die Seite zu pieken.« Ich funkele sie missmutig an.

Sie erwidert den Blick. »Das mit der menschlichen Magie ist nicht allgemein bekannt, schon vergessen? Die meisten Mitglieder der Community haben keine Ahnung, dass es möglich ist.«

Oh. Das war mir tatsächlich entfallen. Das CSG wollte keine allgemeine Panik verursachen, also ist es unter Verschluss gehalten worden. Nur ein paar ältere Paare, bei denen der menschliche Partner sein Leben mithilfe der Magie verlängern muss, wissen Bescheid. »Upps?«

»Wir hatten *gerade* darüber gesprochen«, sagt sie vorwurfsvoll. »Du musst aufmerksamer und überlegter durchs Leben gehen.«

Percy räuspert sich. »Okay, Sophie. Ich bin sicher, Fabian tut es leid, und es ist ja nichts passiert. Lass uns darüber hinweggehen.«

»Hallo!«, ruft Dustin. »Wir können nicht darüber hinweggehen, bis mir nicht jemand sagt, warum Steffen Fabian gegen die Wand geworfen hat!«

»Ich habe ihn umarmt.«

Dustin verschränkt die Arme und funkelt mich an. »Also gut. Dann erzählt ihr es mir eben nicht.«

»Es stimmt«, bestätigt Percy, und Dustin bleibt zum zweiten Mal seit seiner Ankunft der Mund offenstehen.

»Dich kann man auch keine Sekunde allein lassen«, flüstert er dann kopfschüttelnd.

Jetzt reicht es aber langsam. So schlimm bin ich nun auch wieder nicht. Jedenfalls längst nicht so schlimm wie der Drache Achatius, der vor drei- oder viertausend Zyklen lebte und so zerstreut war, dass er einmal quer über ein Schlachtfeld der Elfen lief, und dabei magischen und physischen Angriffen auswich, ohne zu merken, was um ihn herum vorging. Ich würde sehr wohl erkennen, wenn jemand mit einer Axt auf mich losgehen würde oder wenn wenige Zentimeter neben mir eine Feuerkugel explodieren würde.

Er war aber ein wirklich interessanter Zeitgenosse, der einige faszinierende Theorien entwickelte und später auch unter Beweis stellte, die unsere Welt veränderten. Außerdem hat er einige Essays zu seiner Zeit hier auf der Erde und den Dingen, die er hier gerne einführen wollte, wenn er wieder zurückkehrte, verfasst. Ich frage mich, ob es je dazu kam. Falls nicht, wären einige dieser Theorien sicher eine nähere Betrachtung wert.

Ich laufe Richtung Flur los, in der Absicht, das Lebende Archiv nach allen Informationen zu durchforsten, die uns über Achatius vorliegen, als ich eine Hand auf meinem Arm spüre. Ich blinzele Dustin an.

»Wenn du dann fertig bist, unsere Meinung weiter zu bestätigen«, sagt Sophie grimmig, »können wir etwas trinken gehen.«

Ihre ... oh. Ja. Ich hatte tatsächlich bei dem Gespräch den Faden verloren, oder?

Das will ich besser machen.

»Wir reparieren die Wand wirklich nicht?«, frage ich, im Versuch, so zu tun, als hätte ich die ganze Zeit nur darüber nachgedacht.

»Noch nicht.« Percy betrachtet den Schaden noch einmal. »Lass uns abwarten, was Brandt dazu meint.«

Super. Noch jemand, der unbedingt mit der Nase darauf gestoßen werden muss, dass man mich nicht allein lassen kann.

KAPITEL 6
RHYS

Die Stimmung beim Essen ist nicht wirklich merkwürdig, aber es liegt etwas in der Luft – eine komische Anspannung, die ich nicht so recht verstehe. Keiner spricht von dem riesigen Loch in der Wand der Eingangshalle. Fabian scheint sich große Mühe zu geben, sich gut zu benehmen. Jedenfalls ist er nicht der oberflächliche, abwechselnd abwesende und dann wieder hyperfokussierte Drache, als den ich ihn bereits erlebt habe. Ich habe sogar absichtlich erwähnt, dass ich meine Mom in Wales anrufen will – und er fing zwar an zu strahlen und hat schon den Mund aufgemacht, als hätte er Fragen, aber dann hat er nichts weiter gesagt und gelächelt. Das Lächeln war etwas gezwungen, aber dennoch unbeschreiblich attraktiv.

Und ich glaube, mit Steffen, der mir als Brandts Security-Chef vorgestellt wurde, stimmt etwas nicht. Alle sind auffällig behutsam mit ihm. Vielleicht hat er eine schlechte Nachricht bekommen oder kürzlich einen Verlust erlitten? Sonst müsste man den Sicherheitsbeauftragten doch gewiss nicht so verhätscheln.

Das Gespräch ist offen und interessant, und mir werden

viele Fragen zu meiner Studie gestellt, die so klug sind, dass es scheint, als würde es sie wirklich interessieren – trotzdem kann ich mich des Eindrucks nicht erwehren, dass unterschwellig etwas nicht so ganz in Ordnung ist.

Nachdem der Hauptgang abgeräumt ist, verlegt sich das Gespräch auf das Fest morgen. Anscheinend ist es dazu gedacht, Rob weiteren Drachen vorzustellen, jetzt, da Dustin und er offiziell ein Paar sind. Da steckt eine Geschichte dahinter, aber ich traue mich ehrlich nicht, nachzufragen. Diese Drachen sind wirklich sehr nett, aber ungefähr so wie Kätzchen, die zu viel Katzenminze abbekommen haben.

»... freue mich schon, dir all meine Freunde vorzustellen«, sagt Dustin zu Rob, während er seinen Arm klopft. Rob sieht etwas weniger begeistert aus bei der Vorstellung, aber das Lächeln, das er dem Blondschopf schenkt, zeigt deutlich, warum er es sich trotzdem gefallen lässt. So viel Liebe in einem einzigen Blick habe ich glaube ich noch nie gesehen.

Ich räuspere mich, weil ich das Gefühl habe, zu stören, obwohl wir fast ein Dutzend Personen sind und keine Privatsphäre zu erwarten ist. Zum Glück wählt Kethe diesen Augenblick, um wieder ins Esszimmer zu kommen, mit einer hohen, wunderschön aussehenden Torte. Wil folgt ihr mit einem Stapel Teller.

»Wow«, sagt David. »Wir sollten wirklich öfter zum Essen kommen. Kein Wunder, dass Percy es am Wochenende immer eilig hat, nach Hause zu kommen.«

»Was für ein lieber Junge du doch bist«, sagt Kethe liebevoll, während sie die Torte auf den Tisch stellt. »Du bist jederzeit willkommen hier.«

»Sind das Mini-Snickers auf der Torte?«, fragt Caolan, der sich begeistert vorbeugt.

»Ja. Es ist eine Snickers-Torte.« Kethe klingt selbstzu-frieden, und ich verstehe auch, warum, als Caolan aufspringt und den Tisch umrundet, um sie zu umarmen.

»Ich mochte dich immer schon, Kethe, noch bevor Brandt und Percy ein Paar wurden, und ich dich besser kennengelernt habe.«

Ich lache mit und mache Komplimente wie alle ande-ren. Die Torte sieht himmlisch aus, und obwohl ich geschworen hätte, dass ich zu satt bin, um noch etwas zu essen, habe ich jetzt richtig Lust auf ein Stück.

Ich habe die üppige Schoko-Erdnussbutter-Torte mit der weichen Nougatfüllung und Karamell-Buttercreme fast aufgegessen, als ich zufällig quer über den Tisch blicke und Fabian die Buttercreme von einem Löffel ablecken sehe, wobei seine rosa Zunge jedes Bisschen mitnimmt. Mein Schwanz zuckt interessiert, und ich versuche, mich dazu zu zwingen, den Blick abzuwenden. Ich befinde mich in einem Raum voller Shifter. Wenn ich erregt bin, riechen die das, und ich bin zwar sicher, dass sie zu wohlerzogen wären, etwas dazu zu sagen, aber es wüssten trotzdem alle, was los ist. Ich will nicht unprofessionell rüberkommen, trotz der expliziten Erlaubnis des Direktors, mich auf Fabian zu stürzen.

Und doch kann ich den Blick nicht abwenden.

Und dann ... wird es noch schlimmer.

Fabian schaut auf seinen Teller, wo nur noch ein kleiner Klecks von der Buttercreme übrig ist, dann stippt er beiläufig den Finger hinein und hebt ihn an die Lippen. Die Zeit scheint stillzustehen, und ich sehe in Zeitlupe zu, wie seine Zunge wieder hervorhuscht und sich um den Finger legt, den er mit weichen rosa Lippen ablutscht.

Mit einem erstickten Geräusch springe ich auf. »Äh, wo ist die Toilette?«

Mit besorgtem Stirnrunzeln erklärt Percy den Weg, und ich entferne mich, so schnell es geht, ohne den Eindruck zu vermitteln, ich würde wegrennen. Was genau das ist, was ich tue. Vor einem Mann, dem ich glaube ich nicht widerstehen kann.

In dem hübschen kleinen Waschraum halte ich die Handgelenke unter kaltes Wasser und sage Affirmationen auf, während ich mich im Spiegel betrachte. Sura hatte mal ein Buch dazu.

»Ich habe meinen Körper unter Kontrolle. Meine Karriere ist wichtiger als Sex. So attraktiv finde ich ihn gar nicht.«

Es funktioniert nicht. Vor meinem inneren Auge taucht ein Bild von Fabian auf, der sich Buttercreme von den Fingern leckt, und ich stöhne auf. Ich würde verdammt nochmal backen lernen, wenn das bedeutet, dass er die Creme auf diese Weise von mir ableckt.

Seufzend drehe ich den Wasserhahn zu und trockne meine Hände ab, dann blicke ich mir tief ins Auge. »Lass nicht zu, dass dadurch alles für dich ruiniert wird. Aber wenn du ihn wirklich willst ...« Ich schlucke. »... dann hol ihn dir.«

Ich kann nicht fassen, was ich da gerade gesagt habe. Oder dass ich mich jetzt wieder zu den anderen gesellen muss, obwohl ich mir gerade selbst erlaubt habe, mit Fabian anzubändeln, und mein Schwanz noch halb steif ist.

Warum ich?

Im Esszimmer werden Kaffee und Schokolade herumgereicht. Ich setze mich wieder an meinen Platz und lächle Kethe an. »Ich weiß gar nicht mehr, wann ich das letzte Mal so gut gegessen habe«, bemerke ich, dann würde ich mich am liebsten selbst treten. Es ist nicht die beste aller Bemerkungen, wenn man gerade aufs Klo gesaust ist.

Zum Glück sagt niemand etwas, nur Dustin lacht leise.

Ich fahre fort: »Ich hätte Lust auf einen Spaziergang nach dem Essen. Vielleicht könnte Fabian mir das Grundstück zeigen?« Keine Ahnung, ob Drachen ein so gutes Gehör haben wie andere Shifter, aber das wird uns hoffentlich Gelegenheit geben, zu reden. Ich könnte natürlich auch einen Privatsphärenzauber wirken, aber das könnte als unhöflich aufgefasst werden, da ich hier zu Gast bin.

»Ein Rundgang? Wir beide ganz allein? Was für eine ausgezeichnete Idee!«

Also gut. Ich war schon nicht besonders subtil, aber Fabian ist ja noch extremer.

»Ich glaube, auch ich würde einen Spaziergang gut finden. Ich komme mit«, sagt Dustin unschuldig.

»Nein, das tust du nicht. Du musst noch das Ding machen.« Fabian funkelt ihn böse an.

»Ding? Welches Ding meinst du? Es gibt kein Ding.«

Rob beugt sich zu ihm, um ihm etwas zuzuflüstern, und Dustin läuft rosa an.

»Oh, das Ding. Ja, das muss ich tatsächlich machen. Ganz oft. Lass es uns am besten gleich machen gehen. Fabian, das Gleiche würde ich dir auch raten.«

Ich sterbe gleich vor Peinlichkeit. Aber glücklicherweise sind fast alle auf Rob und Dustin konzentriert, die nur ein kleines Bisschen verlegen wirken, als sie uns noch einen schönen Abend wünschen und dann von allen Seiten anzügliche Blicke ernten, als sie gehen. Ich glaube, Sophie lag noch etwas auf der Zunge, aber dann sieht sie mich an und schweigt. Vielleicht bin ich nicht der Einzige, der heute Abend um einen professionellen Eindruck bemüht ist.

»Lass uns einen Rundgang machen«, schlägt Fabian gut gelaunt vor. Brandt lacht.

»Rhys muss noch seinen Kaffee austrinken«, sagt er

vorwurfsvoll. In seinem Blick sehe ich ein boshaftes Funkeln, das mich vermuten lässt, dass er Fabian mit Absicht quält, der seufzt und sich wieder hinsetzt.

»Du solltest nicht so spät mit einem Fremden spazieren gehen«, sagt Steffen plötzlich. »Es dämmert schon, bald wird es dunkel sein.«

Ich bin nicht sicher wieso, aber alle Anwesenden scheinen sich gleichzeitig zu entspannen.

»Dr. Rhys ist kein Fremder«, sagt Fabian, der versucht, fröhlich zu klingen, es aber nicht ganz schafft. Hier geht definitiv etwas vor sich, das ich nicht ganz mitbekommen habe. »Und wir bleiben auch nicht lange draußen.«

Steffen beißt die Zähne zusammen. »Aber das Grundstück ist groß. Es dauert eine Weile, ihm alles zu zeigen. Und er ist vielleicht kein Fremder, aber ...« Er bricht ab, als Percy ihn leicht anstupst.

»Ist schon gut, Stef. Ich glaube nicht, dass sie das gesamte Grundstück ablaufen wollen.«

»Noch nicht mal ansatzweise«, fügt Fabian hinzu. »Ich hatte vor, direkt zu der Ecke zu gehen, die man von keinem Fenster aus beobachten kann ... damit wir ›reden‹ können.«

Meine Wangen stehen in Flammen. Nein, von Subtilität versteht er wirklich nichts.

David grinst mich an. »Ich hätte ja Mitleid – aber das ist gar nichts im Vergleich zu dem, was ich durchmachen musste.«

»Hey!«, ruft Caolan empört.

Ich stürze den letzten Schluck Kaffee hinunter. Es kann nur noch schlimmer werden, je länger ich zögere. »Ich bin soweit. Kethe, darf ich abräumen helfen?«

Sie winkt ab. »Nein, ich habe genug andere helfende Hände. Viel Spaß beim Spazierengehen.« Ihre Stimme zittert leicht beim letzten Wort.

Ich glaube, darüber werde ich nie hinwegkommen. Was für ein Glück, dass Sura wenigstens nicht hier ist.

Fabian ist schon aufgestanden und mustert mich ungeduldig, also schiebe ich den Stuhl vom Tisch zurück und entschuldige mich. Erst als wir nach draußen kommen, sagt er etwas, und zwar etwas Unerwartetes.

»Wir gehen gar nicht in die Ecke. Stef hat etwa dreißig Kameras darauf gerichtet, und wahrscheinlich rasen alle gerade schon zum Überwachungsraum.«

»Oh.« Es klingt schwach, aber etwas anderes bekomme ich gerade nicht über die Lippen. Ist ja toll. Kameras. Die uns bei … was auch immer beobachten. Bin ich froh, dass wir nicht dort hingehen.

»Hier entlang.« Er führt mich über die Terrasse seitlich am Haus vorbei unter die Bäume. »Stef hat auch hier Kameras, und ein paar Fenster bieten eine gute Sicht darauf, aber hinter einem der Bäume – dem da.« Er zieht mich an der Hand hinter eine gewaltige Eiche. »Ist ein blinder Fleck.«

»Ist das kein Sicherheitsrisiko?« Keine Ahnung, wieso ich das gefragt habe. Es schien mir wichtig?

Fabian schüttelt den Kopf. »Nein. Schon ein Schritt in eine beliebige Richtung, und du bist wieder im Bild. Jemand müsste an dieser exakten Stelle ein Portal öffnen, und könnte sich dann von dort aus nicht mehr bewegen. Es wäre einfacher, eine Rakete aufs Haus abzufeuern.«

»Was für ein charmanter Gedanke.«

Er lacht. »Genau das hat Percy auch gesagt, als Stef es ihm mitgeteilt hat. Aber keine Sorge, es gibt ein Flugkörper-Warnsystem oder so. Steffen ist stets auf alles vorbereitet.«

Ich halte inne, weil ich das Gefühl habe, ich sollte nachfragen, aber nicht genau weiß, wie. »Ist er … äh, er schien reservierter als ihr anderen.«

Fabian zieht die Mundwinkel nach unten. »Er hatte

einen schlechten Tag. Aber wir sind nicht hier, um über Steffen zu reden.« Er unterbricht sich plötzlich. »Du wolltest doch nicht wirklich einen Rundgang machen, oder?«

Ich lache spöttisch. »Was, wenn ich ›doch‹ sagen würde?«

Er zuckt die Achseln, hat aber die Stirn gerunzelt. »Ich würde mit dir einen Rundgang machen. Ich finde es wichtig, Grenzen zu respektieren.«

An den Baumstamm gelehnt lächle ich ihn an. »Es gibt keine Grenzen.« Fast erwarte ich schon, angesprungen zu werden, aber stattdessen lächelt er zurück und tippt mir mit den Fingern leicht an die Brust. Die Ringe an seinen Fingern schimmern im Dämmerlicht.

»Was hat dich umgestimmt?«

Ich habe gar nicht gemerkt, wie er näherkam, aber jetzt ist er mir so nah, dass ich seine Körperwärme spüre. Er ist wirklich warm. Wenn er sich noch ein kleines Bisschen bewegt, sind wir aneinandergepresst, und das will ich. Sehr dringend.

Aber er hat mich etwas gefragt. »Ich wurde gestern von mehreren Personen darauf hingewiesen, dass meine moralischen Prinzipien zu streng sind.« Ich verziehe das Gesicht. Der Satz klang geradezu absurd aufgeblasen. »Außerdem will ich dich vögeln«, platze ich heraus, im Versuch, weniger gestelzt zu klingen, was aber stattdessen zu bemüht klingt. Jetzt weiß ich wieder, warum es nicht so schlimm war, das mit den Dates aufzugeben. Es ist harte Arbeit.

Andererseits mag ich aber Sex, und wenn ich mehr davon haben möchte, und zwar mit Fabian, muss ich da jetzt durch.

»Was ist, wenn ich lieber dich vögeln will?«, fragt er ernst. Und damit habe ich keinen Halbsteifen mehr, sondern eine volle Erektion, und bin bereit für ein Abenteuer.

»Ja, das hört sich gut an.«

Kaum habe ich ausgeredet, drückt er schon seine Lippen auf meine.

Ich lasse mich in das Gefühl fallen, einen warmen Mund und unseren gemeinsamen Atem zu spüren. Fabian drückt kleine Küsse auf meine Mundwinkel, dann ergreift er von meinem Mund Besitz und küsst mich so leidenschaftlich, dass ich das Gefühl habe, darin zu ertrinken. Er presst mich an den Baum, und ich gebe mich ihm hin und hoffe, dass es niemals aufhört.

Schließlich unterbreche ich den Kuss. Es kostet mich Mühe, weil Fabian zu küssen sich anfühlt wie ein Festmahl für einen Verhungernden.

»Was ist denn?«, murmelt er und versucht, mich wieder zu küssen.

»Ich will dich in mir spüren.«

Seine Augen werden ganz groß. »Jaa«, stöhnt er gedehnt, und mir ist klar, dass er an den unbeobachteten Ort denkt. Wenn wir nicht riskieren wollen, gesehen zu werden, sind unsere Optionen hier sehr eingeschränkt. Das könnte irgendwann mal ganz lustig sein, aber jetzt will ich jeden Zentimeter seiner Haut erkunden und mir keine Sorgen darum machen müssen, mich an der Baumrinde aufzuscheuern, während er von hinten in mich reinstößt. »Wir müssen reingehen.«

Ich nicke. »Okay.«

Er richtet meinen Kragen, streicht sich die Haare zurecht, dann sagt er: »Komm.« Ich finde es sowas von liebenswert, dass er uns wieder präsentabel macht, als würde nicht jeder, dem wir begegnen, sofort wissen, was wir gerade angestellt haben, und was wir noch vorhaben.

Wir laufen unter den Bäumen zurück zum Haus, überqueren die Terrasse, und gehen dann leise durch den Wintergarten. Fabian läuft jetzt buchstäblich auf Zehenspitzen, und ich muss mir auf die Lippe beißen, um mir das Lachen zu verkneifen. Dann folge ich ihm zum kleinen Treppenaufgang im hinteren Teil des Hauses. Wir gehen zwei Treppen nach oben, ohne jemandem zu begegnen, dann schleichen wir einen Flur entlang – bis Fabian plötzlich stehenbleibt, als eine Tür aufgeht und Caolan heraustritt.

Er mustert uns kurz und grinst. »Schönen Rundgang gehabt?«

»Sehr schön, danke«, presse ich hervor. »Fabian zeigt mir gerade, wie ich zu meinem Zimmer komme. Dieses Haus ist das reinste Labyrinth.«

Caolan lacht. Fabian zieht mich am Ärmel. »Na komm schon, wir verschwenden nur Zeit. Ich wusste genau, dass das passieren würde, wenn uns jemand sieht!«

Ich werfe ein kurzes »Tschüs« über die Schulter, dann zieht mich Fabian auch schon weiter. Ich habe wohl den Grund für die Heimlichkeit falsch verstanden. Er ist nicht besorgt darum, gesehen zu werden; er will einfach keine Zeit verlieren.

Dann haben wir mein Zimmer erreicht, und Fabian reißt erleichtert die Tür auf. »Ich dachte, du würdest dich hier vielleicht wohler fühlen«, bemerkt er. »Wir können auch gern dein Gleitgel benutzen, wenn du möchtest.«

Meine Wangen werden heiß. Ich habe tatsächlich welches mitgebracht, was ich normalerweise für einen Besuch bei einem Geldgeber nicht machen würde. Aber der Einkaufsbummel mit Sura und die Bemerkungen des Direktors hatten mich auf die Idee gebracht, es könnte nicht schaden, vorbereitet zu sein. Außerdem wird Gleitgel ja nicht schlecht. Und ich kann es auch allein aufbrauchen.

Apropos Einkaufsbummel mit Sura ...

Ich schließe die Tür hinter uns. »Ich muss dich warnen. Meine Freundin war mit mir Klamotten shoppen, und sie hat ein bisschen übertrieben.«

Er blinzelt. »Das versteh' ich nicht. Sollen wir ... ich dachte, du wolltest Sex haben?«

»Will ich auch«, beruhige ich ihn.

»Ist das eine Sitte, die ich noch nicht kenne? Etwas typisch Walisisches? Muss ich deine Garderobe inspizieren? Oder plündern! Ich bin schon lange fasziniert von der Idee der Speisekammerplünderung. Ist das so etwas Ähnliches?« Er sieht so begeistert aus, dass ich zögere, ihn zu enttäuschen.

»Nein, tut mir leid. Kann gut sein, dass ich es zu hoch aufhänge. Es gibt keine Sitte oder so. Es ist nur ... sie hatte sexy Unterwäsche vorgeschlagen. Also ... ich wollte nur nicht den Eindruck erwecken, als würde ich immer solche Sachen anziehen.« Obwohl ... hätte das eine Rolle gespielt? Was soll es auch? Und jetzt habe ich es zum Thema gemacht. Wenn ich nichts gesagt hätte, wäre es ihm vielleicht gar nicht aufgefallen. So sexy ist die Wäsche nun auch wieder nicht. Keine Pailletten oder so.

Würde man überhaupt Unterwäsche mit Pailletten tragen, wenn man kein Stripper ist?

Darüber denke ich noch nach, als Fabian meinen Hosenbund packt und meine Jeans aufmacht. »Lass mich sehen«, sagt er.

»So interessant ist es doch gar nicht«, protestiere ich. Hätte ich doch gar nichts gesagt! Aber dann hat er meinen Reißverschluss schon geöffnet, und ich streife die Schuhe ab und stehe brav still, während er mir die Hose runterzieht.

Dann pfeift er durch die Zähne. »Du trainierst ja wirklich. Zieh dein Hemd aus.«

Ich fühle mich einerseits geschmeichelt, andererseits auch leicht objektifiziert – und komischerweise davon angetörnt. Ich ziehe das Poloshirt über den Kopf und lasse es zu Boden fallen, während ich aus der Hose schlüpfe.

Fabian atmet tief ein und seufzt. Sein Blick streift meinen Körper wie ein Streicheln. »Oh, ja«, murmelt er. »Dreh dich um.«

Total verlegen drehe ich mich einmal um mich selbst. Ich weiß, ich bin gut in Form – das morgendliche Training gehört bei mir zum Alltag und hilft mir, wachzuwerden – aber seinem Verhalten nach müsste ich Bauchmuskeln wie ein Unterwäsche-Model haben.

Ich spüre eine Hand an meinem Hintern und fahre zusammen.

»Mir gefällt der hohe Beinausschnitt«, sagt er, während er leicht zudrückt. Ich erschauere. »Das macht Spaß. Hast du noch mehr gekauft? Vielleicht könnten wir eine Modenschau machen.«

Äh, nein. Ich bin entschlossen, die Sache wieder in die richtigen Bahnen zu lenken und drehe mich um. Meine Erektion beult die Unterhose aus. Ich weiß, was ich will. Fabian senkt den Kopf und lässt den Anblick auf sich wirken.

»Andererseits«, räumt er dann ein, »haben wir erstmal andere Dinge zu tun.« Er zieht sich schneller aus als ich es für möglich gehalten hätte, und ich bewundere die glatt, sanfte Haut und die Muskeln darunter. Er ist trainiert, aber nicht allzu muskulös, und mir juckt es in den Fingern.

Ich betrachte seinen Oberkörper, den Bauch. Ich zwinge

mich, den Blick langsam nach unten wandern zu lassen, damit es wie eine große Enthüllung ist, seinen Schwanz zum ersten Mal zu sehen. Es ist vielleicht albern, aber für mich fühlt es sich dann eher nach etwas Besonderem an.

Schließlich bin ich mit den Blicken in seinem Schritt angekommen, und –

Was. Zum. Teufel.

Ich sollte nicht so überrascht sein. Die meisten Spezies haben unterschiedlich geformte Penisse. Keine Ahnung, wieso ich nicht damit gerechnet hatte, dass es bei Drachen auch der Fall ist, aber es war so. Ich lasse mich auf die Knie fallen und habe schon die Hand danach ausgestreckt, dann zögere ich im letzten Moment, um ihm in die Augen zu sehen.

Er beobachtet mich aufmerksam, mit einem ganz anderen Gesichtsausdruck, als ich bisher an ihm gesehen habe. Die Kombination aus dieser Miene und seinem echten Aussehen, ohne Tarnzauber, erregt mich so sehr, dass es schmerzt. Ich kann den Blick nicht abwenden, aber ich spüre, wie meine neue Unterwäsche von Liebestropfen durchnässt wird.

»Wenn du auf die Erlaubnis wartest, mich anzufassen, hast du sie. Keine Limits. Du kannst mich jederzeit überall anfassen.« Fabian nimmt meine Hand und legt sie um seinen Schwanz.

Ich drücke instinktiv zu, und er stöhnt. »Ja, Rhys.«

Es ist das erste Mal, dass er meinen Namen sagt, ohne das Dr. davor, und ich erschauere. Wer hätte gedacht, dass mein eigener Name so eine Wirkung auf mich haben könnte?

Ich lockere meinen Griff und beuge mich vor, um ihn besser anzusehen. Sein Penis ist ... gewellt? Vielleicht wäre »gerippt« das bessere Wort. Die Rillen verlaufen rundum in regelmäßigen Abständen am gesamten Schaft ... der ziemlich lang ist. Ich spüre meinen Eingang lustvoll zucken bei der Vorstellung, ihn in mich aufzunehmen, und diese Rippen immer wieder beim Eindringen zu spüren, wenn er zustößt.

Ich stehe hastig auf und platze heraus: »Wir brauchen Gleitgel, und zwar sofort.«

Er starrt mich an, als wäre ich irre, dann tritt er vor, um sich an mich zu drücken und mich zu küssen. Beim Gefühl seines nackten Körpers, der sich an meinem reibt, verlassen mich sämtliche geistigen Fähigkeiten. »Wo ist es?«, fragt er leise an meinen Lippen.

»Wo ist was?«

»Nicht so wichtig.« Er schiebt mich rücklings zum Bett und drückt mich hinunter. »Zieh die Unterhose aus.«

Unterhose? Ich blinzele ihn an.

»Ausziehen, Rhys, damit ich dich vögeln kann, bis du vor Lust schreist.«

Oh!

So schnell habe ich mich in meinem ganzen Leben noch nicht bewegt. Ich schiebe die Unterhose über die Beine nach unten, dann werfe ich sie beiseite. Wer weiß schon, wo sie landet. Als ich Fabian wieder anschaue, lächelt er. In seiner hohlen Hand hält er einen kleinen Klecks Flüssigkeit.

»Was ist das?«

»Gleitgel.«

Ich schaue mich um. Meine Gehirnfunktion kehrt langsam wieder, jetzt, da wir uns nicht mehr berühren. »Wo kommt das denn her?« Ich bin ziemlich sicher, die Flasche, die ich mitgebracht hatte, im Bad gesehen zu haben.

Er zuckt die Achseln. »Magie.«

Ach ja. Wäre schön, wenn meine Zauberkräfte auch so funktionieren würden.

Er klettert aufs Bett, und zum ersten Mal habe ich ein nervöses Gefühl im Bauch. Ist es ein Fehler? Bin ich unprofessionell? Sollte ich mich nicht von meiner wohlerzogensten Seite zeigen an diesem Wochenende?

»Was hast du denn?«, fragt er.

Ein Teil der Nervosität lässt nach. Wie kann es ein Fehler sein, sich mit jemandem einzulassen, der so sehr darauf achtet, wie ich mich fühle?

Ich zucke die Achseln und räuspere mich. »Nichts. Es ist nur ... es ist schon eine Weile her bei mir. Und die ganze Situation ist ungewohnt.«

Fabian nickt. »Wir können aufhören, wenn du willst.«

Ich zögere. »Vielleicht könnten wir einfach etwas langsamer machen? Aufhören will ich nicht.«

Er beugt sich über mich und küsst mich. »Wie wäre es, wenn ich dir den Schwanz lutsche, während ich dich dehne?«

Ich weiß nicht recht, wie das mit langsamer machen gleichzusetzen sein soll, aber nein sagen werde ich auf keinen Fall.

»Ja, äh ... klingt gut. Ich meine ... ja. Das will ich.« Die Nervosität lässt weiter nach.

»Leg dich hin. Entspann dich. Lass mich dich verwöhnen.«

Das sind magische Worte. Ich lasse zu, dass er mich auf die Kissen legt und entspanne mich. Er küsst meinen Mund, dann meinen Hals, die Halsgrube. Meine Nippel; erst links, mit einem kleinen Lecken, dann rechts. Dann in der Mitte meines Bauchs entlang, wobei er von meinem Sixpack abgelenkt wird, wo er innehält, um alle Konturen der Bauchmuskeln zu lecken. Ich mache gern Sport und finde es an sich schon befriedigend, aber selbst, wenn das nicht der Fall wäre: Das hier würde die Anstrengung total wettmachen.

Er arbeitet sich langsam immer weiter nach unten, seine Lippen erkunden aufreizend jeden Zentimeter, bis ich es kaum aushalte vor Lust auf seinen Mund an meinem Schwanz.

Aber er lässt mich warten. Stattdessen leckt er die Falte an meinem Oberschenkelansatz, lässt meine tropfende Erektion seine Wange streicheln, was man nur als Quälerei bezeichnen kann, dann beugt er meine Knie nach oben und spreizt meine Beine weit. Ein spitzbübisches Lächeln ist meine einzige Vorwarnung, dann senkt er den Kopf und fängt an, sich an meinem Eingang gütlich zu tun.

Erst, als ich leise mit gebrochener Stimme zu betteln anfange, hebt er den Kopf wieder.

»Du machst das so gut«, lobt er. »So perfekt. Du warst so geduldig. Jetzt blase ich dir einen, versprochen.«

Ich habe kaum die geistige Kapazität, die Worte zu verstehen, aber das ist okay, denn er hält Wort, und sein Mund schließt sich heiß und nass um meine Eichel. Das Geräusch, das sich meiner Kehle entringt, ist eher ein Schluchzen als ein Stöhnen.

Während er mit seiner geschickten Zunge zu zaubern scheint, streicht er leicht mit den Fingern über meine Hoden, nach hinten über den Damm, und lässt sie zart meinen überempfindlichen Anus betasten.

»Fabian«, keuche ich. Er stöhnt um meinen Schwanz, und die Vibration lässt mich die Augen verdrehen.

Dann schiebt er mir einen Finger rein.

Die doppelte Attacke auf meine Sinne ist fast mehr, als ich ertragen kann. Ich weiß nicht genau, ob Fabian es merkt, oder ob mein wortloses Gebrabbel mich verrät, aber schon kurz darauf löst er sich von mir. Ich ringe nach Luft.

»Du bist so wunderbar«, sagt er bewundernd und sieht mich an. »So total offen.«

»Das liegt nur an dir«, antworte ich atemlos. Es stimmt – noch nie war ich so entspannt und erregt, wenn ich mit einem Fremden zusammen war. Meist dauert es Monate, bis ich in Beziehungen an diesen Punkt komme. »Tut mir leid, dass du die ganze Arbeit hast.«

Er lacht leise, legt sich auf mich und küsst mich auf den Mund. Ich schmecke mich an ihm, und die Erinnerung an das, was er mit mir gerade angestellt hat, lässt mich noch steifer werden. »Das ist keine Arbeit, Rhys. Es ist das reinste Vergnügen.«

»Ich will dich aber auch anfassen«, beharre ich.

»Später«, verspricht er. »Wir haben noch die ganze Nacht Zeit.«

Ich erschauere. Die ganze Nacht so weitermachen? Und die Chance bekommen, Fabian ganz in Ruhe zu erkunden?

Yesssss.

Er schiebt sich zwischen meine Beine, ich spüre seine runde Eichel an mir, und plötzlich wird mir klar, wie intim diese Stellung ist, wie wir uns ansehen und unsere Arme und Beine ineinander verschlungen haben. So schlafen Liebende miteinander, keine Partner, die auf schnellen Sex aus sind.

Aber ich kann mich nicht durchringen, die Stellung zu wechseln.

»Gut so?«, fragt Fabian, während er meinen Blick sucht.

»Ja. Ich will dich in mir drin haben. Lass mich nicht warten.«

Und dann schiebt er sich langsam hinein. Ich hatte es mir genau richtig vorgestellt – jede einzelne Rille an seinem

Schwanz fühlt sich großartig an. Meine inneren Muskeln werden von den Rillen gedehnt und ziehen sich wieder zusammen, bevor sie der nächsten wieder geweitet werden. Als er ganz eingedrungen ist, bin ich außer Atem.

Dann zieht er sich zurück, und bewegt sich etwas schneller.

Als er das zweite Mal zustößt, ist mein ganzer Körper schweißbedeckt.

Beim dritten Mal winsele ich seinen Namen. Er stützt sich mit einem Arm ab und schiebt die andere Hand zwischen uns, um meine Erektion zu umfassen.

Und beim dritten Mal bin ich soweit.

»Rhys!«, ruft er aus, während er noch einmal mit aller Kraft zustößt. Er hat den Kopf in den Nacken geworfen, und ich kann nicht sprechen. All meine Muskeln sind in der köstlichen Qual meines Höhepunktes gefangen.

Als ich endlich wieder zu Atem komme, sinke ich zurück auf die Matratze, und Fabian schmiegt sich an mich.

KAPITEL 7
FABIAN

AM NÄCHSTEN MORGEN wache ich zutiefst entspannt und erfrischt wieder auf. Das ist nach gutem Sex immer so bei mir. Mit noch geschlossenen Augen lasse ich den Arm über die Matratze wandern, um nach Dr. Rhys zu tasten, finde aber ... nichts.

Er ist nicht da.

Ich hebe den Kopf und öffne die Augen, aber er ist tatsächlich weg. Die Tür zum Bad steht offen, dort ist er also auch nicht. Mit zusammengekniffenen Augen blinzele ich Richtung Fenster und sehe, dass es zwar Morgen, aber noch früh ist. Er hätte also noch im Bett bleiben können, zum Kuscheln ... oder wir hätten noch eine Nummer schieben können.

Trotzdem, ich kann wirklich nicht klagen nach der vergangenen Nacht. Wer hätte gedacht, wie kreativ mein korrekter Wissenschaftler im Bett sein kann?

Eine Weile schaue ich an die Decke und erinnere mich an all die Sachen, die wir getrieben haben. Dr. Rhys sollte eine Auszeichnung bekommen. Seine Schüchternheit finde ich auch extrem sexy. Ich frage mich, ob ich ihn überzeugen kann, mich beim Training zuschauen zu lassen ... am besten, wenn er nackt ist. Oder in der neuen Unterwäsche, in der irgendwie nichts verborgen bleibt, obwohl sie alles verhüllt.

Seufzend werfe ich die Decke ab und stehe auf. Da Dr. Rhys nicht hier ist, gibt es keinen Grund, weiter zu faulenzen. Heute wird hier einiges los sein, und ich würde gern weiter über die Forschungsergebnisse von Achatius nachlesen, wenn ich dazu komme.

In Gedanken laufe ich den Flur entlang und die Treppe nach oben zu meinen Räumen im dritten Stock. Ich bin sicher, dass Achatius über menschliche Magie geschrieben hat. Auch wenn ich sonst nichts finden sollte, kann ich dem CSG diesen Aufsatz weiterleiten. Die menschlichen Mitglieder der Behörde mussten sich ganz allein wieder aneignen, Magie zu praktizieren, und das ist sicher nicht einfach.

»Fabian, was machst du da?«

Blinzelnd schaue ich mich um. Wil steht grinsend vor mir.

»In mein Zimmer gehen.«

Er hebt eine Augenbraue. »Nackt?«

»Bin ich –« Moment. Habe ich mich angezogen, bevor ich das Zimmer von Dr. Rhys verlassen habe?

Ich schaue an mir herab. Nein. Scheinbar nicht.

»Natürlich nackt«, erkläre ich so würdevoll wie nur möglich. »Wie sonst sollte ich die Luft an meine ... unteren Gefilde lassen?«

Sein Grinsen wird breiter. »Deine was?«

»Meine unteren Gefilde. Die normalerweise von Unterwäsche verhüllt sind.«

»Oh, das weiß ich.« Er nickt. »Ich wollte es dich nur

noch einmal sagen hören. Warum sagst du nicht einfach Schwanz?«

»Weil die unteren Gefilde nicht nur aus dem Schwanz bestehen, danke auch. Es gibt außerdem Hoden, Damm und Anus. Es ist einfach schneller, es untere Gefilde zu nennen.«

»Danke für den Vortrag. Dir ist klar, dass ich dir kein Wort glaube, oder?«

Jetzt runzele ich die Stirn. »Wieso denn nicht? Es ist wirklich mehr als nur Pimmel. Schau mal, ich zeig's dir.« Damit nehme ich meinen Schwanz in die Hand und hebe ihn hoch. Dann spreize ich die Beine, sodass meine Eier deutlich zu erkennen sind. Dann drehe ich mich um und beuge mich vor, um ihm auch den Rest zu zeigen.

»Schon gut!« Er hebt beide Hände und hält mir die Handflächen entgegen. »Das meine ich nicht. Du siehst da untenrum sehr hübsch aus, Fabian. Aber ich brauche keinen Anschauungsunterricht.«

»Will ich überhaupt wissen, was hier los ist?«, fragt eine weitere Stimme entnervt. Ein paar Meter weiter sehe ich Brandt. Percy, der neben ihm steht, macht einen resignierten Eindruck.

»Wirklich nicht«, sagt Wil mit knallrot angelaufenen Wangen.

»Was soll das? Wieso denn nicht?« Ich blicke von einem zum anderen. »Ich habe Wil nur demonstriert, was die unteren Gefilde sind.«

»Wusste er das denn nicht? Wil, ich hätte gar nicht gedacht, dass du so behütet lebst.« Brandt klingt, als würde er an etwas ersticken.

»So, das war ja alles ganz lustig, aber das ist mein Stichwort«, verkündet Wil und läuft Richtung Treppe. »Fabian, zieh dir etwas an, bevor du runterkommst.«

»Wieso bist du denn nun wirklich nackt, Fabian?« Percy klingt interessiert und gar nicht spöttisch, aber da Wil noch in Hörweite ist, habe ich keine andere Wahl, als zu wiederholen:

»Ich lüfte meine unteren Gefilde.«

Percys Antwort kommt fast ohne Zögern: »Hat Rhys das nicht gestern Nacht recht gründlich erledigt?«

Brandt bricht in Gelächter aus.

»Hat er.« Ich nicke bekräftigend. »Aber man kann nie genug gelüftet werden.«

»Dazu fällt mir nun wirklich gar nichts mehr ein«, sagt Percy zu Brandt. »Bitte denke in Zukunft an deine Kleidung«, sagt er dann betont.

Ich lächle einfach.

»Lass uns gehen.« Brandt legt den Arm um Percys Schultern. »Frühstück müsste fast fertig sein, und es gibt keinen Grund, hier länger rumzustehen und Fabians untere Gefilde zu betrachten.«

»Bis später!«, sage ich und gehe weiter zu meinem Zimmer. Ich höre ihre sich entfernenden Schritte hinter mir.

Als ich meine Räume erreiche, laufe ich an meinem Ankleidezimmer vorbei in den angrenzenden Raum, der mir als Büro dient. Brandt hatte mir eines der Wohnzimmer im Erdgeschoss angeboten, aber mir ist der kleine, gemütliche Raum hier oben lieber. Hier kommen weniger Leute vorbei, und ich werde selten gestört. Das Wissen der Drachenspezies zu bewahren ist anstrengende Arbeit, für die ich Konzentration brauche.

Zum Glück nehme ich meine Arbeit sehr ernst.

Ich setze mich an den Schreibtisch und nehme den gläsernen Briefbeschwerer, den ich als Vergrößerungsglas benutze, zur Hand. Die meisten Drachen finden, Glas sei zu zerbrechlich, um damit Magie zu praktizieren, aber das liegt nur an ihrer Ungeduld und Tollpatschigkeit. Ein Vergrößerungsglas ist wie ein Penis, der gerade einen Orgasmus erlebt hat. Man kann ihn wieder hochbekommen, wenn man richtig damit umgeht, aber man muss darauf achten, sich nicht dabei aufzuscheuern.

So ungefähr. Es ist keine perfekte Analogie.

Es dauert nicht lange, bis ich das Gesuchte im Archiv gefunden habe. Achatius hat sich in der Tat sehr eingehend mit menschlicher Magie befasst, und ich mache mir einen Vermerk, mich zu erkundigen, ob einer der Elfen die Aufzeichnungen schon übersetzt und dem CSG zur Verfügung gestellt hat. Dann vertiefe ich mich in seine Forschung zu atmosphärischer Magie hier auf der Erde.

»Fabian?«

Blinzelnd drehe ich mich um, sehe zu Dr. Rhys auf und lächle. »Hi.«

Er lächelt zurück, aber etwas schief. »Selber hi. Kethe hat mich gebeten, zu dir nach oben zu kommen, um dich zu fragen, ob du Frühstück möchtest.«

Er beißt sich auf die Lippe, und ich habe das Gefühl, er versucht, sich das Lachen zu verkneifen. »Ich glaube, du bekommst nichts mehr, wenn du nicht sofort kommst. Es ist fast zehn, und sie will mit den Vorbereitungen für heute Nachmittag anfangen.«

»Fast zehn schon?« Ich schaue zum Fenster, und siehe da, Licht und Sonneneinfallwinkel haben sich verändert. »Ich hätte schwören können, dass ich nur ein paar Minuten gearbeitet habe.« Plötzlich merke ich, wie hungrig ich bin. »Ich sollte etwas essen, solange ich noch kann.« Ich stehe auf und laufe zur Tür.

»Äh, Fabian?« Dr Rhys klingt halb erstickt. »Vielleicht solltest du dir etwas anziehen? So sehr ich den Anblick auch genieße – ich glaube, Kethe wäre nicht begeistert von Nacktheit in der Küche.«

Seufzend drehe ich mich zum Ankleidezimmer. »Das würde ich bereuen, ja.« Trotzdem lege ich einen kleinen Hüftschwung ein. Soso, der Anblick gefällt ihm also.

Hinter mir höre ich ein ersticktes Stöhnen, und schmunzele.

Es dauert nicht lange, bis ich angezogen bin. Bei der Auswahl meiner Ringe für heute nehme ich mir aber etwas mehr Zeit. Der Schatz, den ich hier habe, ist erbärmlich im Vergleich zu früher. Ich musste das meiste zurücklassen bei der Flucht von unserer sterbenden Welt hierher, und so etwas lässt sich nicht innerhalb von fünf Jahren wieder anhäufen. Es sind kaum tausend Stücke in der eigens dafür angefertigten Kommode, aber sie sind alle etwas Besonderes, und alle gehören mir. Dr. Rhys schnappt nach Luft, als ich sie öffne, und ich fühle mich unwillkürlich geschmeichelt, weil er die Herrlichkeit meines Schatzes würdigt.

Als wir meine Räume verlassen und zur Treppe laufen, sage ich: »Du warst weg, als ich heute aufgewacht bin.«

Mit einem Seitenblick antwortet er: »Ja. Ich kann nicht mehr im Bett bleiben, wenn ich einmal wach bin, und ich wollte dich nicht stören. Du hast so friedlich ausgesehen.«

»Nicht friedlich«, korrigiere ich, »sondern befriedigt. Meine Lust war gestillt. Ich war müde gevögelt.«

Er läuft rosa an. »Was es auch war – ich wollte dich nicht wecken. Also bin ich zum Frühstück nach unten gegangen.«

Nur, weil ich ihn wieder erröten sehen will, sage ich anzüglich: »Ich hätte dir Frühstück geben können.«

Das Rosa wird dunkler, aber er lacht. »Glaub' ich sofort. Aber ich hatte Appetit auf Kethes unglaublich leckere Pancakes.«

»Oh, sie macht die besten Pancakes.« Dr. Rhys weiter aufzuziehen muss warten. Ich beschleunige meinen Schritt etwas. Dafür wird später noch genug Zeit sein – jetzt erwarten mich Pancakes.

Kethe murrt ein bisschen, weil ich die Zeit vergessen habe, aber ich bekomme trotzdem noch etwas, und Dr. Rhys setzt sich mit einer Tasse Kaffee dazu, während ich esse. Er hat viele Fragen zu Drachen, und ich überlasse das Antworten Kethe, nehme mir aber vor, ihm die inzwischen transkribierten Zeitdokumente zukommen zu lassen. Er wird natürlich einen Übersetzer brauchen. Wir können sie zusammen lesen. Vielleicht können wir ein Sexspiel daraus machen. Einen Blowjob für jedes gelesene Kapitel?

Wie viel Spaß das machen würde! Ich träume noch vor mich hin, als Kethe mir den Teller entreißt. Ich hatte gar nicht mitbekommen, dass er leer war.

»Komm«, sage ich zu Dr. Rhys. »Ich zeige dir alles.«

Er errötet, und ich brauche einen Moment, um zu verstehen, wieso.

»Nein, dieses Mal meine ich wirklich einen Rundgang. Ich dachte, du würdest vielleicht gern zusehen, wenn ich mich verwandle.«

Er schnappt nach Luft, und es ist zufriedenstellend, wie er die Augen aufreißt. »Ja! Das wäre ... ist das erlaubt?«

Ich zucke die Achseln. »Hier auf dem Gelände schon. Wahrscheinlich hast du noch nie einen Drachen in seiner echten Gestalt gesehen, weil wir uns vor den Menschen verborgen halten müssen.«

Dr. Rhys folgt mir nach draußen bis zur Rasenfläche, die wir zum Starten und Landen benutzen. Ursprünglich wollte ich einen richtigen Rundgang mit ihm machen, aber er ist so gespannt, mir bei der Verwandlung zuzuschauen, dass es mir gemein erscheinen würde, ihn warten zu lassen. Er fragt mich über das Verwandeln aus, und wie ich mich dabei fühle, und ich empfinde plötzlich eine ungewohnte Zuneigung.

Na sowas. Kann es sein, dass ich Dr. Rhys *mag*? Also klar mag ich ihn. Es ist einfach, ihn zu mögen. Aber ist das, was ich für ihn empfinde, am Ende mehr als Freundschaft und sexuelle Anziehung?

Nein. Er ist eben sehr süß, wenn er so typisch Wissenschaftler und begeistert ist.

»Warte hier«, ordne ich an, und bedeute ihm, im ausreichenden Sicherheitsabstand stehenzubleiben. Das weiß ich schon seit meiner frühesten Kindheit: Stets genug Platz zum Verwandeln einräumen. Niemand will versehentlich seine Freunde verletzen. »Komm erst näher, wenn ich verwandelt bin, okay?«

Er nickt bekräftigend. »Okay. Äh ... und danach, darf ich dich anfassen?«

»Sicher. Du kannst auf mich draufklettern. Ein andermal, wenn wir Zeit haben, nehme ich dich mit zum Fliegen.«

Seine Augen werden ganz groß. »Fliegen? Ehrlich? Oh, wow.«

»Bleib da«, erinnere ich ihn, dann laufe ich weiter auf die freie Fläche, bis ich doppelt so viel Abstand zwischen uns gebracht habe, wie ich wirklich brauche.

Dann taste ich nach meiner Magie.

Die Euphorie der Verwandlung überspült mich und kribbelt in allen Zellen meines Wesens. So sehr ich meine zweibeinige Gestalt auch mag, etwas an meiner natürlichen Form spricht zu mir. Nie fühle ich mich wohler. Früher, bevor ich meine heutige Aufgabe angetreten hatte, habe ich Wochen oder Monate am Stück in Drachengestalt verbracht. Manchmal habe ich den Wunsch, das mal wieder zu machen. Vielleicht sogar über einen längeren Zeitraum. Ein paar Jahre in einer abgelegenen, bergigen Gegend, wo ich in den Auf- und Abwinden spielen und meine Zeit damit verbringen könnte, mich an der Natur zu erfreuen und nachzudenken.

Aber das werde ich nicht. Abgesehen von meinen Pflichten als Archivar ist die Wahrheit einfach die, dass ich mich schnell langweilen würde. Ich bin auch gerne in zweibeiniger Gestalt. Geschmacksknospen sind großartig, und Sex auch. In Drachengestalt kann ich keinen Sex haben. Es ist ein Manko.

Apropos Sex, und Partner ... ich wende mich Dr. Rhys zu, der mich mit offenem Mund und sehr befriedigender Ehrfurcht anstarrt, und fühle mich geschmeichelt. Falsche Bescheidenheit war noch nie mein Fall; mir ist bewusst, dass ich in beiden Gestalten sehr gut aussehe. Aber es ist angenehm, von Dr. Rhys bewundert zu werden.

Er nähert sich langsam mit ausgestreckter Hand. »Fabian?«

Ich nicke, dann warte ich, bis er höher kommt, und recke den Hals, um seine Hand mit der Nase anzustupsen.

»Sachte«, sagt er lächelnd. »Du bist wirklich beeindruckend.«

Ich fühle mich wieder geschmeichelt. Es ist gut, dass er erkennt, wie toll ich bin. Vorsichtig – ich bin gerade *viel* größer als er – reibe ich die Nase an seiner Wange. Mein Kopf ist etwa dreimal so groß wie sein ganzer Körper, aber ich bin feinfühlig und habe ausgezeichnete Koordination.

Dr. Rhys schließt die Augen bei der Berührung, dann öffnet er sie schnell wieder, als wollte er nichts verpassen. »So weich«, flüstert er. »Ich dachte, du würdest dich schuppiger anfühlen.«

Ich schnaube, nicht nur, weil ich tatsächlich Schuppen

habe. Unsere Schuppen fühlen sich einfach anders an als die der Erdenspezies. Außerdem hat bisher jede einzelne Person von hier, die ich jemals Drachen habe anfassen sehen, genau das Gleiche gesagt.

Er legt die Hand an mein Gesicht und streichelt, und ich lasse die Augen zufallen. Es ist schön, gestreichelt zu werden. Ob ich ihn überreden kann, mich auch in zweibeiniger Gestalt zu streicheln?

»Ich liebe deine Färbung«, murmelt er. »Kethe sagt, Drachen verändern ihre Farbe mit dem Alter. Heißt das, du wirst dieses wunderschöne Rosa nicht für immer behalten? Es ist wie das Innere einer Rose, so intensiv und satt.«

Ich bin selbst überrascht von dem Ganzkörperschauer, der mich überläuft. In meiner zweibeinigen Gestalt hätte mich die Kombination aus seiner Berührung, seinem Tonfall und seinen Worten erregt, aber in Drachengestalt verspüre ich keine Lust.

Was es auch ist, Dr. Rhys zieht abrupt seine Hand zurück. »Habe ich dir wehgetan?«, fragt er besorgt. Ich schiebe mich näher an ihn, sodass sein ganzer Körper an mich geschmiegt ist, und er lacht leise. »Okay, vielleicht nicht. Bist du eigentlich überall so weich?« Er legt die Hände auf meine Seite. »Oh, das fühlt sich anders an. Trotzdem weicher als ich dachte.«

Ich stehe still, während er meine ganze Länge abschreitet, mich dabei streichelt und tätschelt und etwas über Schuppen und Muskeltonus und Spannweite von Flügeln vor sich hinmurmelt. Ohne mich lange bitten zu lassen breite ich zuvorkommend die Flügel aus, und er murmelt erneut Bemerkungen über Knochenbau und Schwimmhäute vor sich hin. Vielleicht hätte ich jemanden mitnehmen sollen, der seine Fragen beantworten kann, während er mich bewundert – denn trotz seiner wissenschaftlichen Konzentration bewundert er mich weiter – aber ich bin lieber allein mit ihm, um seine ganze Aufmerksamkeit auf mich konzentriert zu wissen. Ich kann später seine Wissenslücken schließen. Da ich Drachenlehre unterrichten soll, ist das bestimmt eine gute Übung.

Schließlich ist er wieder an meinem Kopf angekommen und lehnt sich an mich. »Danke dafür. Du bist so wunderschön.« Er hält inne, dann fährt er fort. »Würde es dir etwas ausmachen, ein bisschen auf und ab zu gehen, damit ich sehen kann, wie du dich bewegst?«

Trotz aller Sagen auf der Erde sind wir nicht ungeschickt, wenn wir festen Boden unter den Füßen haben, also stolziere ich bereitwillig herum ... aber nicht, wenn er so nahe neben mir steht. Ich will nicht riskieren, ihn umzuwerfen. Also schiebe ich ihn sanft Richtung Haus, bis er versteht, was ich meine.

»Oh ... willst du dich zurück verwandeln? Okay.« Er klingt enttäuscht. »Ich warte dann da drüben.«

Kaum ist er in sicherem Abstand und schaut mich wieder an, laufe ich einen großen Kreis. Ich fühle mich ehrlich gesagt etwas albern dabei, aber er strahlt, und das versöhnt mich. Ich werde später auf jeden Fall nochmal zur Sache kommen. Der Teil von mir, der sich an Sex in zweibeiniger Gestalt erinnert, ist sehr begeistert bei dem Gedanken, auch wenn es dem Rest meines Wesens egal ist.

Ich laufe im Trab einen zweiten Kreis, überprüfe nochmals, ob er in sicherer Entfernung ist, und dann erhebe ich mich in die Lüfte.

Sein beglückter Aufschrei klingt in meinen Ohren, als ich flügelschlagend nach oben fliege, höher und immer höher. Ich habe das vorhin ganz ernst gemeint – wenn er will, nehme ich ihn mal mit. Ich glaube, es würde ihm sehr gut gefallen.

Ich fliege einmal um das Grundstück, achte dabei darauf, nicht zu hoch zu steigen, damit er mich sehen kann, und baue ein paar kleinere Flugkunststücke ein. Nichts Besonderes – einen Loop, ein bisschen Zickzack. So, dass es ausreicht, um ihm zu zeigen, wie beweglich ich bin. Schließlich fliege ich wieder runter und lande. Bald kommen die Gäste, und ich will Dr. Rhys in Sicherheit wissen, wenn das passiert. Drachen, die nicht wissen, wie neu wir für ihn noch sind, wären vielleicht nicht so vorsichtig wie ich.

Dr. Rhys wartet kaum ab, bis ich wieder zweibeinige Gestalt annehme, bevor er auf mich zu rennt. Er umarmt mich, dann gibt er mir einen dicken Schmatzer auf den Mund. »Das war ja unglaublich! Danke, dass du mir das gezeigt hast.«

Ich halte ihn noch ein bisschen an mich gedrückt, als er beginnt, sich aus der Umarmung zu lösen. Ja, meine zweibeinige Gestalt mag es wirklich, ihn an mich zu drücken. »War mir ein Vergnügen«, sage ich, als ich ihn schließlich wieder loslasse. »Und jetzt hättest du sicher gern Antworten auf deine Fragen, stimmt's?«

»Wenn es keine Umstände macht. Aber ich würde gerne ein paar Notizen machen.« Er tastet sich ab, als würde er Notizblock und Stift suchen, und jetzt bewundere ich ihn ein Weilchen. Er trägt wieder Jeans, dunkelblaue, die eng an seinen langen Beinen liegen, und ein frisches Poloshirt mit kurzen Ärmeln. Es steht ihm sehr gut, sieht ganz neutral aus und nicht trendy und doch attraktiv.

»Wir holen uns bei Kethe Tee und Kekse, dann kannst du dir nach Herzenslust Notizen machen«, verspreche ich, während ich zum Haus zurückgehe.

»Hast du auch einen so beschleunigten Metabolismus wie die Shifter auf der Erde?«, fragt er beim Laufen.

»Ja und nein. Wir essen nicht immer so viel wie sie, aber nach dem Verwandeln, und wenn wir viel Magie praktiziert haben, müssen auch wir mehr essen.«

»Ist ja faszinierend. Kethe sagt, ihr seid keine Shifter im herkömmlichen Sinne, aber sie hat nicht genau erklärt ...«

Ich hake ihn unter und genieße die Chance, ihn ein bisschen zu abzutasten. Er hat wirklich eine tolle Muskulatur. »Sind wir auch nicht. Shifter auf der Erde, ob Feliden oder Höllenhunde, sind als Wesen entstanden, für die zwei Gestalten vorgesehen waren. Wir Drachen dagegen hatten ursprünglich gar keine Körper. Wir bestehen bis heute aus reiner Energie, die man am ehesten mit elektrischen Impulsen vergleichen kann. Einer unserer Vorfahren war von körperlichen Wesen fasziniert und beschloss, es auszuprobieren. Die Drachen verwandelten sich aus Energie ohne eigene Form in Körper, die ihnen gefielen. Es dauerte, und es wurde von vielen ausgiebig experimentiert, bis der Beschluss gefasst wurde, dass unsere Drachenform die beste Gestalt für uns war.« Er ist langsamer geworden, und ich ziehe ihn hinter mir her.

»Sie ... beschlossen also einfach, die Energie, die ihre ätherischen Wesen ausmachte, zu physischer umzuwandeln?« In seiner Stimme schwingt ehrfürchtige Bewunderung. »Könnt ihr das immer noch? Ätherisch werden, meine ich.«

Ich zucke die Achseln. »Sicher. Aber wir befassen uns nicht viel damit. Es ist schwer, und man kann wirklich wenig tun außer existieren und denken ... und selbst dann sind die Gedanken nicht die gleichen ohne den Kontext von Sehen, Riechen und Geräuschen. Körper zu haben ist so viel angenehmer.«

»Verstehe.« Er klingt unsicher. »Heißt das, dass du dich beliebig in jedes Wesen verwandeln kannst?«

Mit einem Seitenblick antworte ich, während wir die Terrasse überqueren. »Technisch gesehen ja. Aber eine neue Gestalt zu erlernen ist sehr anstrengend und kostet Energie, und die meisten Drachen verlieren schnell das Interesse. Unsere natürliche Gestalt und diese zweibeinige sind wirklich die besten. Wir haben sie über Jahrtausende entwickelt, und sie entsprechen unseren Bedürfnissen perfekt.«

Er schweigt eine Weile. Als wir ins Haus treten, sagt er: »Wenn die Studie beendet ist, werde ich ein paar Jahrhunderte Drachen studieren. Ich glaube, so lange brauche ich wohl.«

Grinsend klopfe ich ihm auf den Arm. »Mindestens. Ich kann gern dabei helfen. Aber du kannst auch mir helfen – Brandt und Percy haben mir erlaubt, einen Kurs in Drachenlehre zu unterrichten. Er wird natürlich nicht so detailliert, dass man ein paar Jahrhunderte braucht, aber du könntest mir dabei helfen, herauszufinden, was die Leute wissen wollen.«

»Das hört sich nach Spaß an.« Er klingt interessiert. Ich schicke ihn seine Utensilien holen, um sich Notizen machen zu können, dann husche ich in die Küche. Kethe ist schwer beschäftigt, alles für die Gäste vorzubereiten. Ich weiß es besser, als ihr meine Hilfe anzubieten. Wenn sie mich braucht, wird sie mich schon anstellen. Wenn ich versuche, ihr von mir aus zur Hand zu gehen, werde ich geschimpft, und sie haut mir auf die Finger. Vielleicht wird mir sogar für eine Woche Dessert gestrichen. Niemand legt sich mit Kethe an.

Sie blickt auf. »Na, bist du fertig mit Angeben?«

Ich ziehe die Nase hoch und greife nach Tassen und einer Teekanne. Percy hat mir beigebracht, wie man Tee richtig zubereitet. »Das kann man doch nicht angeben nennen – ein Drachenkind könnte so fliegen.«

Kethe grinst. »Stimmt. Aber er schien trotzdem beeindruckt. Ein netter Mann.«

»Das ist er«, sage ich zustimmend. »Und sehr intelligent. Er wird mich bei meinem Kurs in Drachenlehre beraten.«

»Das ist ungewöhnlich für dich.«

Ich unterbreche mich beim Löffeln des losen Tees in die Kanne und sehe sie stirnrunzelnd an. »Was meinst du?«

Sie zuckt die Achseln. »Weil du normalerweise deine Sexpartner nicht nach Persönlichkeit und Intelligenz aussuchst. Du suchst dir jemand Hübschen aus, hast deinen Spaß, und dann triffst du sie nie wieder.«

Ich runzele die Stirn noch heftiger. Sie lässt mich ja sehr oberflächlich klingen. »Das stimmt doch nicht. Ich habe Sex mit vielen netten Leuten, die ich ständig sehe. Was ist zum Beispiel mit Dustin?« Zugegeben, das ist lange her, aber es zählt trotzdem.

»Ich sage nicht, dass es nie vorkommt«, entgegnet sie. »Aber Dustin und du wart gute Freunde, bevor ihr Sex hattet, wenn ich mich recht entsinne. Und ich will dich gar nicht gefühllos oder ignorant nennen. Ich weiß, dass du vielen Sexpartnern später wieder begegnest und du bist immer freundlich gewesen. Aber hast du jemals jemanden getroffen, festgestellt, wie nett und schlau er war, dann mit ihm Sex gehabt, und trotzdem Lust gehabt, auch noch etwas anderes mit ihnen zu machen?«

Ich habe schon den Mund geöffnet, um empört zu sagen, dass ich das durchaus schon erlebt habe ... aber das ist nicht wahr. Glaube ich. Kethe hat recht; ich hatte schon oft Sex mit Freunden oder Bekannten, habe aber noch nie einen Fremden getroffen, eine Nummer mit ihm geschoben, und danach noch den Wunsch gehabt, weiter in seiner Nähe zu bleiben. Wenn wir vorher nicht befreundet waren, ist es auch später nicht dazu gekommen.

»Was habe ich getan?«, murmele ich, und Kethe verzieht das Gesicht.

»Und schon geht's wieder los.«

»Wie viele Chancen habe ich nur verpasst?«

»Chancen wozu, Fabian?«

Ich breite die Arme aus, um alles mit einzubeziehen, wobei ich aus Versehen Teeblätter in der gesamten Küche verstreue. »Zu allem! Wie viele Freundschaften sind mir entgangen, weil ich so auf fleischliche Lust konzentriert war? Was, wenn ich von diesen Leuten hätte lernen können? Ich soll doch lernen, Wissen anhäufen und es bewahren ... wie kann ich das, wenn ich andere ausschließe? Ich habe bei meiner Aufgabe versagt.«

»Nein, aber das wirst du, wenn ich dich umbringen muss, weil du die Küche dreckig gemacht hast. Bitte feg den Tee auf.«

Ich blinzele. Kethe klingt ruhig, aber ein kleiner scharfer Unterton verrät, dass sie es ernst meint.

»Sorry«, murmele ich, stelle die Teebüchse ab und beeile mich, den Tee aufzufegen. Wie konnte ich nur so töricht sein. All diese Leute, die ich links liegen lassen habe, ohne nachzudenken. Was, wenn einer von ihnen –

»Was den Rest angeht«, mischt Kethe sich in meine Gedanken ein. »musst du glaube ich nicht zu viel Sorge haben, dass deine Gespielen bedeutende Quellen für historisches Wissen gewesen wären. Diejenigen, die du über diese Apps kennengelernt hast, schon gar nicht. Sicher ist es denkbar, dass du dich mit einigen von ihnen hättest anfreunden können, wenn du dich darum bemüht hättest. Aber ich wollte eigentlich nur sagen, wie nett es ist, zu sehen, dass du auch anders kannst als sonst. Du bist nicht dafür gemacht, ewig allein zu bleiben.«

Ich erstarre in der Hocke, immer noch über den verstreuten Tee gebeugt. »Was?«

Sie lacht. »Nicht panisch werden. Ich wollte gar nicht sagen, du müsstest dich festlegen. Aber du scheinst langsam zu erkennen, dass deine sexuellen und emotionalen Bedürfnisse möglicherweise von ein und derselben Person erfüllt werden könnten. Deine Pläne mit Rhys außerhalb der Horizontalen deuten jedenfalls darauf hin.«

Ich fege den Tee fertig auf und murmele dabei: »Ich habe keine emotionalen Bedürfnisse.« Oder etwa doch? Ich war immer sehr rational und emotional ausgeglichen. Nicht wie Dustin, der einen Hang zum Drama hat und sehr anhänglich ist, oder Steffen, der ... tja, dass Steffen emotionale Probleme hat, wissen wir alle. Ich dagegen bin emotional sehr genügsam. Ich habe meine Freunde und meine Arbeit und zahlreiche Sexpartner. Alles funktioniert bestens. Ich brauche keine spezielle Person, die mich in- und auswendig kennt. Das würde mich nur unnötig von der Arbeit ablenken.

»Jeder hat emotionale Bedürfnisse, Fabian«, sagt Kethe geduldig. »Aber du bist eindeutig nicht so bereit dafür, wie ich dachte. Entschuldige, dass ich davon angefangen habe.« Dann schneidet sie weiter Gemüse klein, und ich bereite in Gedanken versunken schnell den Tee fertig zu.

Könnte sie recht haben? Bin ich etwa tatsächlich bereit für so ein Beziehungs-Dingsda?

KAPITEL 8

RHYS

SCHON WENIGE WOCHEN, nachdem Fabian wieder in mein Leben getreten ist, ist alles so anders, dass ich mich kaum wiedererkenne. Meine Studie ist bereits explodiert – die Probanden stehen Schlange, weil ihnen die Idee, der Wissenschaft zu helfen, indem sie Sex haben, so gut gefällt. Und alles, was es dazu brauchte, war etwas Geld, um die Studie bekannter zu machen. Was natürlich toll ist. Aber die Sache ist die – so sehr wir Wissenschaftler uns gerne weismachen, uns ginge es nur um die Forschung: Politik ist ein gar nicht so kleiner Teil unserer Arbeit, und sobald bekannt wurde, dass ich von mehreren Regierungen unterstützt werde, begannen schon die Geier um mich zu kreisen. Plötzlich wollten alle bei KRD mit mir befreundet sein. Man konnte ja nicht wissen, wie viel Einfluss ich bei den einflussreichen Leuten hatte.

Sura machte fröhlich alles noch schlimmer, indem sie »beiläufig« mein Wochenende auf Lass es Drachen erwähnte. Ihren vagen Andeutungen zufolge betrachten Brandt und Percy mich als ihren neuen besten Freund.

Manchmal habe ich wirklich Mühe, mich zu erinnern, wieso Sura und ich eigentlich befreundet sind.

Als Fabian wenige Tage nach dem ersten Wochenende hier vorbeikam, waren auch die letzten Zweifel an ihrer Geschichte ausgeräumt. Er verkündete vor Taryn an der Rezeption mit lauter Stimme, dass er nur kurz vorbeigekommen war und keinen Termin brauchte, da er mein Lover sei. Diese Nachricht sprach sich innerhalb von gefühlt 0,75 Sekunden im gesamten Gebäude herum; nach weiteren zwei Sekunden hatte jemand beschlossen, dass Brandt und Percy mich tatsächlich für ihren verloren geglaubten Neffen halten; und eine Minute später wollte ich, ich wäre tot.

Dann kam Fabian ins Labor geschlendert und küsste mich, und meine Sorgen waren vergessen.

So geht das jetzt seit ein paar Wochen. Ich bin überarbeitet, etwas gestresst von der Vorstellung, die Spezies der Community könnten ihre Fähigkeiten einbüßen, noch gestresster, weil man darauf hofft, meine Forschungsergebnisse könnten dagegen helfen ... und dann sehe ich Fabian und küsse ihn, und alles scheint mir nicht mehr ganz so schlimm. Ich hatte definitiv recht mit meiner Befürchtung, ich könnte Gefühle für ihn entwickeln.

Andererseits war es auch kein One-Night-Stand. Fabian scheint mich ehrlich zu mögen, und er hat definitiv gern Sex mit mir. Er hat seine Gewohnheiten geändert und übernachtet meist in der Stadt bei mir, anstatt nach der Uni nach Lass es Drachen zurückzukehren. Ich weiß nicht genau, ob man es Dates nennen sollte, oder regelmäßiges zusammen Abhängen und Sex haben – aber es gefällt mir. Ich mag ihn. Sehr sogar. Also wird mein Herz am Ende vielleicht etwas lädiert sein, aber vorläufig ist mein auf den Kopf gestelltes Leben großartig.

»Was meinst du?«, frage ich Sura nervös. Sie hat sich meinen Entwurf für das weitere Vorgehen durchgelesen. Ich habe vor, bei einigen der Probanden, die schon länger dabei sind – Fabian auch – mit Phase zwei zu starten. Im Grunde will ich sie darum bitten, geplanten Sex zu haben. Damit will ich feststellen, ob es möglich ist, die Auswirkung von Sex auf die metaphysische Gesundheit zu kontrollieren beziehungsweise zu verändern.

»Sieht gut aus.« Sie reicht mir mein Tablet wieder zurück. »Ich verstehe aber nicht, wieso du es so eilig hast. Eigentlich wolltest du es doch noch eine Weile laufen lassen.«

Ich kann ihr nicht verraten, dass die Zukunft unserer Spezies davon abhängen könnte, ob ich bei meiner Arbeit zu Ergebnissen komme, die uns in die richtige Richtung lenken würden. Stattdessen antworte ich mit einem vagen Lächeln: »Ich schätze, jetzt, da es möglich ist, möchte ich gern vorankommen. Die zusätzlichen Probanden haben mir Auftrieb gegeben.«

»Auftrieb, soso?« Sie lächelt anzüglich. »Sind es die neuen Probanden, oder doch eher einer der ersten Probanden?«

Ich spüre eine Hitzewelle durch meinen ganzen Körper schießen, kann aber mein Lächeln nicht unterdrücken. »Lass das. Ich bin professionell.«

Ihr Gelächter lässt einige andere Kollegen im Labor aufblicken. »Ja klar, professionell. Du vergisst, dass ich Fabian kennengelernt habe. ›Professionell‹ ist kein Begriff, der auf ihn zutrifft.«

»Er ist sehr kompetent, was seine Arbeit angeht«, protestiere ich. Das stimmt auch. Zugegeben, er ist zerstreut und geistesabwesend, versinkt manchmal mitten im Gespräch in Gedanken, und wird auch häufig vom

Thema abgelenkt, aber er hat sich nun mal dem Wissen und seiner Archivierung verschrieben. Und er weiß so viel. Sein Gehirn speichert alle möglichen seltsamen Fakten und Informationsschnipsel, und wenn er etwas nicht sofort abrufen kann, weiß er meist, wo er nachsehen muss. Außerdem ist er geradezu absurd entspannt und gutgelaunt, liebt es, zu kuscheln, und vergöttert meinen Körper.

Sura grinst nur wissend und wendet sich wieder ihrer Arbeit zu.

Ich schiebe die (meisten) Gedanken an Fabian vorerst beiseite und verbringe den Rest des Nachmittags mit dem Kontaktieren der Teilnehmer, um ihnen die nächste Phase der Studie zu erläutern. Die meisten sind erfreut zu hören, dass wir Fortschritte machen, und froh, beteiligt zu sein. Eine Frau bemerkt scherzhaft, dass sie dann endlich einen Grund hätte, Termine für Sex zu machen. Ich hatte bisher solches Glück mit meinen Teilnehmenden. Hoffentlich werden die Neuen genauso angenehm.

Ich bin noch am Telefon, als die Tür zum Labor aufgeht und Fabian hereinkommt, der über die Schulter mit jemandem im Flur spricht. »… enttäuscht. Danke für den Hinweis!«

Ich blende ihn aus und konzentriere mich auf meinen Anruf. »… Freitag wird nicht gehen, aber ich denke, Samstag sollte okay sein. Muss es immer zu einer bestimmten Zeit sein?«

»Nicht unbedingt, aber in der ersten Zeit wäre es gut, wenn der Zeitpunkt übereinstimmen würde«, erwidere ich. Ich würde viel lieber sehen, was Fabian macht. Ich höre ihn leise mit Sura sprechen, kann aber keine Worte ausmachen. »Wenn es in der einen Woche am frühen Nachmittag wäre, wäre es gut, wenn es in der kommenden Woche auch zu dieser Zeit wäre.«

»Hm«, sagt der Teilnehmer. »Das macht es unter Umständen schwieriger. Die Trainingszeiten der Kinder ändern sich von Woche zu Woche, also kann ich das nicht garantieren.«

»Dann nehmen wir Samstag raus«, schlage ich vor. »Es bleiben Sonntag, Dienstag und Mittwoch mit Sicherheit, und Donnerstag mit Fragezeichen. Sprechen Sie mit Ihrem Partner darüber, wie es mit diesen Tagen ist, und auf wie viele Sie sich verbindlich einigen können. Selbstbefriedigung ist auch in Ordnung, wie Sie wissen, falls Ihr Partner also nicht einverstanden ist, kein Stress deswegen.« Ich wollte, ich müsste solche Sachen nicht sagen, aber leider hat es sich als notwendig erwiesen. »Und natürlich ist es auch in Ordnung, wenn es nicht klappen sollte. Wenn man einen Zeitplan hat, verändert sich die Einstellung zu Sex, aber es geht bei der Studie letztendlich darum, das Befinden zu verbessern. Also zwingen Sie sich bitte nicht zu etwas, womit Sie sich nicht wohlfühlen.«

Er lacht. »Sie sind ja süß. Nein, mein Partner und ich finden diese Studie ganz toll. Sie hat unser Sexleben wirklich aufgefrischt. Es wird uns Spaß machen – ich kann mir schon vorstellen, dass wir uns für die Sex-Abende etwas ganz Besonderes ausdenken. Ich schicke später oder morgen Früh per E-Mail, welche Tage uns am besten passen.«

Begeistert von dem Gedanken, dass Paare meine Forschung nutzen, um ihr Sexleben interessanter zu machen, bedanke ich mich und lege dann auf.

»Soso«, sagt Fabian, der so plötzlich neben mir auftaucht, dass ich das schnurlose Telefon fallenlasse. »Du machst jetzt also Sex-Zeitpläne für andere Leute?« Er beugt sich vor, um mich auf die Wange zu küssen, dann legt er den Kopf an meinen und studiert den Bildschirm meines

Laptops. Darauf ist der komplette Zeitplan zu sehen, bei dem die Probanden-Nummern zu sehen sind und nicht ihre Namen oder persönliche Details, also erlaube ich ihm den Blick und genieße die zärtliche Geste.

»Ich mache Sex-Zeitpläne für andere«, bestätige ich. »Für dich auch, wenn du einverstanden bist.«

Er richtet sich auf und sieht mich mit großen Augen an. »Ehrlich?«

»Nur, wenn es dir nichts ausmacht.« Ich weiß nicht genau, was ich von der Reaktion halten soll.

»Das könnte großartigen Spaß machen! Warte ... es ist aber nicht nur einmal pro Woche, oder?«

Ich schmunzele heimlich, so erschrocken klingt er. »Nein, es kann so oft sein, wie du möchtest, aber es muss vorher geplant sein. Und in ein paar Monaten verändern wir die Zeiten und werten aus, wie sich das auswirkt.«

Fabian schürzt die Lippen. »Ich könnte also an jedem Abend der Woche einplanen?«

Mein Magen krampft sich leicht zusammen, denn ich sehe ihn nicht jeden Abend. Heißt das, dass er auch noch mit anderen schläft? Wir haben nie darüber gesprochen, ob wir exklusiv sein wollen, also ist es sein gutes Recht, aber ich will definitiv nichts darüber hören. Ich musste nie Einzelheiten prüfen, seit wir miteinander schlafen, aber jetzt habe ich plötzlich Angst davor, was ich da sehen werde.

Mit aufgesetzt professioneller Miene antworte ich: »Theoretisch ja, aber wenn du das machen würdest, müsste es auf die Minute immer zum gleichen Zeitpunkt sein, und wenn wir den Zeitplan verändern, müsste sich entweder Frequenz oder Zeitpunkt deutlich verändern.«

Er zieht die Nase kraus und schüttelt den Kopf. »Das hört sich überhaupt nicht sexy an. Außerdem habe ich ja gar nicht jeden Abend Sex. Es würde nur bedeuten, dass es dann so festgelegt wäre.« Er klingt, als hätte er Zweifel, und ich vermute, da geht es um die gute alte »ich muss nicht unbedingt, aber es wäre mir lieber, zu wissen, dass ich könnte«-Situation.

»Bist du auch sicher, dass du damit einverstanden bist?«, frage ich nach, und er nickt entschieden.

»Ja. Okay, es muss also abends sein, da du tagsüber arbeitest. Und ich kann mittwochs nicht in die Stadt kommen, weil ich bis spät Uni habe, mittwochs also nicht.«

Es ist doch sicher ein gutes Zeichen, dass mein Zeitplan mitberücksichtigt wird, oder? Ich mache pflichtschuldigst Notizen.

»Und Montagnachmittags hast du diese wöchentliche Besprechung, nach der du immer schlechte Laune hast«, fügt er hinzu, »also wahrscheinlich auch montags eher nicht.«

Du meine Güte ... ich kann nicht fassen, dass er das sagt.

Ich meine, er hat schon recht. Das wöchentliche Status-Meeting endet jedes Mal damit, dass ich schlechter Laune bin. Dass es so schlimm ist, dass es ihm auffallen würde, wundert mich aber doch, schließlich waren es erst drei Montage. Und ich hätte erst recht nicht vermutet, dass er glaubt, ich würde deswegen keinen Sex wollen. Das stimmt aber auch mehr oder weniger – montags fühle ich mich nicht so recht danach; aber mit etwas Engagement von ihm lässt sich das auch ändern.

Am schlimmsten ist aber, dass er das alles hier gesagt hat, wo Sura und andere Kollegen in Hörweite sind.

Lass. Mich. Sterben.

»Äh«, murmele ich, denn ich bin gerade um Worte verlegen.

Fabian scheint das nicht aufzufallen. »Ich bin am

Wochenende gern zu Hause, weil dann auch Brandt und Percy wiederkommen. Wäre es okay, wenn wir die Wochenenden auf Lass es Drachen verbringen? Wir müssen nicht immer schon freitags los, Samstagvormittag wäre auch okay.«

Also das hört sich ja verdächtig nach einer festen Beziehung an, und ich kann nicht leugnen, wie toll es sich anfühlt. »Das klingt gut«, presse ich hervor, während ich im Geiste all die Arbeit, die ich normalerweise am Wochenende erledige, abschreibe. Aber sobald ich dazu komme, jemanden einzustellen, werde ich eine Assistentin oder einen Assistenten haben, die mich unterstützen. Außerdem ist Fabian vielleicht nicht ganz so ein schlimmer Workaholic wie ich, aber auch er arbeitet normalerweise an den Wochenenden. Hauptsächlich, weil es ihm solchen Spaß macht.

»Dann bleiben also Dienstag, Donnerstag, Freitag, Samstag und Sonntag«, fasst er zusammen. »Das klingt doch machbar.«

»Hm.« Ich beiße mir auf die Lippe. Ob er vorhat, an all diesen Tagen Sex mit mir zu haben, oder ob ich nur an den Wochenenden dran bin? Das werde ich ja sehen.

»Wunderbar! Und das bedeutet, dass wir heute trotzdem noch das machen können, was wir vorhatten«, sagt er mit lüsternem Blick. Ich fühle mich rotwerden, denn japp, auch das haben meine Kollegen gehört. Und Sura wird keine Scheu haben –

»Was habt ihr denn heute vor?«

– nachzufragen. Seufzend drehe ich mich um. »Geht dich gar nichts an.« Es wäre sowieso nicht kinky genug, um sie zu interessieren. Sie steht nicht auf Rollenspiele, wenn sie nicht extrem schräg sind. Und das weiß ich, weil Sura absolut keine Hemmungen hat, darüber zu sprechen.

Ihr Blick sagt mir, dass sie nochmal nachfragen wird, aber Fabian hat schon kein Interesse mehr, darüber zu reden, und will den Plan lieber sofort umsetzen. Seine Hand lag unschuldig auf meiner Schulter, während er meine Arbeit studiert hat, aber jetzt lässt er sie meinen Rücken herabwandern. Weiter. Und ganz nach unten. Bis ... ja, da liegt sie auch schon auf meinem Po.

»Fabian«, zische ich, und rutsche auf dem Hocker herum, um seinen Griff zu lösen. Er lässt seufzend die Hand sinken.

»Verhalten am Arbeitsplatz?«

Ich nicke. »Verhalten am Arbeitsplatz.« Darauf musste ich bestehen, als er zum zweiten Mal hier war, und mir an meinem Schreibtisch im *Gemeinschaftsbüro* einen Blowjob geben wollte. Ich kenne die Gerüchte aus dem Pausenraum und weiß, dass schon Leute bei Schlimmerem erwischt wurden, aber ich kann nicht einfach so locker loslegen in einem halb öffentlichen Raum. Der Stress würde mich umbringen.

»Bist du denn bald soweit? Kann ich dir helfen?« Er sieht sich suchend um – keine Ahnung, was er meint. Ich füge mich dem Unvermeidlichen und fahre den Computer herunter. Schließlich ist es nicht so, dass ich gern hierbleiben und weiterarbeiten will, wenn ich stattdessen mit Fabian nach Hause gehen kann.

»Zwei Minuten«, verspreche ich.

SPÄTER AM GLEICHEN Abend liegen wir nackt und verschwitzt auf meinem Bett, mein Drachenlover und ich, und ich kann mich kaum noch erinnern, wieso ich eigentlich arbeiten wollte, wenn ich stattdessen das hier tun kann. Fabian fährt mir langsam mit den Fingern streichelnd durch die Haare. Ich fühle mich schwer und befriedigt, meine Muskeln sind so entspannt wie nie zuvor. Etwas an ihm gibt mir ein Gefühl der Geborgenheit, selbst in einem so verletzlichen Augenblick wie diesem.

»Wenn du nur eine einzige Sache machen könntest, was wäre es?«, fragt er plötzlich leise.

Mühsam bewege ich mein Gehirn dazu, nicht wegzudämmern, und denke über seine Frage nach. »Eine einzige Sache? Egal was, ohne Einschränkung?«

»Was immer du willst, ohne Einschränkung. Obwohl, doch. Eine Sache. Es muss etwas sein, das nur für dich wäre. Etwas Eigennütziges. Nicht dem Hunger auf der Welt ein Ende setzen oder so.«

Das macht es sehr viel einfacher. »Ich würde lesen. Einfach alles lesen, was ich in die Finger bekommen kann. Es wird so viel geforscht da draußen, aber ich habe meist nur Zeit für die Publikationen, die mein eigenes Fachgebiet betreffen. Manchmal schaffe ich es, etwas nur zum Spaß zu lesen, aber wenn ich eine Sache tun könnte, ohne Einschränkung, würde ich alle Studien zu allen möglichen Themen lesen.«

Er unterbricht seine Streichelbewegungen. »Das hört sich gut an. Fast so, dass ich meinen eigenen Wunsch dafür ändern würde.«

»Was wäre denn deiner?« Ich bewege den Kopf nicht von seiner Schulter weg, in der Hoffnung, dass er wieder anfangen wird, mich zu streicheln.

»Ich würde durch die Wiesen neben dem Haus spazieren, in dem ich meine Kindheit verbracht habe. So, wie es damals aussah, natürlich. Und ich würde dasitzen und es betrachten, bis ich es mir unauslöschbar eingeprägt hätte, damit ich es nie vergessen kann.«

Mein Herzschlag dröhnt in meinen Ohren, während ich still in seinen Armen liege. Ich fühle mich, als hätte er mir ein Geschenk gemacht – ein Stück von sich. Denn ich kann zwar in meinem Leben noch viele Fachtexte lesen, vielleicht sogar in den Ruhestand gehen und den Rest meiner Tage so verbringen, aber er kann nie wieder in seine Heimat zurückkehren. Die Orte aus seiner Kindheit besuchen. Keiner der Drachen und Elfen, die ich kennengelernt habe, spricht viel darüber, aber nach allem, was ich gehört habe, war der Verlust ihrer Welt ein langer, schmerzlich traumatischer Prozess voller Tod und Zerstörung. Und jetzt ist sie für immer zerstört. Die Dimension fiel in sich zusammen und wurde zu einem Nichts.

Erinnerungen sind alles, was sie noch haben.

Leise frage ich: »Wie hat es ausgesehen? Du musst aber nicht unbedingt antworten«, setze ich schnell hinzu. Ich will ihm nicht unnötig Schmerzen verursachen.

»Nein, ich will antworten.« Er unterbricht sich mit einem Seufzer. »Ich dachte früher, meine Erinnerungen wären ungenau, weil ich so jung war, oder durch den Kontrast zu dem, was später kam. Aber als ich diese Aufgabe übernahm und Zugang zum Lebenden Archiv bekam, wurde mir klar, dass das nicht stimmte. Wenn überhaupt wurden meine Erinnerungen der Realität gar nicht gerecht. Es war tatsächlich so schön.« Wieder hält er inne. »Anders als hier. Die Erde ist auch schön, aber es ist, als würde man eine Blume und eine sternenklare Nacht vergleichen. Beides ist auf seine Art spektakulär.«

Ich schweige und schmiege mich ein kleines Bisschen enger an ihn.

»Das Gras auf meiner Wiese war orange, ein sattes gebranntes Orange, und wenn die Grashalme sich im Wind wiegten, änderte sich die Farbe. Ich habe stundenlang nur zugeschaut. Und die Tréghelbäume ... du hast ja David kennengelernt. Ist dir seine Kette mit dem Anhänger aufgefallen?«

»Ja.« Sie ist schwer zu übersehen, obwohl er sie meist unter seiner Kleidung trägt. Die Kette an sich ist schon ungewöhnlich, aber der Anhänger ist überwältigend. Er hat die Form eines Blattes, aber es ist kein Blatt, das ich wiedererkennen würde. Es hat eine perfekt goldene Farbe, und es leuchtet. Erst dachte ich, es würde das Licht reflektieren, aber nein – es ist das Blatt selbst, das leuchtet.

»Es ist ein Tréghelblatt. Caclan hat es ihm durch ein Portal mitgebracht und mit einem Zauber konserviert. Stell dir einen Baum voller solcher Blätter vor ... einen Wald aus solchen Bäumen. Das warme Licht der Tréghelwälder war wie ein Signalfeuer auch in den dunkelsten Nächten. Und die Wälder waren immer so voller Leben – Vögel, kleine Tiere ...« wieder seufzt er. »Ich glaube, diese Bäume vermisse ich mehr als alles andere.«

Der Wissenschaftler in mir weiß, warum sie nicht in der Lage waren, einen oder zwei Setzlinge mitzubringen , aber auf der emotionalen Ebene bin ich einfach traurig, dass sie das alles zurücklassen mussten. In diesem Augenblick würde ich so gut wie alles dafür geben, dass Fabian nochmal einen Tréghelbaum zu sehen bekommt.

»Ich wünschte ...« ich breche ab. Ich kann nichts sagen, das es ihm einfacher machen würde, auch nach fünf Jahren nicht. Wahrscheinlich noch nicht mal nach fünfhundert.

Er beginnt wieder, meine Haare zu streicheln. »Ich weiß. Ich auch.«

KAPITEL 9
FABIAN

INZWISCHEN HABE ich seit einem Monat Sex nach Plan, und bin überrascht, wie gut es mir gefällt. Sicher, es bedeutet, dass es an manchen Tagen nicht erlaubt ist, und dass ich mir auch keinen runterholen darf, so gern ich es auch tun würde, andererseits addiert es ein sehr sinnliches Element der Vorfreude dazu. Zu wissen, dass es heute nicht erlaubt ist, morgen aber schon, verstärkt die Sehnsucht. Jede Sekunde, die verstreicht, ist köstlich aufreizend. Rhys ist ein Meister des Edging, ohne auch nur ein einziges Wort sagen zu müssen.

Darum bin ich auch hier in seinem Forschungsinstitut statt an der Uni, wo ich jetzt eigentlich sein sollte. Ich konnte nicht bis morgen abwarten, ihn zu sehen, auch wenn wir heute keinen Sex haben können. Ich will nur seine Stimme hören und seine schönen Augen und das Lächeln sehen, das nur für mich bestimmt ist. Das mir verrät, dass er mich insgeheim für irre hält. Und trotzdem muss er unwillkürlich lächeln.

Ich winke Chris und Taryn zu, die längst aufgegeben haben, mich zu fragen, ob ich einen Termin habe, um mich dann warten zu lassen, bis sie Rhys Bescheid gesagt haben, und rausche an ihnen vorbei den Korridor zum Labor von Rhys entlang. Um diese Zeit ist er vermutlich total vertieft in die Auswertung der Daten. Das ist einer der besten Zeitpunkte dafür, ihn zu beobachten, denn er bekommt diese süße kleine Falte zwischen den Augenbrauen und ist so konzentriert, dass er gar nicht mitbekommt, was um ihn herum vorgeht. Vielleicht kann ich einfach hineinschlüpfen und ihm ein bisschen zusehen, ohne dass er mich bemerkt. Und wenn er dann endlich eine Pause macht, kann ich »Überraschung!« rufen. Und dann können wir heimlich ein bisschen knutschen.

Ein ausgezeichneter Plan.

Auf halbem Weg zum Labor sehe ich Rhys vor mir. Er redet mit einem Mann. Sie stehen nebeneinander und stecken die Köpfe zusammen ... halten die sich etwa an der Hand?

Ich sehe zu, wie der andere Mann seine Hand wegnimmt, und dann erkenne ich das Handy in Rhys' Hand, auf das sie beide blicken. Aber trotzdem ... war das wirklich nötig mit dem Berühren? Und müssen sie sich dabei so nahekommen?

Ich beschleunige meine Schritte und rufe: »Hi, Rhys!«

Beide schauen auf, und Rhys fängt an zu lächeln, dann erstirbt es, als er dem anderen Mann einen Seitenblick zuwirft. Was zum Teufel soll das?

Diese Situation gefällt mir ganz und gar nicht.

Als ich die beiden erreiche, nähere ich mich Rhys und küsse ihn, wie ich es immer tue. Vielleicht ein bisschen intensiver als normalerweise.

Er entzieht sich mir.

Er ... entzieht sich mir?

Er *entzieht sich mir*.

Ich blinzele ihn schockiert und ungläubig an.

»Fabian, das ist Dr. Rafter, der Direktor von Kendall Research and Development«, sagt er mit geröteten Wangen und aufgerissenen Augen, bevor er sich wieder an diesen Mann wendet. »Sir, ich möchte Ihnen gerne Fabian Draco vorstellen, den Archivar und Historiker der Drachenspezies.«

Der Mann streckt die Hand aus. »Freut mich sehr, Sie kennenzulernen, Mr Draco.«

Ich schüttele seine Hand, hauptsächlich, weil ich ihn gern einschätzen möchte, aber auch, weil er der Chef von Rhys sein muss, wenn er Direktor hier ist. »Ganz meinerseits.«

Er ist ein Dämon, also viel zu groß. Ich wette, er hält sich für etwas Besonderes, weil er so groß und kräftig ist. Wie er sich wohl fühlen würde, wenn ich mich in Drachengestalt verwandeln und auf ihn treten würde? Dann würden wir ja sehen, wer der Große ist.

Aber der Vorteil davon, dass er ein Dämon ist? Seine Abschirmung ist nicht so undurchdringlich wie die von Rhys. Er hat sich eindeutig von einem Zauberer eine gute bauen lassen, dennoch bekomme ich sehr starke Eindrücke von ihm. Er ist eigenartig ruhig und analytisch für einen Dämon, sehr fokussiert und zielstrebig, und er ... scheint belustigt von mir zu sein? Ich widerstehe der Versuchung, ihm einen elektrischen Schock zu verpassen, um ihn in seine Schranken zu weisen. Ich habe Schuppen, die älter sind als seine Großeltern, und *er* findet *mich* amüsant? Pah!

Er schaut zu Rhys hinüber, und ich bekomme sofort den Eindruck von Bewunderung – was völlig klar ist, schließlich ist es Rhys, von dem wir reden – und Wärme. Ich lasse die Hand abrupt fallen. Wie kann er es wagen, warme Gefühle für meinen Rhys zu haben!

»Sie sind sicher sehr beschäftigt«, sage ich. »Lassen Sie sich von uns nicht aufhalten.«

Rhys gibt ein ersticktes Geräusch von sich, dann hustet er. »Ich kann Ihnen heute Nachmittag die Informationen schicken«, bietet er an. »Und wir können sie gemeinsam durchgehen, wann immer es Ihnen passt.«

Ich runzele die Stirn.

»Wenn Sie jetzt kurz Zeit haben, komme ich mit ins Labor und sehe mir das Trenddiagramm an. Der Rest hat Zeit bis zur Besprechung am Montag«, sagt Dr. Rafter. Er lächelt nicht ausdrücklich, aber es scheint trotzdem so. Das ist mir an Dämonen schon öfter aufgefallen.

»Natürlich«, sagt Rhys. »Fabian, wolltest du etwas Bestimmtes, oder sehen wir uns sowieso später?«

»Ich kann warten«, gebe ich gutgelaunt zurück. »Das Trenddiagramm will ich auch sehen.« In Wirklichkeit kenne ich es bereits, da Rhys es täglich auf den neuesten Stand bringt, aber ich bin hergekommen, um Zeit mit Rhys zu verbringen und werde jetzt nicht wieder gehen, nur weil sein Dämonenchef hier ist, der warme, bewundernde Gefühle für ihn hegt. Vielleicht bleibe ich genau deswegen.

Rhys lächelt schwach und geht voraus zum Labor.

Sura blickt auf, als wir eintreten, und macht große Augen. »Sir! Äh, hallo.« Sie springt hastig auf. »Kann ich Ihnen etwas anbieten?«

Ich funkele sie an. Wieso ist sie so aufgeregt wegen ihm, aber nicht wegen mir? Ich bin ein *Drache*.

»Nein danke, Dr. Singh. Ich bin nur hier, um mir die Ergebnisse von Rhys anzuschauen. Lassen Sie sich nicht stören.«

Wieso spricht er Rhys mit Vornamen und Sura mit ihrem Titel an? Das gefällt mir ganz und gar nicht.

Noch weniger gefällt mir, als er anfängt, Fragen zu den

Daten zu stellen, und mein Rhys anfängt, zu strahlen, wie immer, wenn es um seine Forschung geht. Ich finde es toll, dass er glücklich ist, und natürlich ist es großartig, von seinem Chef Anerkennung dafür zu bekommen, wie toll er ist, aber kann er das bitteschön aus der Entfernung machen? Und ohne Berührungen? Wieso muss er die Hand auf der Schulter von Rhys ablegen, wenn er sich zum Bildschirm herunterbeugt? Das ist *mein* Trick, um Rhys bei der Arbeit anfassen zu können.

Schließlich richtet er sich auf. »Tja, Sie machen gute Arbeit, Rhys. Diese Studie läuft wesentlich besser, als ich anfangs dachte.« Damit drückt er Rhys' Schulter und klopft sie ein paarmal.

Dann lässt er *endlich* von ihm ab und wendet sich an mich. »Ich hoffe, wir sehen uns bald wieder, Mr Draco. Vielleicht können Sie Rhys bei Gelegenheit zu einem unserer Mittagessen begleiten?«

»Vielleicht«, antworte ich, insgeheim stolz darauf, nicht gleich nachzufragen, was für verdammte Mittagessen er eigentlich meint. Innerlich höre ich Percys Stimme, die mir ins Gedächtnis ruft, dass ich alle Drachen repräsentiere, und dass wir den besten Eindruck machen wollen.

Er lächelt wieder dieses für Dämonen so typische nicht-ganz-Lächeln, und geht.

Ich drehe mich zu Rhys um. »Was sollte das denn?«

Er blinzelt mich an. »Oh … es tut mir leid, dass ich dich nicht richtig geküsst habe. Es wäre mir unangenehm gewesen vor dem Direktor, besonders hier am Arbeitsplatz.«

Ich fühle, wie sich meine Spannung etwas löst, als ich ihn »Direktor« sagen höre anstatt etwas Persönlicheres. »Wieso isst du denn mit ihm zu Mittag?«

»Tu ich … nicht?«, entgegnet Rhys verwirrt.

Hinter mir bricht Sura in Gelächter aus. »Oh, ich glaube, Fabian könnte ein kleines Bisschen eifersüchtig sein.«

Ich widerspreche spöttisch: »Ich bin nicht eifersüchtig.« Oder? Ich war noch nie in meinem Leben eifersüchtig, also weiß ich nicht genau, wie es sich anfühlt. »Wieso hat er dann gesagt, dass ihr Mittagessen geht?«

Rhys hat einen seltsamen Gesichtsausdruck. Er runzelt die Stirn, aber sieht gleichzeitig hoch erfreut aus.

»Das hat er nicht gesagt. Meinst du, als er sagte, ich soll dich mal zum monatlich stattfindenden Investoren-Lunch mitnehmen?«

Oh. »Was soll ich denn dort?«

Sura erstickt fast an ihrem Gelächter.

Rhys zuckt die Achseln. »Du bist ein Drache mit viel Geld, gehörst zu Brandts innerem Kreis, und der Direktor hält ständig Ausschau nach neuen Investoren.«

Ich schnaube. »Dann hat er kein gutes Urteilsvermögen, wenn er mich für einen guten potenziellen Investor hält.« Ich versuche nicht zu selbstzufrieden zu klingen, als ich nähertrete und mich zu Rhys neige. »Kann ich jetzt einen richtigen Kuss haben?«

Das Stirnrunzeln weicht einem Lächeln, und ich bekomme einen richtigen Kuss.

Aber dann entzieht er sich erneut viel zu früh.

»Rhys«, jammere ich.

»Bist du deswegen so komisch? Weil du eifersüchtig warst? Auf *den Direktor?*« Es klingt albern, wenn er es so sagt.

»Ich glaube nicht, dass das Eifersucht war. Mir hat einfach nicht gefallen, wie er dich immer angefasst hat. Und er hat dich ›Rhys‹ genannt und Sura ›Dr. Singh‹«, bemerke ich.

»Ja, das ist mir auch aufgefallen«, sagt Sura zustimmend. »Ich dachte, es muss daran liegen, dass Rhys derzeit sein Favorit ist, wegen der erheblichen Fördergelder von mehreren Regierungen und so. Aber vielleicht hat Fabian auch recht, und er ist scharf auf dich.«

»Du meine Güte ...« Rhys schließt die Augen und atmet tief durch. »Er ist *nicht* scharf auf mich. Nichts Unangebrachtes ist passiert. Ich bin ihm auf dem Flur begegnet, und er hat sich nach der Studie erkundigt, also habe ich ihm ein bisschen von den Ergebnissen gezeigt. Das war's.«

»Aber er hat dich angefasst«, erinnere ich ihn. Jetzt, da der Direktor weg ist und ich derjenige bin, der überall seine Finger an Rhys hat, ist das alles ja ganz lustig.

»Hat er nicht. Nicht *so*. Es war ... keine Ahnung. Dich hat er auch angefasst.«

Sura und ich starren ihn an. »Du meinst, als er mir die Hand gegeben hat? Das ist nicht das Gleiche.« Als ich sehe, wie verunsichert er ist, lasse ich locker. »Na ja, ich schätze, das ist okay. Er ist ja weg. Ich werde einfach dafür sorgen, dass ich es nicht mehr mitbekomme, wenn er dich anfasst.« Obwohl allein schon der Gedanke mich ganz schlechter Laune werden lässt. Grrr.

Rhys scheint immer noch unsicher, aber er lässt es zu, dass ich ihn streichle, bis er wieder fröhlich ist. »Hast du heute keine Vorlesung? Es ist Mittwoch.« Dabei dreht er den Kopf, um mir einen Kuss in die Handfläche zu geben.

»Habe ich, aber dann wollte ich dir lieber ein bisschen bei der Arbeit zuschauen und dich dann überreden, früher Schluss zu machen. Wir haben heute keinen Sex geplant, aber wir können trotzdem ein bisschen erregende Sachen machen, oder? Und ich könnte dir einen bl–« Seine Hand auf meinem Mund erstickt das letzte Wort.

»Fabian«, zischt er und schaut hastig rechts und links,

obwohl Sura die einzige andere Anwesende ist. »Ich bin bei der Arbeit!«

Jetzt gebe ich ihm einen Kuss auf die Handfläche, dann löse ich sie von meinem Gesicht. »Ich wollte dir nicht gleich hier einen blasen«, halte ich dagegen. »Außerdem bin ich sicher, Sura kennt den Ausdruck schon.«

»Den Ausdruck, na klar«, sagt sie zustimmend.

»Siehst du?«

Rhys sieht mich nur an, dann seufzt er. »Lass mich kurz ein paar Dinge fertigmachen, und dann kann ich vielleicht früher gehen. Gib mir eine Stunde, ja?«

»Einverstanden!« Mit siegessicherem Schmunzeln füge ich hinzu: »Ich setze mich einfach da drüben hin und gucke dir zu.«

»Ach ja, ich wollte schon fragen ... du meinst das doch nicht wörtlich mit dem Zuschauen, oder? Also ... du hast selbst etwas zu lesen oder zu arbeiten dabei, oder?«

»Sicher«, sage ich zustimmend, denn er sieht besorgt aus. Ich warte einfach, bis er in der Konzentration versinkt, und dann gucke ich ihn an.

Aber erst ...

Ich packe ihn am Hemd und ziehe ihn an mich. »Kuss«, sage ich fordernd. Er wirft Sura einen Seitenblick zu, die erneut laut auflacht.

»Ich stelle mich einfach vor die Tür und halte Wache. Ihr habt fünf Minuten.«

Ich warte gar nicht erst ab, bis sie draußen ist, bevor meine Lippen die von Rhys berühren, und jetzt bekomme ich endlich einen richtigen Kuss.

KAPITEL 10
RHYS

BEIM MUSTERN der Gesichter rund um den Tisch wünschte ich, ich hätte bessere Neuigkeiten zu verkünden. Und obwohl mir klar ist, dass niemand Wunder von mir erwartet, bin ich sicher, dass sie alle darauf gehofft haben.

So richtig schlecht sind meine Nachrichten aber auch nicht. Im Gegenteil, sie sind recht gut, vielleicht sogar ausgezeichnet. In den drei Monaten, die meine Studie jetzt durch das CSG und die DEA unterstützt werden, ist sie wesentlich umfangreicher geworden, und es melden sich täglich weitere Probanden an. Dies ist schließlich eine nur zu angenehme Art und Weise, medizinische Forschung zu unterstützen, da sie dafür nichts zu tun, einzunehmen oder zu spenden brauchen. Sie müssen einfach ihrem Alltag nachgehen. Der Zustrom von Teilnehmern hat uns schon so viel mehr Daten gegeben, dass wir unsere Methode etwas abgeändert haben. Dass wir auch mehrere Probanden aus dem Ace-Spektrum mit einbeziehen konnten, war ebenfalls ein Riesengewinn. Inzwischen steht zweifelsfrei fest, dass regelmäßiger Sex oder sexuelle Befriedigung bei Personen, die dies genießen, die metaphysische Gesundheit fördern kann, aber wir sehen auch, dass andere Aktivitäten ähnliche Resultate bringen, genau wie Vorspiel. Lustigerweise war es Fabian, der mich darauf brachte. Seine Bitte, ihn an den Abenden, an denen kein terminierter Sex vorgesehen war, zu »erregen«, führte zu neuen Ergebnissen, die uns sehr weiterhalfen.

Aber obwohl die Auswirkungen auf die metaphysische Gesundheit zweifellos merklich sind, halten sie den allgemeinen Verfall nicht auf. Ich habe die Termine der Teilnehmer mehrfach verändert, Umstände darauf abgestimmt, ihre Fähigkeiten zu verbessern, und doch hat sich keine Veränderung oder Besserung gezeigt. Und das wird vermutlich so bleiben, bis der Grund des Rückgangs eruiert werden kann.

Daher die vielen müden Gesichter bei dieser Besprechung. Sicher, das Problem hat sich langsam über Jahrtausende entwickelt, aber in den vergangenen paar Jahrhunderten scheint es schneller fortzuschreiten, und es ist unklar, ob das so weiter gehen wird. Ebenso unklar ist, wie es zu beheben wäre ... da die Ursache nicht bekannt ist. Meine Studie hilft zwar, aber sie ist eine Art Notlösung und hat nur eine begrenzte Reichweite.

Imani, die heute die Besprechung leitet, kommt zum Ende. »Wir machen gute Arbeit«, erinnert sie uns alle. »Früher oder später werden wir die Information finden, die wir brauchen.« Wir fangen uns wieder etwas, denn sie hat recht. Die Lösung ist irgendwo da draußen, und es fließen eine Menge Ressourcen in die Suche danach.

Daran muss ich festhalten. Ich *bin* meine Zauberkraft. Ohne sie würde ich nicht überleben. Zu wissen, dass die nachfolgenden Generationen sie verlieren könnten ... nun, daran will ich gar nicht erst denken.

Es ist so spät, dass ich beschließe, heute nicht mehr ins

Labor zurückzugehen. Dass Fabian nach der Uni in die Stadt kommen und bei mir übernachten will, trägt teilweise zu meiner Entscheidung bei. Wahrscheinlich ist er sogar schon da. Und ja, er hat inzwischen den Schlüssel zu meiner Wohnung.

Was da zwischen uns genau läuft, weiß ich immer noch nicht. Wir sind Freunde, und wir arbeiten auf Zuruf zusammen. Er ist meine Quelle für Wissenswertes zu Drachen und ihren magischen Kräften, meist befrage ich ihn auch zu Elfen. Er hat Zugang zu immensem Wissen über die Spezies der Community, und zu Aufzeichnungen über alles, was auf der Erde vor den Spezieskriegen geschah – Wissen, das wir für immer verloren glaubten. Ich glaube, keiner unserer eigenen Archivare weiß, wie das Lebende Archiv funktioniert. Sie scheinen davon auszugehen, dass die Drachen und Elfen bei ihrer Flucht nicht all ihre historischen Dokumente mitnehmen konnten, und alles, was sie uns an Informationen geben können, eigene Erinnerungen sind. Was teilweise richtig ist, da Drachen und Elfen wesentlich älter werden als wir. Aber das Archiv ist ein lebendes Konstrukt, das von ihren eigenen Kräften aufrechterhalten wird. Bei ihrer Geburt werden alle Elfen und Drachen durch einen Zauber mit dem Lebenden Archiv verbunden. Es ist etwas, das sie nicht spüren, und das keine Auswirkungen auf sie hat, bis auf die Tatsache, dass bei ihrem Tod ihre gesamten Erinnerungen in das Lebende Archiv eingespeist werden. Zugang zu diesem Archiv haben nur Historiker und Archivare, Leute wie Fabian, deren Aufgabe es ist, das Archiv zu pflegen und zu kuratieren. Drachen und Elfen von heute haben also Zugang zu all dem Wissen sämtlicher jemals vor ihnen verstorbenen Artgenossen.

Als Fabian mir das erklärt hat, brauchte ich eine Weile, um mich von dem Schock zu erholen. Dann hat er hinzugefügt, dass das Archiv auch die gebräuchlicheren wissenschaftlichen Werke und Forschung, Abschriften von Gesprächen, und Bilder von Dingen, die es heute nicht mehr gibt, enthält ... wie man es sonst auch aus Archiven kennt. Den Kern bilden aber die Erinnerungen.

Abgesehen von unserer Freundschaft und der gelegentlichen Zusammenarbeit sind wir ... ich weiß nicht recht. Wir lassen keine Gelegenheit aus, Sex zu haben. Ich hätte nie gedacht, dass ich so oft Lust auf Sex haben könnte, aber mir fehlt es, wenn wir getrennt sind und es nicht geht. Aber es geht nicht einfach nur um Sex. Wir sind auf jeden Fall Freunde, und wir reden und kuscheln und sehen zusammen fern. Mir fehlt nicht nur der Sex, wenn er nach Hause geht ... er fehlt mir. Sura, die anfangs meine »Rückkehr aus dem sexuellen Exil« bejubelt hat, betrachtet mich mit zunehmender Sorge. Sie sagt, es sei ein schmaler Grat zwischen Freundschaft mit Sexgelegenheit und fester Beziehung. Sie will nicht, dass ich Schaden nehme, wenn diese Grenzen verwischt werden. Ich kann ihr noch nicht mal mit Überzeugung widersprechen, denn ich tendiere gefährlich dazu, Fabian als meinen festen Freund zu sehen, und so weit ist er glaube ich noch nicht.

Nicht falsch verstehen, ich ... nun ja, mir fällt kein besserer Ausdruck dafür ein. Ich bin ihm ans Herz gewachsen. Er mag mich. Er ist gern mit mir zusammen, im Bett und außerhalb. Obwohl er kein Wissenschaftler ist, versteht er, wie Forschung funktioniert, wie es ist, mühevoll etwas zu etablieren und es dann gründlich zu studieren, wieder und wieder Daten zu prüfen und schließlich Schlüsse daraus zu ziehen. Seine Art der Forschung ist natürlich anders gelagert, aber das Grundprinzip ist das gleiche. Er arbeitet mit ebensolcher Hingabe wie ich. Wenn wir zusammen sind, ist es nie peinlich oder unangenehm.

Ich bin fast hundertprozentig sicher, der einzige zu sein, mit dem er momentan schläft. Das habe ich nicht von ihm verlangt, und würde es auch nicht tun, nicht, solange das, was zwischen uns läuft, nicht näher definiert ist, aber mir gefällt die Vorstellung, das muss ich zugeben. Ich schlafe logischerweise auch mit niemandem außer ihm. Wenn man bedenkt, wie brach mein Sexleben davor lag, wäre es auch merkwürdig, aus dieser Situation in so kurzer Zeit zu mehreren Partnern umzuschwenken.

Also ... man könnte sagen, mein Privatleben ist derzeit genauso interessant wie mein Arbeitsleben.

Als ich schließlich von der Garage in die Küche trete, finde ich Fabian am Tresen auf einem Hocker sitzend vor, auf sein Laptop konzentriert, den gläsernen Briefbeschwerer, den er gern beim Zugriff auf das Archiv hält, in der Hand ... nur mit Unterhose bekleidet.

Vermutlich hat es einen total nachvollziehbaren Grund. Um Sex geht es dabei wohl nicht – wenn er sich ausgezogen hätte, um Sex zu haben, wäre er jetzt ganz nackt, und er hätte sich auch nicht durch Arbeit ablenken lassen. Fabians Verstand schlägt manchmal sehr interessante Wege ein, aber er folgt immer einem Muster der Logik.

Allerdings kann Fabians Logik sehr speziell sein.

Ich will ihn nicht stören, also gehe ich ins Schlafzimmer und tausche mein Arbeits-Outfit gegen Sweatpants und T-Shirt ein. Dann logge ich mich auf den Server des Labors ein und rufe rasch meine E-Mails ab. Als ich wieder in die Küche komme, wartet er lächelnd.

»Du bist früh zu Hause! Und du hast meine Lieblingshosen an.« Das Lächeln bekommt eine anzügliche Note, und ich fühle Hitze in mir aufsteigen. Er macht kein Geheimnis daraus, wie gut ihm mein Körper gefällt, und meine alten, enganliegenden, abgetragenen Sweatpants sind einer seiner Favoriten. Wahrscheinlich habe ich sie heute deswegen den neueren Modellen vorgezogen.

»Wie lange bist du schon hier?«, frage ich stattdessen. Er hatte vormittags Vorlesung und dann eine Lerngruppe, war aber nicht sicher, ob er an allem teilnehmen würde.

»Etwa seit drei. Ich habe die Lerngruppe ausfallen lassen. Die sind so anstrengend manchmal.« Er zuckt die Achseln, und ich verkneife mir ein Lächeln.

»Im Gegensatz zu dir brauchen sie gute Noten, um später gute Jobs zu finden.« Er hat zwei Hauptfächer, englische Literatur und Geschichte, also bin ich nicht sicher, wie viele seiner Kommilitoninnen und Kommilitonen da mithalten können. Fabian studiert natürlich nur, um mehr über die Erde zu lernen. Manchmal fallen ihm vollkommen abstruse Fragen ein, besonders, wenn er Belletristik gelesen hat.

»Sie sind Menschen und leben nicht lange, das stimmt sicher. Die haben nicht allzu viel Zeit für alles. Was essen wir heute?« Er rutscht vom Barhocker und kommt auf mich zu, was mich daran erinnert, wie wenig er anhat.

»Äh, ich weiß nicht genau. Es ist nicht viel im Haus. Fabian? Wieso bist du in Unterhosen?«

Wenige Schritte vor mir bleibt er stehen und blickt an sich herunter. »Oh. Ich hab Limo verschüttet, und das war so klebrig und eklig. Ich dachte, am besten wasche ich meine Sachen.« Er blickt stirnrunzelnd auf.

»Und? Hast du sie gewaschen?«, frage ich nach, und er schüttelt den Kopf.

»Nein. Ich hatte es vor, aber dann fiel mir etwas ein und ... sie müssten noch in der Waschküche sein.« Er dreht sich um und schlendert in die Richtung, und ich laufe ihm nach, den Blick an seinen Arsch in der knappen Unterhose geheftet. Fabian mag weniger muskulös sein als ich, aber sein

Körper ist trotzdem göttlich, schlank und definiert. Schon beim Hinsehen fallen mir alle möglichen Erinnerungen ein.

Ich schüttele die lasziven Gedanken ab und beeile mich, ihn einzuholen.

In der Waschküche steht die Tür der Waschmaschine offen, und ich sehe T-Shirt und Jeans in der Trommel. Auf der Ablage oben steht das Waschmittel mit offenem Deckel. Fabian schnappt sich die Flasche. »Danke, dass du mich erinnerst, sonst hätte ich morgen klebrige, zerknitterte Klamotten tragen müssen«, sagt er über die Schulter, während er vorsichtig Waschmittel in die kleine Schublade gießt. Ich beobachte ihn genau, tue aber so, als würde ich das nicht tun. Kethe hat mir erzählt, dass sie allen auf Lass es Drachen beigebracht hat, sich selbst um ihre Wäsche zu kümmern, dass ich aber trotzdem ein Auge auf Fabian haben soll, da er manchmal abgelenkt wird und es nicht richtig macht. Das war keine große Überraschung – ich weiß besser als viele andere, wie leicht Fabian sich aus der Realität ausklinken kann. Aber dieses Mal macht er alles richtig, räumt das Waschmittel weg und stellt die Maschine an wie ein Profi.

»So«, sagt er, und dreht sich wieder um. »Essen? Wir könnten was bestellen und in Unterwäsche essen. Oder nackt!«

»Nacktes Abendessen hört sich gut an.«

SPÄTER LIEGEN wir zusammen auf der Couch im dunkel gewordenen Wohnzimmer und tun, als würden wir fernsehen. Ich nenne es so, denn Fabian hat noch keine einzige Folge *The Witcher* zu Ende gesehen, ohne zwischendurch Lust auf Sex zu bekommen, unabhängig von der Handlung.

Wenn ich nicht schon wüsste, wie attraktiv er mich findet, würde ich vielleicht einen Komplex bekommen. Tatsache ist, dass ich mir meiner selbst sicher genug bin – und außerdem sicher, dass Fabian in Kürze die Serie Serie sein lassen wird – um mich auch genüsslich von Henry Cavill in blonder Perücke antörnen zu lassen.

Fabian dreht den Kopf und leckt meinen Hals, und ich lächle im Dunklen und fahre mit der Hand an seiner Hüfte entlang.

Doch dann überrascht er mich. »Das ist schön.«

Ich halte inne, nicht sicher, was er meint. »Was ist schön?«

»Kuscheln und Fernsehen. Das habe ich früher nie gemacht.«

Ich brauche einen Augenblick, um das einzuordnen. Wir machen das die ganze Zeit, also meint er vermutlich, dass er das noch nie mit jemand anderem gemacht hat ... aber das ist so schwer zu glauben. Fabian ist ein taktiler Typ. Er hat keine Hemmungen, seine Freunde zu berühren. Wie ist es möglich, dass er noch nie mit jemandem auf der Couch gekuschelt hat?

»Oh«, sage ich etwas sinnentleert, und ich bereue es sofort, nachdem ich den Mund aufgemacht habe, aber er lacht nur leise.

»Normalerweise gucke ich wirklich gern. Oder es ist die Vorstufe zu Sex. Was das hier natürlich auch ist, da ich noch einiges mit dir vorhabe. Aber es ist einfach auch schön, mit dir zu kuscheln.«

»Finde ich auch.« Ich würde am liebsten mehr sagen, vielleicht sogar fragen, was da zwischen uns läuft, aber ich tue es nicht. Das hier ist ein glücklicher Moment. Alles ist gut. Ich will ihn nicht ruinieren, indem ich unbequeme Fragen aufwerfe.

Er gibt mir einen Kuss auf die Stelle, die er eben abgeleckt hat. »Kethe sagt, du erfüllst meine körperlichen und emotionalen Bedürfnisse. Vielleicht hat sie recht.«

Ich sage nichts, umarme ihn aber etwas fester.

»Möchtest du dieses Wochenende mal fliegen gehen?«

Ich setze mich so abrupt auf, dass er vom Sofa fällt. »Oh nein, tut mir leid!« Ich strecke den Arm aus, um eine Lampe anzumachen, und wir blinzeln beide in der plötzlichen Helligkeit. »Das war keine Absicht.«

Er lacht, und nimmt meine ausgestreckte Hand, um sich wieder aufzurichten. »Natürlich nicht. Auf dem Boden nütze ich dir schließlich nichts.« Er setzt sich wieder neben mich und zieht die Beine hoch. »Heißt das, du willst lieber nicht fliegen?«

Ich schüttele entschieden den Kopf. »Es heißt, ich will *unbedingt* fliegen gehen!« Wir reden seit Monaten davon, hatten aber bisher nie Zeit dafür.

Er strahlt übers ganze Gesicht. »Großartig! Ich sage Kethe Bescheid, dass du am Wochenende bei uns bist.« Dann klettert er auf meinen Schoß. »Hatten wir nicht etwas vor?«

»Unbedingt«, versichere ich ihm, ziehe ihn an mich und lasse unsere Lippen in einem Kuss verschmelzen. Er küsst mich wie gewöhnlich mit der typischen Mischung aus kompletter Hingabe und feinfühligem Können, und es kostet mich echte Anstrengung, mich nicht im Mahlstrom der Empfindungen zu verlieren, die mich zu überwältigen drohen. Heute will ich aber zur Abwechslung mal Fabian verwöhnen. Er liebt es, im Bett die Kontrolle zu übernehmen, mich mit seiner Aufmerksamkeit zu überschütten, und es ist so einfach, es ihm zu überlassen, sich um alles zu kümmern. Doch hin und wieder drehe ich gern den Spieß um.

Wie zum Beispiel jetzt.

Ich schlinge die Arme um ihn und drehe uns beide so, dass er unter mir zu liegen kommt. Überrascht unterbricht er den Kuss und schaut zu mir hoch, die rosa aufgeworfenen Lippen geöffnet. »Was –?«

»Lehn dich einfach zurück und genieße es.«

Der überraschte Ausdruck verschwindet, und er lässt sich genüsslich auf die Couch zurücksinken.

Ich kann nicht widerstehen und muss ihn noch einmal küssen, und natürlich gerät es außer Kontrolle, denn seine Lippen sind ein Traum. Aber dann spüre ich seinen Schwanz an meinem. Wir sind beide hart und erregt, und ich will ihm so gerne einen Orgasmus schenken. Wenn ich dafür bloß nicht das Küssen unterbrechen müsste.

Oder muss ich das etwa gar nicht?

Versuchsweise schiebe ich mein Becken gegen seines.

Er nimmt die Bewegung auf und hält dagegen.

Ja, okay. Das könnte klappen. So habe ich es lange nicht gemacht, aber sich aneinander zu reiben, ohne auch nur ein Kleidungsstück abzulegen, gehörte in meiner Jugend zu den lustvollsten Momenten.

Fabian löst sich aus dem Kuss und vergräbt sein Gesicht an meinem Hals, wobei er mich mit den Lippen liebkost, bis ich erschauere. Meine Gedanken verschwimmen, als ich anfange, langsam und gleichmäßig rhythmisch zu stoßen, während ich sanfte Küsse in seinen Haaren verteile.

Sein Stöhnen vibriert durch meinen ganzen Körper. Ich beschleunige das Tempo etwas. »Magst du das?«, murmele ich, und sein leises Lachen erstickt, als ich erneut zustoße.

»Das könnte meine neue Lieblingsbeschäftigung werden.« Damit hebt er den Kopf und sucht mit den Lippen meinen Mund. »Wissenschaft ist nicht dein einziges großes Talent.«

Jetzt ist es mein Lachen, das erstickt wird, und ich gebe mich all den köstlichen Empfindungen hin. Fabian in meinen Armen, sein Duft, seine warme Haut, sein Geschmack auf meiner Zunge, sein steifer Schwanz nur durch dünne Stoffschichten von meinem getrennt. Unser Atem beschleunigt sich, Schweißperlen erscheinen auf meiner Haut, stoßen, stoßen, stoßen –

»Rhys!« Fabians ganzer Körper erstarrt, und meiner eine Sekunde später ebenfalls.

Als ich wieder denken kann, wird mir bewusst, wie klebrig es in meiner Hose ist, aber ich kann mich darüber nicht aufregen. Ich kümmere mich gleich darum. Vorläufig will ich einfach hier liegen, an Fabian geschmiegt, der wieder sein Gesicht an meinem Hals vergraben hat.

Mir schießt ein Gedanke durch den Kopf. »Wenn Fliegen auch nur ansatzweise so ist, wird es das beste Wochenende aller Zeiten.«

ICH ERWACHE KURZ vor Morgengrauen mit einem warmen, sexy Drachen in den Armen. Einen Moment lang erlaube ich mir, das Gefühl zu genießen.

Sura hat einhundert Prozent recht. Ich werde mit gebrochenem Herzen zurückbleiben. Denn ich bin so kurz davor, mein Herz an Fabian zu verlieren, und ich bin alles andere als sicher, dass er bereit für eine Beziehung wäre.

Seufzend entziehe ich mich vorsichtig und ziehe mir etwas an. Wil wird wahrscheinlich gleich joggen gehen, und er hat nichts dagegen, wenn ich ihn begleite.

Und siehe da, als ich runterkomme, macht er bereits in der Küche Dehnübungen. Steffen ist auch da. Er ist nicht immer dabei, aber wenn er mitkommt, weiß ich nie, was ich von ihm halten soll. Mit ihm habe ich von allen Drachen am wenigsten Zeit verbracht, aber man braucht nicht lange, um zu merken, dass er Verschwörungstheoretiker mit einer milden Paranoia ist. Fabian sagt, es geht ihm seit ein paar Monaten besser, und das gibt mir zu denken. Wie schlimm war es wohl davor? Ich habe das Gefühl, er mag mich nicht besonders, allerdings ist das wahrscheinlich nicht unbedingt persönlich zu nehmen und eher so, dass er anderen Leuten grundsätzlich misstraut. Aber wir tolerieren uns gegenseitig soweit, dass wir zusammen laufen gehen können.

»Schläft Fabian noch?«, fragt Wil neugierig. Abgesehen von Fabian und Sophie, mit der ich berufliche Berührungspunkte habe, habe ich Wil am besten kennengelernt. Er ist weniger anstrengend als die anderen (wobei das nicht viel heißen will bei Drachen), und er scheint Fabian und Dustin als jüngere Brüder zu betrachten. Oder Cousins vielleicht. Leute, um die er sich kümmern muss, und die er mit großem Vergnügen aufzieht.

»Japp. Ich bringe ihm später Kaffee und schaue, ob ich ihn dazu bewegen kann, zum Frühstück runterzukommen.« Die Chancen stehen fünfzig zu fünfzig. Er ist zwar normalerweise Frühaufsteher und liebt Kethes Frühstück, aber wenn er einmal anfängt zu arbeiten, will er sich nicht immer loseisen.

»Lasst uns gehen«, sagt Steffen. »In einer Stunde muss ich zurück sein. Ich erwarte einen Anruf.«

Wir gehen durch den Vorraum zu den Parkplätzen hinaus. Von dort beginnt ein schmaler Pfad – heruntergetreten von Läufern – der um das gesamte Grundstück läuft. Da Steffen bei uns ist und Brandt zu Hause ist, verlassen wir das Gelände nicht. Keiner der beiden entfernt sich weiter von Brandt, wenn niemand sonst von der Security hier ist.

Brandt lacht und verdreht die Augen deswegen, aber Steffen ist verantwortlich für die Security, also stellt er die Regeln auf. Mich stört das nicht – drei Runden um das Grundstück sind eine gute Strecke, und es gibt schlimmere Orte zum Joggen als Lass es Drachen.

Steffen läuft voran, und Wil hält mit mir Schritt. »Ihr fliegt also heute?«, fragt er. Seine Atemzüge sind gleichmäßig.

»Das hatte Fabian gesagt. Das Wetter sieht klar aus.« Ich schaue mit zusammengekniffenen Augen nach oben durch die Baumwipfel zum Himmel. Als wir das letzte Mal geplant hatten, zu fliegen, kam ein Sturm, und Fabian meinte, mein erstes Mal sollte nicht im Regen stattfinden.

»Japp, heute wird's schön«, sagt Wil zustimmend. »Und nicht windig. Perfekt für den ersten Flug. Fabian wird ganz sanft sein.«

Ich kann mir das Prusten nicht verkneifen. »Meinst du das ernst, oder soll das eine Anspielung sein?«

Wil stolpert fast über seine eigenen Füße, fängt sich aber lachend wieder. »Das war total unabsichtlich. Ich hatte nur gemeint, dass er nichts zu Abgedrehtes oder Kompliziertes machen wird ... und ja, das klingt immer noch so, als würde ich über Sex reden, oder?«

»Nur für Leute, die immer an Sex denken.«

Wir laufen eine Weile schweigend weiter. Es hat etwas so Beruhigendes, der stetige Rhythmus meiner Schritte und meiner Atemzüge, die Luft, die meine warme Haut streift, das Rascheln der Bäume und der Klang der Vogelstimmen. Selbst die leichte Anstrengung, als meine Muskeln langsam ermüden, ist wohltuend. Ich weiß, wie weit meine Kräfte noch reichen, und wann ich aufhören sollte. Sport ist inzwischen ein so wichtiger Teil meiner Routine, dass ich kaum durch den Tag komme, wenn ich mich nicht bewegt habe. Mein Körper hat sich daran gewöhnt.

Bei den Drachen, mit denen ich gerade unterwegs bin, ist es anders. Aus Gesprächen mit Fabian weiß ich, dass ihre Körper, obwohl sie äußerlich denen der Elfen gleichen, mit nichts anderem vergleichbar sind, was es gibt. Sie können ihre Magie für alles nutzen – müssen nicht essen, können topfit bleiben, ohne etwas dafür zu tun, brauchen sich nicht zurechtzumachen, brauchen keinen Sex, um sich fortzupflanzen ... sie machen alles nur zum Vergnügen – essen, schlafen, Sport treiben, duschen, Sex. So gesehen sind Drachen die begeisterungsfähigste aller Spezies. Sie lieben es, Erfahrungen zu machen, Dinge zu tun, auch ganz normale Dinge. Ich dagegen treibe Sport, um fit zu bleiben. Mein Geist und mein Körper brauchen das regelmäßige Training. Wil und Steffen trainieren, weil es ihnen Freude macht. Wenn sie entscheiden würden, damit aufzuhören, würden sie genau so fit bleiben.

Es ist nicht zu fassen.

Es gibt mir außerdem zu denken. Wenn man sich das Spektrum der Spezies in unseren beiden Dimensionen ansieht, stehen an einem Ende die Drachen, die in der Lage sind, so gut wie alles an sich selbst zu verändern. Wenn sie morgen entscheiden würden, lieber Wasserwesen sein zu wollen, würden sie Kiemen entwickeln. Dann kommen die Elfen und unsere Community-Spezies hier auf der Erde. Die Elfen können entscheiden, so lange zu leben wie Drachen, sind aber sonst in fast jederlei Hinsicht eher wie wir. Sie haben einen unveränderbaren Körper, und ihre Fähigkeiten bleiben gleich, und sie leben mit diesen Umständen. Und am anderen Ende des Spektrums sind die Menschen, die scheinbar den Kürzeren gezogen haben. Sie leben nicht lange und haben keine besonderen Fähigkeiten. Es gibt keinen einzigen Menschen, der schon so lange gelebt hat wie ich, dabei bin ich noch jung. Worauf ich hinauswill ... worauf will ich eigentlich hinaus? Wieso gibt es zwei so hervorstechende Spezies?

Darüber grübele ich fünfundvierzig Minuten später immer noch nach, als ich verschwitzt und außer Atem wieder in Fabians Zimmer trete. Ich finde ihn im Schneidersitz auf dem Bett, den gläsernen Briefbeschwerer in der Hand, während er scheinbar ins Leere starrt.

Ich überlasse ihn seiner Arbeit, dusche und ziehe mich an. Als ich schließlich aus dem Badezimmer komme, legt er den Briefbeschwerer weg und holt sich Kleidungsstücke aus dem begehbaren Kleiderschrank.

»Gute Laufrunde?«, fragt er und hebt mir das Gesicht entgegen. Ich bleibe brav stehen und küsse ihn, dann gehe ich zwei Schritte, bevor mir klar wird, wie sehr unser Verhalten an Partner in einer festen Beziehung erinnert.

»Äh, ja«, stottere ich. Ist Fabian bewusst, dass wir uns benehmen wie ein Paar? Macht er das absichtlich? »Du solltest mal mitkommen.«

Er zuckt die Achseln. »Vielleicht. Ich renne lieber, wenn ich auch ein Ziel habe. Laufen um des Laufens willen scheint mir langweilig.«

Ich bin selbst überrascht, dass ich lachen muss. »Beeil dich mal mit dem Anziehen. Ich bin am Verhungern. Oh«, füge ich hinzu, während er ins Bad verschwindet, »und frag mich nachher mal nach dem Spektrum der Fähigkeiten bei allen Spezies,«

Er tritt mit gerunzelter Stirn wieder ins Zimmer. »Dem was?«

»Ich musste nur darüber nachdenken und dachte, du und das Archiv könntet mir weiterhelfen. Ist nicht so wichtig ... ein Liebhaberprojekt, schätze ich«, sage ich mit einem Achselzucken. Wie lange ist es eigentlich her, dass ich an irgendetwas außer mein eigenes Forschungsprojekt gedacht habe? Es kann doch nicht verkehrt sein, mir nebenher auch noch über andere Dinge Gedanken zu machen. Es hält mich sicher frisch.

»Okay«, sagt er zustimmend. »Du solltest schon runtergehen. Ich brauche einen Moment. Dustin hat ein neues Peeling entdeckt, das ich ausprobieren will.«

Ich horche auf, denn davon wird seine Haut noch weicher und glatter als sie ohnehin ist. »Oh, ja? Riecht es so gut wie das mit dem Kaffee, das du vor ein paar Wochen benutzt hast?«

Er schürzt die Lippen. »Weiß ich noch nicht. Das hier soll nach Pfirsich riechen – es kommt also darauf an, wie sehr du Pfirsiche magst, oder?«

Ich traue mich nicht, darauf zu antworten.

»Bist du bereit?«, fragt Percy mich. Er hat seine Sicherheitskontrolle beendet, und mich für ausreichend am Geschirr auf Fabians Rücken gesichert erklärt. Ich atme tief durch und ignoriere das nervöse Flattern im Magen.

»Ich bin bereit.« Ich greife nach unten und streichle Fabians weiche Schuppen. Sie sind so unglaublich anschmiegsam. Es wäre keine Strafe für mich, ihn den ganzen Tag zu streicheln – aber das ist unabhängig davon, welche Gestalt er gerade hat. »Es wird bestimmt ganz großartig.«

Percy mustert mich lächelnd, dann schüttelt er den Kopf. »Das wird es. Viel Spaß.« Er springt runter auf den weichen Rasen und schlendert davon. Fabian wendet den riesigen Kopf, um ihm nachzuschauen, wahrscheinlich um sicherzugehen, dass der Abstand groß genug ist, dann schaut er über die Schulter mich an.

Ich grinse. Es wird episch. Schwer zu sagen, was Fabian denkt, aber ich vermute, er sieht es auch so.

Im nächsten Augenblick spüre ich ihn die Muskeln unter mir anspannen, und dann steigen wir hoch in die Lüfte. Er breitet seine Flügel aus, die sich hinter mir heben und senken, und wir gewinnen schneller an Höhe als ich erwartet hätte. Schon bald sind wir über den Baumwipfeln, weit, weit über dem Haus, und ich gebe ein triumphierendes Juchzen von mir. Ich mag zwar ein zugeknöpfter Wissenschaftler sein, aber ich muss wohl auch tief drin eine ganz urtümliche Seite haben, und das hier – auf dem Rücken eines Drachens zu reiten, *zu fliegen* – bringt sie hervor.

Fabian fliegt erstmal eine große Runde um das Grundstück, um mir Zeit zu geben, mich an die Bewegungen zu gewöhnen, an das Gefühl der an mir vorbeiziehenden Luft. Ich kann so weit blicken von hier oben, dass die Landschaft unter mir wie eine wunderschön illustrierte Landkarte erscheint. Fabian hat mir erklärt, dass er einen Tarnschild benutzt, der nur bestimmten Leuten erlaubt, ihn zu sehen. Menschen, die gerade nach oben schauen, werden ihn gar nicht wahrnehmen. Was gut ist, denn Berichte – und mit dem Handy aufgenommene Videos – von einem am Himmel fliegenden Drachen würden sicherlich unerwünschte Aufmerksamkeit erregen.

Fabian prustet, als wir die zweite Runde beendet haben, und ich beuge mich vor, um seinen Nacken zu reiben. »Du kannst jetzt angeben, wenn du willst, ich bin bereit«, rufe ich.

Eine Sekunde fliegt er stetig weiter, und ich glaube schon, er hat mich nicht gehört. Aber dann biegt er scharf nach rechts ab, und ich gebe wieder ein Juchzen von mir. Kann sein, dass ich dieses Mal »Yee-Haw!« schreie. Man mag bitte Verständnis haben.

Zum Glück habe ich keinen empfindlichen Magen, denn Fabian mutet ihm einiges zu. Wir fliegen Schleifen, Mehrfachschleifen, Slalom um die höheren Baumwipfel, steigen steil so hoch nach oben, dass ich mich schon schwerelos fühle, dann im Sturzflug so schnell nach unten, dass ich mich frage, wie in aller Welt er rechtzeitig wieder hochziehen will.

Aber das macht er natürlich. Es ist so beglückend.

Als er schließlich genug von seinen Flug-Kunststücken hat, fliegen wir gemächlich zur Stadt. Selbst im langsamen Flug brauchen wir nur zwanzig Minuten für eine Distanz, die sonst stundenlanges Fahren erfordert. Schon in der ländlichen Umgebung war es abgedreht, auf einem Drachen zu reiten. Aber in der Stadt ist es einfach nur wild. Fabian verlangsamt sogar, um eine Runde über mein Haus zu drehen.

Als wir wieder auf Lass es Drachen ankommen und er sanft auf dem Rasen aufsetzt, bin ich vom Wind zerzaust, habe ein kleines bisschen Sonnenbrand, und bin so berauscht wie noch nie. Ich befreie mich aus dem Geschirr, das mich bei den ziemlich intensiven Flugmanövern gesichert hatte, dann rutsche ich von Fabians Rücken und rase nach vorne zu seinem Kopf.

Jedenfalls hatte ich das vor. Leider versagen meine Beine nach dem langen Verharren in einer Position den Dienst.

»Upps.« Ich blicke nach oben von meinem Sitzplatz auf dem Rasen und sehe Sophie auf mich zulaufen. »Könnte sein, dass ich Hilfe brauche.«

»Sieht ganz so aus«, gibt sie fröhlich zurück. »Keine

Sorge, das kommt oft vor. Du musst deinen Muskeln nur ein paar Minuten Zeit geben, sich zu lockern. Fabian, wenn du dich bewegen willst, dann bitte in die andere Richtung.«

Anstatt zu gehorchen, verwandelt Fabian sich in seine zweibeinige Gestalt zurück und setzt sich neben mich auf den Rasen.

»Wir sind wahrscheinlich zu lange oben geblieben für das erste Mal«, sagt er entschuldigend. »Hat's Spaß gemacht?«

»Es war eine der unglaublichsten Erfahrungen meines Lebens, und ich will es wieder und wieder machen ... ganz oft.« Ich massiere meine Oberschenkelmuskeln, um sie aufzuwecken. Fabian schiebt meine Hände beiseite und übernimmt, und ich lasse mich rücklings auf den Rasen fallen und erlaube meinem ... was auch immer er ist, mich kräftig abzureiben.

»Das fühlt sich gut an«, murmele ich.

»Langsam fühle ich mich wie das fünfte Rad am Wagen«, bemerkt Sophie, aber das hindert sie nicht daran, sich neben mir auszustrecken. »Es ist ein schöner Tag, oder? Ich sollte auch mal eine Runde fliegen.« Aber sie bewegt sich nicht.

»Solltest du auf jeden Fall«, antworte ich mit geschlossenen Augen. »Da oben erscheint alles so viel klarer. Die Luft, die Gedanken ...« Allerdings kommen mir jetzt, da wir wieder auf festem Boden sind, auch die Sorgen um unsere schwindenden Kräfte wieder in den Sinn.

Ich öffne die Augen wieder und taste nach meinen Zauberkräften, mehr um mich zu beruhigen als alles andere. Nur ein ganz Bisschen, genug für einen kleinen Zauber, den ich mir als Kind beigebracht habe. Über mir entsteht eine Reihe bunter, glitzernder Kugeln, und ich beginne, damit Muster zu weben. Erst einfache, dann, als mir wieder einfällt, wie es geht, werden sie verschnörkelter.

»Hübsch«, bemerkt Sophie. Fabian hat aufgehört, mich zu massieren, und sieht ebenfalls zu.

»Danke. Es ist nur eine Illusion, aber sie hat mich immer schon glücklich gemacht.«

»Sind nicht die meisten Dinge Illusionen?«, fragt Fabian geistesabwesend, während er meine Muster betrachtet. »Wir bauen uns komplexe Systeme und Gesellschaften, die alle nur auf den fadenscheinigsten Überzeugungen und Ideen basieren.«

Tja, das war's dann für meine Ruhe. Ich löse den Zauber auf und setze mich auf, während die Kugeln verschwinden. »Ich hänge ziemlich an unseren Systemen und Gesellschaften, danke auch, und möchte lieber nicht darüber nachdenken, wie leicht sie auseinanderfallen können.« Da eines von ihnen das gerade zu tun scheint. Und dabei ist es noch nicht mal eine »fadenscheinige Idee«. Wie ist es nur möglich, dass unsere angeborenen Fähigkeiten schwächer werden?

»Sorry«, sagt Fabian verlegen, aber ich beachte ihn nicht.

»Was kann nur dahinterstecken? Was könnte so gut wie alle Spezies auf diese Weise beeinträchtigen?«

Ich muss nicht erklären, wovon ich rede. Es macht uns allen Kopfzerbrechen, selbst den Drachen, die nicht direkt betroffen sind.

Sophie setzt sich seufzend auf. »Es gibt Gifte, die solche natürlichen Fähigkeiten schwächen können«, bemerkt sie. »Ich glaube, es gibt sogar eine Substanz, die es bei allen Spezies tut.«

»Wird das durch die Luft übertragen? Durchs Trinkwasser? Ist es etwas, das in der Lage ist, sich auf der gesamten Welt – und auf eurer Welt – zu verbreiten und jeden einzelnen von uns über Jahrtausende hinweg in zunehmendem Maße zu schädigen?«

Sie schüttelt den Kopf. »Nein. Es ist extrem selten und muss in den Blutkreislauf injiziert werden.«

»Moment mal.« Fabian runzelt die Stirn. »Was hast du gerade gesagt? Dass es sich auch in unserer Welt ausbreiten musste?«

Sophie und ich wechseln einen Blick. Hat er während ich gesprochen habe den Faden verloren?

»Wir haben darüber gesprochen, dass es vielleicht ein Gift ist«, erklärt Sophie geduldig.

»Nein, das hatte ich mitbekommen. Aber wie hat es sich zwischen den Welten ausgebreitet? Es gab seit den Spezieskriegen keinen Kontakt.«

Ich blinzele und denke nach. »Sicher? Gar keinen?« Sie sind besser vernetzt als ich und wissen mehr darüber, wie sie wieder zur Erde kamen. Alles, was ich weiß, war das offizielle Statement. Vor den Spezieskriegen waren Elfen und Drachen regelmäßig zu Besuch auf der Erde, danach aber nicht mehr, bis sie wegen der bevorstehenden Zerstörung ihrer Heimat hier Zuflucht suchten, die der Luzifer ihnen gewährt hatte. Fabian hat ein bisschen von seiner Welt erzählt, aber ich bin nicht weiter in ihn gedrungen. Ich merke, dass es ihn schmerzt, daran zu denken, und das kann ich gut verstehen – aber ich bin natürlich sehr begierig, zu erfahren, was die Zerstörung einer kompletten Dimension verursachen kann.

Sophie und Fabian schauen sich an. »Naja«, räumt Sophie ein. »Es gab schon welchen. Aber er war so minimal, dass die Chance, etwas Ansteckendes zwischen den Dimensionen hin und her zu tragen, absurd gering war.«

»Außerdem«, fügt Fabian hinzu, »deuten alle Zeichen darauf hin, dass das Schwinden der Kräfte in beiden Welten zur gleichen Zeit im gleichen Tempo geschah. Wenn es an einem Ort begonnen und sich dann zum zweiten ausgebreitet hätte, müsste eine größere Verzögerung zu verzeichnen sein.«

»Außerdem ist immer noch unklar, was ›es‹ eigentlich ist«, gebe ich widerwillig zu. »Es müsste eine weit verbreitete Umweltsache sein, oder?«

»Darauf wollte ich ja hinaus«, unterbricht Fabian. »Was ist denn in *beiden* Welten gleich weit verbreitet und jede Spezies hat Kontakt dazu?«

»Wir atmen alle Sauerstoff. Keine Ahnung, wie die Atmosphäre bei euch zusammengesetzt war, aber sie kann nicht großartig anders gewesen sein als hier. Ich schätze, wenn sich an der Luftqualität etwas geändert hätte, könnte das Auswirkungen haben.« Ich höre selbst, wie zweifelnd ich klinge. Die Luftqualität ist nicht überall gleich, und das Problem wirkt sich auf der ganzen Welt genauso aus.

»Nein«, widerspricht Sophie kopfschüttelnd. »Die Luftqualität in unserer Dimension hat sich in den letzten Jahrtausenden drastisch verändert. Wenn es das wäre, hätte es sich bei den Elfen wesentlich dramatischer bemerkbar gemacht.«

Fabian starrt in die Ferne, und ich frage mich, ob er gerade auf das Archiv zugreift. »Ich habe das Gefühl, etwas zu übersehen«, murmelt er. »Es ist wichtig, ich komme nur nicht darauf ...«

Seufzend stehe ich auf. »Es wird dir schon wieder einfallen. Komm, lass uns reingehen. Ich bin halb verhungert und könnte eine Tasse Kaffee brauchen.«

»Gute Idee. Ich glaube, es ist noch etwas von dem Puddingdings vom gestrigen Nachtisch da.« Sophie hebt die Hand. Ich nehme sie und ziehe sie hoch, dann strecke ich sie Fabian hin. Er nimmt meine Hilfe an, aber anstatt wieder loszulassen und einen Schritt zur Seite zu machen wie Sophie schlingt er die Arme um mich und schmiegt sich an mich.

»Hi«, sagt er an meinen Lippen.

Lächelnd schließe ich die Augen und genieße das angenehme Kribbeln. »Hi. Danke für heute.«

»Ich freue mich, dass es dir gefallen hat. Mir hat es Spaß gemacht, es mit dir zu teilen.« Er drückt mir einen Kuss auf den Mundwinkel, lässt mich los und tritt einen Schritt zurück ... aber er nimmt meine Hand, und ich fühle das warme Metall seiner Ringe an meinen Fingern.

Während wir zum Haus hochlaufen, schwirrt mir durch den Kopf, dass es endgültig zu spät für mich ist, mir nicht das Herz brechen zu lassen.

KAPITEL 11

FABIAN

Ich schaue mich im Konferenzraum um und rümpfe die
Nase. Wie langweilig es hier aussieht. Es ist ganz und gar
kein passender Ort, um über die Wunder der Geschichte
und Kultur der Drachen zu sprechen. Wir sollten irgendwo
auf einer Wiese sein, mit üppigem Gras und leuchtend
bunten Blumen ... auf einer Klippe. Mit Blick auf einen
Ozean. Im Hintergrund sollte ein Wald zu sehen sein.

Aber leider hat Percy gesagt, das käme nicht infrage,
also befinde ich mich stattdessen in einem der Konferenz-
räume der DEA. Meine erste Lehrveranstaltung über
Drachen werde ich vor einem Testpublikum halten: einem
Dutzend Personen, die entweder selbst Angestellte des CSG
sind oder eine familiäre Verbindung zu jemandem haben,
der dort arbeitet. Und Rhys' Freundin Sura. Anscheinend
hatte sie inständig darum gebeten, und er war so peinlich
berührt und verlegen, als er fragte, ob es okay wäre, dass ich
ihm alles versprochen hätte. Es ist außerdem keine große
Sache.

Manche von ihnen haben schon mit Drachen zu tun
gehabt, andere haben noch nie welche kennengelernt. Es

sollte mir ausgezeichnete Rückmeldungen geben, sowohl den Stoff als auch meine Lehrmethode betreffend. Ich habe mithilfe der Archivare der Community, Rhys sowie meinen Freunden ausgearbeitet, was ich behandeln sollte; wir haben gemeinsam entschieden, die erste Stunde zur »Sprich mit einem Drachen«-Erfahrung zu machen. Mit Fragen der Teilnehmenden anfangen und dann davon ausgehend darauf zu sprechen kommen, was ich geplant hatte. Drachen gibt es schließlich schon seit Jahrmillionen. Das kann ich unmöglich alles thematisieren.

Aber bevor sie kommen, muss ich diesen Konferenz-raum etwas interessanter gestalten. Ich kann hier nicht den ganzen Tag unterrichten, wenn er so aussieht wie jetzt. Ich konzentriere mich und erschaffe eine Illusion mit meiner Magie, indem ich mich an etwas aus meiner Kindheit zurückerinnere, bevor die Anomalien begannen, die so viel von meiner Heimat zerstört haben. Als ich zufrieden bin, geht die Tür auch schon auf.

»Fabian, ich dachte, ich sollte ... Äh. Damit hatte ich nicht gerechnet.« Percy beißt sich auf die Lippe, um sein Lächeln zu verbergen. »Hast du ein bisschen umdekoriert?«

Ich lächle. Percy war die perfekte Ergänzung für unsere Familie. Er nimmt alles mit Gelassenheit, und bewahrt uns vor falschen Entscheidungen. Meistens jedenfalls.

»Niemand kann Drachen wirklich verstehen, wenn wir in einer Kiste mit vier Wänden sitzen, Percy.«

Er sieht sich um. »Es ist wunderschön. Aber ganz ehrlich? Ich glaube nicht, dass man Drachen jemals so richtig verstehen kann, ohne selbst einer zu sein – unab-hängig davon, wo man sich aufhält.«

Ich winke ab, dann werde ich davon abgelenkt, wie meine Ringe das Licht reflektieren. Heute habe ich mich besonders schick gemacht, mit einem Ring an jedem Finger, und sie sind so wunderschön. Mein Keuschheitsring natürlich, den ich nicht abnehmen kann, und es auch gar nicht würde, wenn es möglich wäre. Durch ihn bin ich mit Rhys verbunden. Er ist eine Erinnerung an unsere erste Begegnung und ein Symbol unserer Beziehung. Kethe hatte ganz recht, als sie schon vor Monaten sagte, ich sei anders mit ihm, und ich war töricht, es abzutun. Ich hätte mich schon immer als glücklich beschrieben, zufrieden mit mir und meinem Leben, und das war auch so. Aber mit Rhys zusammen zu sein hat mir gezeigt, wie viel mehr ich haben kann. Noch nie zuvor habe ich mich mit jemandem so wohl gefühlt, von dem ich gleichzeitig so begeistert war.

Manchmal glaube ich, er kennt mich besser als ich mich selbst. Das ist zwar unmöglich, aber dann schenkt er mir zum Beispiel den Ring, den ich am kleinen Finger trage. Der Ring selbst ist aus Gelb-, Weiß- und Rotgold gearbeitet und hat einen runden gelben Turmalin. Es ist ein Ring, den ich beim Einkaufen gar nicht beachtet hätte, aber Rhys hat ihn mir letzte Woche gekauft und gesagt, er würde ihn an mich erinnern. Also habe ich ihn angezogen. Und sobald er an meinem Finger saß, war mir klar: Das war ein Ring, von dem ich noch gar nicht wusste, dass ich ihn brauche. Er ist so schön und passt so gut zu mir. Ich habe ihn seither kaum abgelegt.

»Fabian?«

Blinzelnd richte ich meine Aufmerksamkeit wieder auf Percy, der diesen geduldigen Gesichtsausdruck hat, wenn ich mitten im Gespräch in Gedanken versinke. Worüber hatten wir gerade gesprochen? Ach ja.

»Du verstehst uns doch bestens«, merke ich an.

»Das wäre übertrieben«, sagte er trocken. »Ich bin nur vorbeigekommen, um zu sehen, ob du bereit bist, und es sieht ganz danach aus. Brauchst du mich für irgendetwas?«

Ich sehe mich noch einmal um. Die Illusion ist wirklich schön. Mit orangefarbenem Gras bewachsene Hügel bis zu einem fernen Horizont, bewachsen mit kleinen Hainen aus Tréghelbäumen. Es herrscht eine abendliche Lichtstimmung, was das Leuchten der Bäume besser zur Geltung bringt. Kleine Ansammlungen von Wildblumen machen es noch schöner, und ich habe eine leichte Brise wehen lassen, in der sie sich wiegen.

»Ich glaube, ich habe alles im Griff«, sage ich zuversichtlich.

Percy lächelt. »Viel Spaß.« Leise vor sich hin lachend geht er wieder.

Ein paar Minuten später kommen fünf Personen herein. Ein paar schnappen nach Luft, als sie die Illusion erblicken, und alle blicken neugierig um sich.

»Hallo! Willkommen. Macht es euch bequem, wir fangen bald an. Ich bin Fabian.«

Alle stellen sich vor und suchen sich Plätze. Sie unterhalten sich leise untereinander und deuten auf verschiedenen Einzelheiten in meiner Illusion.

»Fabian? Ist das eure Heimatwelt?«, fragt einer der Männer, ein relativ junger Vampir. Er ist sehr attraktiv, aber ich verspüre keinen Drang, zu flirten. Also, schon, aber einfach nur so. Ohne Hintergedanken. Flirten kann Spaß machen und braucht nicht immer irgendwo hinzuführen.

»Ja, ist es. Also in der Vergangenheit. Das letzte Mal, als ich diese Region in diesem Zustand gesehen habe, war vor knapp dreitausend Jahren. Ungefähr«, füge ich hinzu, denn bei diesem Umrechnen der Zyklen in Jahre bin ich immer noch nicht sattelfest. Mathematik ist eklig.

»Diese leuchtenden Blätter habe ich schon mal gesehen«, sagt jemand anderer nachdenklich. »Trägt nicht David Carew einen solchen Anhänger?«

»Ja«, antwortet eine neue Stimme, und als ich zur Tür schaue, sehe ich ein bekanntes Gesicht.

»Hi, Noah.« Noah ist in der Verwaltung beim Team des Luzifer beschäftigt, interessiert sich aber sehr für Geschichte, besonders die menschliche Geschichte in der Community. Er war die erste Person, die entdeckt hat, dass Menschen Magie praktizieren können, und er hat auch unsere Heimat gesehen. Es war kein besonders toller Besuch, da er gekidnappt wurde und um sein Leben fürchten musste – von der Flucht, die ihn fast umgebracht hätte, nicht zu reden – aber es hat ihn neugierig gemacht. Jedes Mal, wenn ich ihn sehe, fragt er mich über unsere Geschichte aus. Ich bin nicht weiter überrascht, ihn hier zu sehen.

»Hi, Fabian.«

Ein paar Minuten später sind wir vollzählig, und als alle sitzen, schiebe ich mit meiner Magie sanft die Tür zu und setze mich mit gekreuzten Beinen auf den Konferenztisch.

Manche sehen überrascht aus. Sura lächelt. Mit ihr muss ich nachher noch reden, bevor sie geht.

»Falls ihr vorhin noch nicht da wart, sage ich es nochmal: Ich bin Fabian Draco. Ich bin ein Drache, und meine Aufgabe ist es, alles zu archivieren und zu kuratieren, was im Leben aller Drachen geschieht. Habt ihr schon mal vom Lebenden Archiv gehört?«

Einige wenige nicken, andere wirken verwirrt und manche offen interessiert. Rasch erkläre ich, was das Lebende Archiv ist, dann füge ich hinzu: »Ich habe also Zugriff auf alles, was nicht mehr lebende Drachen jemals erlebt haben. Für alles, was ihr über Drachen wissen möchtet, bin ich euer Mann«, sage ich und deute mit beiden Daumen auf mich.

Alle lachen leise.

»Was ihr hier seht«, sage ich mit einer weit ausho-
lenden Geste auf die Illusion, »ist eine Landschaft, die vor
einigen tausend Jahren recht typisch war. Sie hat keine
bestimmte Bedeutung, aber mir gefiel der Konferenzraum
nicht, also besucht ihr heute alle mit mir das Land meiner
Kindheit.«

Wieder leises Lachen.

»Es ist lange her, dass ich unterrichtet habe, und ich
war noch nie ein Freund von Förmlichkeiten. Also macht es
euch bequem und lasst uns mit ein paar Fragen beginnen.
Was möchtet ihr am liebsten über Drachen wissen?«

Noah zieht eine Liste hervor. Ich kenne ihn nicht allzu
gut, aber es wundert mich nicht. Jemand anderer ergreift
aber zuerst das Wort, und damit hat meine erste Drachen-
lehrstunde begonnen.

»Das verstehe ich nicht«, sagt Koman, ein Dämon mit
mürrischer Miene, aber überraschend angenehmen Manie-
ren. »Ihr habt einfach nicht existiert, und dann habt ihr
plötzlich beschlossen, Drachen zu werden?«

»Nein.« Ich schüttele den Kopf. »Wir haben durchaus
existiert. Wir waren nicht körperlich vorhanden, so ähnlich
wie ihr nicht mehr körperlich vorhanden seid, wenn dieses
Leben endet und ihr euch auf die spirituelle Ebene begebt.
Ihr seid nicht in der Lage, hier ohne Körper zu existieren,
wir dagegen schon. Es ist nur eine Frage der Veränderung
unserer grundlegenden Energie.«

Noah prustet. »Ach ja, mehr nicht? So einfach also.«

Ich lächle ihn an. »Das ist es tatsächlich.«

»Moment«, fährt Koman verbissen fort. »Seid ihr also

so etwas Ähnliches wie die Magie? Teil der Energie, aus der alles besteht?«

»Ja und nein. Es ist schwer zu erklären ... wir bestehen wie ihr aus der Lebensmacht, die ihr Magie nennt. Im Gegensatz zu euch zapfen wir aber die Lebensmacht direkt an, um Magie zu praktizieren. Ihr zieht eure Fähigkeiten aus einem inneren Reservoir. Wir hatten so etwas nie, da wir ursprünglich nicht körperlich waren. Wir zogen einfach Energie aus dem Raum, den wir bewohnten. Als wir entschieden, körperlich zu werden, blieb das so. Darum können Drachen Dinge tun, zu denen Elfen und Zauberer nicht in der Lage sind – wir haben einen unendlichen Vorrat an Energie, auf den wir zugreifen können, und wir denken anders. Wir existieren sozusagen außerhalb der normalen Regeln, die für andere körperliche Wesen gelten, da ursprünglich nicht vorgesehen war, dass wir körperlich existieren.«

»Holla«, murmelt Noah. »Was für ein Trip.«

Alle lachen, und ich lächle. Ich bin sehr zufrieden damit, wie alles bisher läuft.

Als der Tag zu Ende geht, bin ich voller Energie. Es ist so, so lange her, dass ich an so einem lebhaften Austausch von Wissen teilgenommen habe, und die begeisterten, interessierten Gesichter meiner Studierenden zu sehen, die alles absorbieren, was ich sage, war wie Nahrung für meine Seele. Ich kann es kaum erwarten, nach Hause zu kommen und Rhys alles zu erzählen.

Sura bleibt zurück, als die anderen den Raum verlassen. Sie tritt vor und setzt sich seitlich neben mich auf den Tisch. »Hallo.«

»Hallo?« Wir waren den ganzen Tag im gleichen Raum. Sind wir nicht schon weiter als »Hallo«?

»Das hat viel Spaß gemacht. Danke, dass ich dabei sein durfte.«

Ich lächle bei der Erinnerung, wie Rhys errötet ist, als er gefragt hat, und wie erleichtert er war, als ich ja gesagt habe. »Ich würde für Rhys alles tun.«

Sie fängt an zu strahlen. »Ehrlich? Denn er ist hin und weg von dir, und ich möchte nicht wieder erleben, dass er verletzt wird.«

Mein Lächeln erstirbt. »Wer hat ihn verletzt?«

»Andere Leute.« Sie winkt wegwerfend. »Rhys ist ein schüchterner Wissenschaftler-Nerd mit einem großen Herzen, der geliebt werden will. Er legt sich schnell fest, und es gibt eine Menge Leute, die nicht so achtsam mit ihm waren wie es gut gewesen wäre.« Sie sieht mich vielsagend an.

»Ich würde Rhys niemals verletzen«, antworte ich scharf. »Sag mir, wer es war, und ich … ich …« Was wäre das Schlimmste, was ich denen antun könnte? »Ich sage Steffen, dass er ein Sicherheitsrisiko ist!«

»Wie bitte?« Ihrem Gesichtsausdruck nach zu schließen muss ich eindeutig den Verstand verloren haben. »Hör mal, ich meine ja nicht, dass du ihm absichtlich weh tun würdest. Es ist nur … er hat sich wirklich voll und ganz für dich entschieden. Wenn das bei dir nicht so sein sollte, solltest du vielleicht jetzt einen Schlussstrich ziehen, bevor er sich noch enger an dich bindet.«

Ich kann es nicht fassen – die beste Freundin von Rhys glaubt, ich könnte etwas tun, das ihm weh tut. »Versuchst du mich gerade dazu zu bringen, mich von ihm zu trennen? Bist du *irre*?«

»Ich versuche nicht, dich dazu zu bringen, dich zu trennen«, verkündet sie. »Nicht, wenn du wirklich mit ihm zusammen sein willst. Aber wenn das für dich nichts so Festes sein sollte wie für ihn, dann –«

»Soll ich gehen? Ist es das, was du meinst? Wie kannst du seine beste Freundin sein und nicht sehen, wie perfekt er ist?«

»Das *tue* ich ja. Aber das ist nicht bei allen so, und er bleibt immer mit gebrochenem Herzen zurück!« Sie wirft entnervt die Hände hoch. »Hör mal, Fabian, ich mag dich. Ich finde, du bist lustig und wirklich gut für Rhys, der manchmal vergisst, sich zu amüsieren. Ich finde es *wirklich* wunderbar, wie glücklich er gerade ist. Wenn du ihn weiter so glücklich machen kannst, bin ich deine Freundin fürs Leben, ob du willst oder nicht. Aber wenn du nicht bereit für eine feste Beziehung sein solltest, dann solltest du ihm nichts vormachen.«

Ich starre sie an. »Ich denke, du solltest jetzt gehen.« Macht sie das bei allen Leuten, mit denen Rhys zusammen ist? Wie viele Armleuchter sie wohl schon in die Flucht geschlagen hat? Wie ist es möglich, dass sie nicht sieht, dass Rhys und ich zusammengehören? Wir erfüllen gegenseitig alle unsere Bedürfnisse. Sie hat selbst gesagt, dass er mit mir glücklich ist ... weil wir uns gegenseitig glücklich machen und das auch immer so bleiben wird.

Ich hatte noch nie eine solche Beziehung, in der eine Person alles ist, was ich will und brauche. Es ist das Wunderbarste, was ich je erlebt habe, und das werde ich nicht aufgeben. Ich werde Rhys nicht aufgeben.

Sura sammelt seufzend ihre Sachen zusammen. »Kümmere sich einfach gut um ihn. Er verdient es, von dem Mann, mit dem er zusammen ist, angebetet zu werden.«

»Das tue ich«, versichere ich ihr, etwas besänftigt. »Ich weiß, er ist etwas ganz Besonderes.«

Sie geht, und ich mache mir einen Augenblick Sorgen

um Rhys. Er braucht seine beste Freundin, und er braucht mich. Wenn Sura mich nicht in seinem Leben haben will, was passiert denn dann?

Ein leises Klopfen lässt mich aufblicken, und ich sehe Caolan in der Tür stehen.

»Bist du beschäftigt?«, fragt er.

Ich schüttele den Kopf. »Nein, komm rein. Ich war nur in Gedanken.«

Er tritt in den Raum und sieht sich meine Illusion an. Ich sehe ganz schwach einen schmerzlichen Ausdruck auf seiner Miene. »Manchmal vergesse ich, wie schön es mal war. Die letzten Jahre waren so schrecklich.«

»Ich weiß. Wenn du willst, kann ich –«

»Nein, ist schon gut. Es ist schön, sich daran zu erinnern, auch wenn es weh tut.« Er lächelt wehmütig. »Ich habe David im ersten Jahr hier ein Tréghelblatt zum Geburtstag geschenkt. Es ist albern, aber jedes Mal, wenn ich es an ihm sehe, weiß ich, wo mein Zuhause ist.«

Ich weiß, was er meint. Ich denke in letzter Zeit darüber nach, Rhys einen meiner Ringe zu schenken. Ich habe einen, der noch von zu Hause stammt ... es ist der älteste, den ich besitze, aber nicht der erste, den ich gesammelt habe, und er ist so schön. Er wurde vor Jahrtausenden geschmiedet und es waren früher zwei, die von einem liebenden Paar an das nächste weitergegeben wurden. Er ist graviert mit den Worten »Allein bin ich nur halb, mit dir bin ich ganz.«

Als die Probleme in unserer Welt begannen, ging der zweite Ring verloren, und das Paar, das die Ringe besessen hatte, gab diesen Ring an mich weiter. Sie wollten ein neues passendes Set als Symbol ihres Bundes haben, fanden aber, dieser Ring müsse aufbewahrt und als das geliebt werden, was er ist: ein unglaubliches Stück Geschichte, und ein Symbol für die Liebe so vieler unserer

Leute über Generationen. Wenn ich den Ring ansehe, fühle ich mich automatisch mit meiner Heimat und meinem Volk verbunden. Und ich möchte, dass Rhys ihn trägt. Denn er hat einen Teil von mir geweckt, von dem ich gar nicht wusste, dass ich ihn hatte, und mich ganz gemacht.

»Ja«, murmele ich, und Caolan lächelt wissend.

»Darüber wollte ich eigentlich mit dir reden.«

Ich blinzele. »Über Tréghelblätter?«

Er lacht. »Nein. Über Beziehungen.«

»Okay. Äh, ich bin nicht unbedingt der beste Ansprechpartner für Beziehungs-Ratschläge.« Ich genieße zwar die, die ich habe, aber es *ist* nun mal meine erste.

»Das ist okay. Ich brauche keine Ratschläge. Aber ich hatte gehört, dass es zwischen dir und Rhys ernst wird.«

Ich kneife die Augen zusammen. »Hat Sura dich geschickt?« Sie mag ja die beste Freundin von Rhys sein, aber ich weiß genug über Geschichte, um zu wissen, dass spaltender, heimtückischer Tratsch im Keim erstickt werden muss, bevor deswegen ein Krieg ausbricht.

Andererseits haben weder Rhys noch ich Armeen unter unserem Kommando, also wird das wohl nicht passieren.

»Wer ist Sura?«, fragt Caolan verwirrt.

»Nicht so wichtig«, seufze ich. Er mustert mich einen Moment.

»Ich mache das nicht oft«, gibt er schließlich zu. »Es sei denn, ich werde darum gebeten. Aber Percy ist Davids bester Freund. Und seit Brandt und er zusammen sind hat David euch Drachen quasi adoptiert. Denn Percy liebt euch, und David würde für Percy alles tun. Also habe auch ich ein Interesse daran, euch alle glücklich zu sehen.«

»Ich bin glücklich. Wieso denkst du, dass ich es nicht bin? Ich bin der reinste Sonnenschein.«

Er schüttelt den Kopf. »Nein, das meine ich nicht. Ich ... es geht um Rhys und dich.«

»Wenn du mir jetzt nahelegen willst, ich sollte mich von Rhys trennen, hör am besten gleich auf zu reden und geh wieder, bevor ich das Archiv nach einem Zauber durchsuche, der deine Haut von innen nach außen stülpt«, drohe ich.

Überraschenderweise fängt er an zu grinsen. »Das wollte ich nicht«, sagt er beruhigend »Ich habe das ganz falsch angefangen, tut mir leid. Wusstest du, dass ich Seelenpaare sehen kann?«

Die Frage steht zwischen uns im Raum.

»Nein«, sage ich. Plötzlich habe ich einen Kloß im Hals. »Willst du wissen, ob ich es mit Rhys ernst meine, weil unsere Seelen zusammengehören, oder nicht zusammengehören?«

»Das werde ich nur beantworten, wenn du es wissen willst.«

Ich habe das Gefühl, keine Luft zu bekommen. »Eine Beziehung kann liebevoll und wichtig und bedeutend sein, auch wenn die Beteiligten kein Seelenpaar sind«, sage ich.

»Natürlich. Das ist bei den meisten Beziehungen der Fall.« Er schüttelt wieder den Kopf, und seine silberblonden Haare fallen über seine Schulter.

»Selbst wenn Rhys und ich kein Seelenpaar sind, heißt das nicht, dass ich ihn weniger liebe, oder dass das, was wir haben, weniger bedeutet. Dass wir nicht immer zusammen sein werden.« Ich weiß es. Ich bin Akademiker. Ich weiß es kognitiv, und ich weiß es bis zum innersten Kern meines Wesens. Aber das heißt nicht, dass ich von Caolan nicht gerne hören würde, dass wir ein Seelenpaar sind.

Er sagt nichts, sondern beobachtet mich nur und wartet auf meine Entscheidung.

Wäre das wichtig für mich? Würde es etwas an meinen Gefühlen für Rhys ändern?

»Ich brauche es nicht zu wissen«, sage ich schließlich entschieden. »Ich liebe Rhys, und das wird sich dadurch nicht ändern.«

Da ist das Grinsen wieder. »Das wird es wirklich nicht«, sagt er. »Niemals.«

Ich atme auf. In mir explodiert die Hoffnung, trotz meiner Entschlossenheit, es unwichtig zu finden. »Du meinst, wir sind eines?«

Er nickt. »Ich habe es gleich gesehen, als ich ihn kennengelernt habe. Ihr strahlt beide so hell.«

»Wow.« Ich lege die Hände auf die Tischplatte, um mich abzustützen, obwohl ich sitze. »Das ist also wirklich für immer.«

»Wenn du es willst.«

Ich sehe ihm in die Augen. »Ich wollte noch nie etwas so sehr.«

KAPITEL 12
RHYS

Nach der ersten Lehrveranstaltung kam Fabian in seltsamer Stimmung nach Hause. Er schien fast überschäumend glücklich, und mein erster Gedanke war, dass es an dem Kurs liegen musste, aber als ich nachfragte, veränderte sich sein Ausdruck. Er war nach wie vor glücklich und begeistert, zufrieden mit dem Verlauf des Tages, aber dieses Beglückte war verschwunden.

Wer weiß schon, was los war. Ich habe es inzwischen aufgegeben, Drachen wirklich zu verstehen. Aber es macht mich glücklich, Fabian so zu akzeptieren, wie er ist.

Trotzdem gibt es mir am nächsten Tag noch zu denken. Ich sehe beim wissenschaftlichen Mitarbeiter, den ich inzwischen eingestellt habe, nach dem Rechten, quäle mich durch ein Zoom-Meeting mit Imani und den anderen, aber im Hinterstübchen frage ich mich trotzdem die ganze Zeit, was Fabian gestern Abend wohl so beglückt hat.

Außerdem: Warum ist Sura heute so merkwürdig?

Sie hat mich schon den ganzen Vormittag beobachtet. Jedes Mal, wenn wir im gleichen Raum sind, spüre ich ihre Blicke, und wenn ich sie ansehe, hat sie diesen angespannten Ausdruck im Gesicht. Ich habe schon zweimal nachgefragt, ob alles okay ist, und sie lächelt nur breit und sagt »Na klar!«, was ein weiterer Hinweis darauf ist, dass es nicht der Fall ist. Sura ist nicht der Typ für breites Lächeln. Sie verdreht eher die Augen oder gibt sarkastische Antworten.

Es ist Mittagszeit, als ich endlich Zeit habe, sie zur Rede zu stellen. »Lass uns draußen was essen gehen!«, verkünde ich, nehme sie am Arm und ziehe sie von ihrem Schreibtischstuhl hoch.

»Ich habe mir etwas mitgebracht«, protestiert sie.

Ich werfe ihr *den Blick* zu, der besagt: »Wer bist du und was hast du mit meiner Freundin gemacht, die ich seit sechzig Jahren kenne?« Denn Sura lehnt nie eine Chance ab, draußen etwas essen zu gehen.

Sie seufzt. »Also gut. Lass mich mein Portemonnaie holen.«

Zehn Minuten später haben wir uns den letzten Tisch im zwei Blocks von KRD entfernten asiatischen Restaurant geschnappt, und ich stehe auf, um zu bestellen, während Sura die Gäste drohend anfunkelt, die den Tisch auch gern gehabt hätten, aber nicht schnell genug waren.

»So«, sage ich, nachdem ich unsere Getränke abgestellt und unser Ticket auf den Tisch gelegt habe. Ich lehne mich in meinem Stuhl zurück und frage: »Wirst du jetzt endlich erklären, was mit dir los ist?«

»Nichts ist los. Mir geht's gut. Alles gut.«

»Echt jetzt?« Sie kann ja wohl nicht wirklich glauben, dass ich ihr das abnehme, oder?

»Lass uns einfach von etwas anderem reden.« Sie schaut sich verzweifelt um und öffnet ihre Flasche Sprite. »Schönes Wetter haben wir in letzter Zeit.«

Ich pruste. »Also gut, Themawechsel. Aber besser als

das Wetter geht es ja wohl. Hattest du gestern Spaß in Fabians Unterricht?«

Sie verschluckt sich an ihrer Limo und prustet Flüssigkeit über den Tisch. Zum Glück bekomme ich nichts davon ab. Ich reiche ihr eine Serviette.

»Nichts ist los, hm?«

Sie weicht meinem Blick aus, tupft sich ab und wischt den Tisch sauber.

»Sura –«

Aber da wird unsere Nummer aufgerufen und sie springt vom Stuhl auf. »Ich gehe schon!«

Seufzend lasse ich sie gewähren. Ich muss nachdenken. Ist gestern etwas passiert? Hätte Fabian nicht gesagt, wenn etwas Merkwürdiges mit Sura passiert wäre? Es sei denn, er war in Gedanken ... oder er weiß nichts davon.

Was, wenn Sura Fabian nicht ausstehen kann?

Mir sinkt das Herz in die Hose. Nicht auszudenken, wenn meine beste Freundin und der Typ, der eines Tages mein fester Freund sein wird, sich nicht mögen würden. Vor allem, weil Sura eine schonungslos ehrliche Person ist. Was, wenn Fabian erraten hat, dass sie ihn nicht mag, und das seine Entscheidung beeinflusst, mit mir zusammen sein zu wollen oder nicht?

Der Gedanke ist eigentlich unter meiner Würde, aber ich kann nicht anders als zuzulassen, dass er seine Klauen in mein Gehirn schlägt.

Sura stellt mir einen gehäuften Teller Pad Thai vor die Nase, dann setzt sie sich mit ihrer Portion mir gegenüber. »Das riecht ja großartig«, verkündet sie viel zu enthusiastisch.

»Magst du Fabian nicht?«, platze ich heraus.

Ihre Essstäbchen fallen ihr klappernd aus der Hand auf den Tisch.

»Du magst ihn nicht«, stöhne ich. »Du hasst ihn.«

»Ich hasse ihn nicht«, sagt sie langsam, nimmt die Stäbchen wieder zur Hand und mustert sie. »Wie kommst du denn darauf?«

»Sura.«

»Tue ich wirklich nicht«, versichert sie mir. »Im Gegenteil, ich finde ihn sogar sehr nett.« Sie hält inne. »Kann aber sein, dass er mich nicht besonders mag.«

»Wieso?« Wenn mich jemand gefragt hätte, hätte ich vermutet, die beiden müssten sich blendend verstehen.

Sie legt die Stäbchen weg und sieht mir in die Augen. »Könnte sein, dass ich ihm gestern die ›Ansprache der Besten Freundin‹ gehalten habe.«

Ich reiße erschrocken die Augen auf. »Du hast *was*?«

»Ich will einfach nicht schon wieder erleben, dass du verletzt wirst. Ich musste sicher sein können, dass ihm klar ist, wie großartig du bist«, stottert sie, während sie die Hände hebt, als wollte sie mich abwehren.

»Ich bin noch nicht mal überzeugt, ob er überhaupt eine feste Beziehung haben will, und du redest mit ihm, als wäre er mein fester Freund?« Ich glaube, ich muss sterben. »Warum tust du mir sowas an?«

Sie zeigt mit dem Finger auf mich. »Genau darum! Du bist so hin und weg von ihm, und er will sich noch nicht mal auf eine feste Beziehung einlassen. Ich finde es schlimm, dir so ein Gefühl der Unsicherheit zu geben, ich wollte doch nur, dass er begreift, dass du es wert bist, sich auf dich einzulassen. Du wärst der beste feste Freund, den er jemals hatte.«

Ich atme heftig ein. Ob es möglich ist, dass Atemwege sich vor lauter Stress schließen? »Was hat er denn dazu gesagt?« Fabian war gestern guter Stimmung und hat mir keinen Anlass gegeben, zu vermuten, er wollte sich trennen, aber das heißt nichts. Vielleicht wollte er nur nochmal eine unverbindliche Nacht mit Sex, bevor er mich für immer verlässt. Vielleicht war er so gut gelaunt, weil er an all die anderen Männer dachte, mit denen er zusammen sein könnte, nachdem er sich erstmal von mir getrennt hat.

Sura schüttelt den Kopf. »Er ... hat mir vorgeworfen, ich wüsste gar nicht, wie toll du bist? Ich bin nicht ganz sicher, was da genau passiert ist, aber er war nicht besonders gut auf mich zu sprechen.«

Ich schiebe meine Nudeln beiseite und stütze die Ellbogen auf den Tisch, um mein Gesicht in den Händen zu vergraben. »Was bedeutet das?«, stöhne ich.

»Was? Ich verstehe nichts, wenn du so die Hände vors Gesicht geschlagen hast.«

Ich lasse die Hände sinken und funkele sie wütend an. »Sura, du und deine große Klappe. Das ist alles deine Schuld.«

»Es tut mir leid! Ich will nur nicht, dass du verletzt wirst. Ich habe den ganzen Abend auf deinen Anruf gewartet, weil ich dachte, er würde etwas zu dir sagen. Ich habe kaum geschlafen!«

»Gut«, sage ich bissig. »Ich hoffe, du bekommst Tränensäcke unter den Augen.«

Die Frauen am Nebentisch schnappen nach Luft, und ich drehe mich um. Beide starren mich schockiert an.

»Sie hat dem Typ, mit dem ich locker zusammen bin, die ›Beste-Freundin-Ansprache‹ gehalten«, erkläre ich, und sehe, wie sich ihr geschockter Ausdruck in Verständnis umwandelt.

»Oh, Schätzchen, nein«, sagt die eine mit mitleidigem Kopfschütteln zu Sura.

»Danke! Siehst du?«, sage ich wieder an meine beste Freundin gewandt, und als die beiden Frauen wieder ins

eigene Gespräch vertieft sind, füge ich im Flüsterton hinzu:
»Selbst die Menschen verstehen das.«

Sura schnüffelt, nickt aber. »Ich weiß, es war falsch,
und es tut mir leid. Aber er hat es sich ja offensichtlich nicht
zu Herzen genommen, wenn er nichts zu dir gesagt hat.
War er irgendwie komisch oder so? Also komischer als
sonst«, fügt sie hinzu, und ich habe nicht das Herz, ihr
wegen der Anspielung Vorwürfe zu machen, Fabian sei
immer komisch.

»Das war er«, gebe ich zu. »Aber nicht unbedingt auf
negative Weise. Er war guter Laune. Sehr guter Laune
sogar. Vielleicht, weil er vorhat, mich nie wiederzusehen,
und dich dementsprechend auch nicht.« Ich nehme meine
Essstäbchen zur Hand und stochere in meinen Nudeln
herum. In diesem Augenblick kann mich noch nicht mal
Pad Thai trösten.

Obwohl es tatsächlich großartig duftet.

»Wenn er so fröhlich wäre bei der Vorstellung, dich zu
verlassen, wieso hätte er dann überhaupt gestern nochmal
zu dir kommen sollen? Er hätte überall hingehen können.
Und er scheint sehr von dir eingenommen zu sein. Ich bin
immer noch nicht sicher, wie das Gespräch so umschlagen
konnte, aber er war definitiv nicht begeistert von dem
Gedanken, ich würde dich zu wenig zu schätzen wissen ...
glaube ich.« Sie zeigt auf meinen Teller. »Iss. Du brauchst
Kraft, um klar zu denken.«

Zögernd fange ich an zu essen und versuche, mich zur
Vernunft zu mahnen. Darum habe ich die letzten paar ...
Jahrzehnte keine Beziehung geführt. Es ist schwer, und es
tut weh, wenn ich mehr Gefühle investiere als der Mann,
mit dem ich zusammen bin. Ich will nicht so ein armseliger
Kerl sein, der jedes Almosen nimmt, das man ihm gibt. Ich
will mit jemandem zusammen sein, der sich voll und ganz

zu mir bekennt, und mich genau so sehr will wie ich ihn. Ist das wirklich so viel verlangt?

Seufzend weiche ich Suras suchendem Blick aus und schiebe mir Nudeln mit Tofu in den Mund. Fabian hat mir keinerlei Anlass zur Vermutung gegeben, er sei auf dem Sprung. Oder hätte solche Pläne. Sicher, er hat nie darüber gesprochen, dass wir mehr sind als unverbindlich, aber ich bin auch sicher, dass er mit niemandem außer mir zusammen war, und er ist immer gern bereit, Zeit mit mir zu verbringen. Wir sind viel zusammen, und er ist glücklich damit. Er sucht meine Nähe. Also ist es nicht so, als würde ich ihn in eine Situation drängen, die er nicht haben will – wie man unser Verhältnis auch nennen möchte. Das Problem ist gerade nicht Fabian. Ich bin es selbst. Meine Unsicherheit. Ich will Sicherheit, aber ich habe Angst, Fabian darum zu bitten, sich festzulegen, oder auch nur unsere Beziehung zu definieren, um ihn nicht zu vergraulen. Das ist mein Problem. Ich bin nicht bereit, das Risiko einzugehen, also muss ich mit der Unsicherheit leben.

Aber das kriege ich hin. Denn das, was Fabian und ich jetzt haben, ist so viel besser, als ihn gar nicht zu haben.

ALS ICH NACH HAUSE KOMME, bin ich überrascht, Fabian dort anzutreffen, der so aufgeregt scheint, dass er fast auf der Stelle hüpft. Heute Morgen hatte er gesagt, er müsst heute zu Lass es Drachen zurück, und ich hatte erwartet, dass er auch über Nacht dortbleiben würde. Es ist wohl ein gutes Zeichen, dass er sich entschlossen hat, wiederzukommen und er scheint sehr glücklich zu sein, mich zu sehen.

Glaube an dich. Du bist es wert, geliebt zu werden.

Wo diese Gedanken herkommen, weiß ich auch nicht,

aber für ein Mantra sind sie eher mittelmäßig. Ich bin Wissenschaftler. Ich brauche evidenzbasierte Beweise, danke auch, keine leeren Phrasen, die Mut machen sollen.

»Du bist zu Hause!« Fabian strahlt und hüpft auf mich zu, um mir einen Kuss zu geben. »Ich habe etwas für dich.«

»Ja?« Ich schaffe gerade noch, meine Laptoptasche abzulegen, dann zieht er mich auch schon an der Hand ins Schlafzimmer. »Oh, verstehe. Du hast *so etwas* für mich.« Keine Klagen von mir – mein Sextrieb mag vorher im Winterschlaf gewesen sein, aber Fabian hat ihn gründlichst abgestaubt, flott gemacht, und ihn dazu gebracht, ständig mehr zu wollen.

»Das auch, aber das kommt später. Setz dich.« Er schiebt mich zum Bett, wo ich mich folgsam hinsetze. Er mustert mich kurz. »Du solltest wahrscheinlich nackt sein.«

Ich fange an zu lächeln. »Ich dachte, das kommt erst später?«

Mit einer ungeduldigen Geste tritt er neben mich und beginnt, mein Hemd aufzuknöpfen. »Ja, das stimmt. Aber du bist so schön nackt, und ich denke, so wird er am besten zur Geltung kommen.«

Ich gebe nach, stehe auf und fange an, mich auszuziehen. »Ich habe zwar keine Ahnung, worum es geht, aber ich werde mir keine Chance entgehen lassen, mit dir nackt zu sein. Du musst dich also auch ausziehen.«

Mit einem Achselzucken zieht er sich das T-Shirt über den Kopf. Fabian hat absolut kein Schamgefühl und trägt nur Kleidung, um seine Weichteile zu schützen, und weil es gesetzlich vorgeschrieben ist. Drachen können ihre Körpertemperatur regeln, also braucht er keine Klamotten, um sich warmzuhalten.

In unter einer Minute sind wir beide nackt, und ich

setze mich geduldig wieder aufs Bett und warte auf mein Geschenk. Dann werde ich über ihn herfallen, und wenn wir uns gegenseitig müde gevögelt haben, können wir etwas bestellen und im Bett zu Abend essen.

Es könnte einer der besten Pläne sein, die ich je hatte.

Er läuft zu seiner kleinen Reisetasche in der Ecke und bückt sich, um etwas aus der Seitentasche zu nehmen. Der Anblick lässt meinen Schwanz aufwachen, und ich seufze glücklich. Als er sich wieder aufrichtet und zu mir umdreht, weiß er gar nicht, was für eine sexy Show er mir gerade präsentiert hat.

»Hier.« Er kommt zum Bett zurück und setzt sich neben mich, ein kleines in schwarzem Samt eingeschlagenes Päckchen in der Hand. Ich strecke die Hand danach aus, aber er zieht die Hand zurück und entfaltet selbst den Stoff. Zum Vorschein kommt ein breiter Silberring.

Ich blinzele noch überrascht, als er ihn mir auf den Zeigefinger der rechten Hand schiebt. Der Ring ist so breit, dass er fast das komplette Fingerglied bis zum Knöchel bedeckt. Es sind fein gearbeitete Worte eingraviert, in einer mir unbekannten Sprache.

»Er ist … atemberaubend«, sage ich. Das Wort fühlt sich ungenügend an. Etwas an diesem Ring scheint irgendwie *mehr* zu bedeuten. »Sind das Worte? Was steht darauf?« Und was bedeutet es, dass er ihn mir an den Finger steckt? Ist das eine Verbindlichkeitserklärung nach Drachenart? Aber weder Percy noch Rob tragen Ringe, und Brandt und Dustin gehören zu den zuverlässigsten Leuten, die ich je kennengelernt habe.

Fabian lächelt mit Blick auf den Ring an meinem Finger. »Es ist eine alte Gravur. Diesen Ring gibt es schon länger als ich am Leben bin.«

Holla. Ich betrachte ihn mit anderen Augen.

»Ein antikes Stück also.« Also extrem antik. Es gehört eigentlich ins Museum – davon ganz zu schweigen, dass es ein Artefakt aus einer inzwischen zerstörten Dimension ist.

Fabian lacht und hebt meine Hand an die Lippen, um meine Fingerknöchel zu küssen, genau oberhalb des Rings. »Das ist es. Selbst für unsere Verhältnisse.« Er hält weiter lächelnd meine Hand und betrachtet sie.

Das macht mich langsam nervös. »Ist er, äh, aus deinem Schatz? Sollte er überhaupt getragen werden?« Meine Hände sind größer als die von Fabian, und er passt perfekt an meinen Zeigefinger. Ich nehme an, ihm würde der Ring am Daumen passen, aber er ist zu breit, als dass das angenehm wäre. Bedeutet das, dass er Ringe sammelt, die er gar nicht trägt? Ich habe so viele Fragen zu diesem Schatz. Aber er redet nicht viel darüber. Er wechselt allerdings fast täglich die Ringe – abgesehen von dem, der zur Studie gehört, natürlich – und ich mache ihm Komplimente dafür, weil ich weiß, wie wichtig es ihm ist. Dennoch spricht er kaum über die Stücke.

»Er wurde dafür geschmiedet, getragen zu werden«, versichert er mir. »Mir gefällt es, ihn an dir zu sehen. Deine Finger sind immer so wenig geschmückt. Ich denke, ich werde dir ab jetzt öfter Ringe bringen, die du tragen kannst.«

Meine Freude verflüchtigt sich. Es soll also eine dekorative Leihgabe sein?

Ich ringe mir ein Lächeln ab. »Danke. Ich ... äh, ich trage aber nicht besonders oft Ringe.« Oder überhaupt jemals.

»Wir fangen mit dem hier an. Es ist der perfekte Schmuck für dich.« Endlich löst er den Blick von dem Ring und betrachtet meine ganze Gestalt. »Oh, ja.«

Meine Enttäuschung lässt nach. Fabians anerkennender Ton ist nicht zu überhören, und er hat wirklich eine große Sache daraus gemacht, dass ich diesen Ring tragen soll. Er muss eine Bedeutung haben, und wenn es nur die Tatsache ist, dass er mich als wichtigen Teil seines Lebens betrachtet. Und selbst wenn es nichts bedeutet, darf ich weiter mit ihm zusammen sein.

Ich strecke mich rücklings auf dem Bett aus, lege den linken Arm unter den Kopf und spanne meine Muskeln an. Fabians Blick verschleiert sich.

»Mm, ja«, murmelt er genießerisch. »Der perfekte Schmuck.«

Ich lasse die Hand mit dem Ring an meinen Bauchmuskeln entlang zu meinem halb steifen Schwanz wandern, umfasse ihn mit festem Griff uns streichle mich ein paarmal kräftig.

Er grinst und klettert nach oben, um sich rittlings auf meine Oberschenkel zu setzen. »Damit will ich auch spielen. Kannst du teilen?«

Mit leisem Lachen fahre ich halbherzig fort, mich zu streicheln. »Ich weiß nicht recht. Es ist eines meiner Lieblingsspielzeuge. Wirst du vorsichtig damit umgehen?«

Ohne sich die Mühe zu machen, zu antworten, beugt er sich vor, um an meiner Eichel zu lecken, und ich schnappe nach Luft.

»Okay, du darfst auch mal.«

Er lächelt selbstzufrieden. »Beide Hände über den Kopf«, befiehlt er. Mich überläuft ein Schauer, und ich gehorche. Das Kopfende ist massiv, also verschränke ich einfach meine Hände. Ich bin ziemlich sicher, dass ich mich gleich an etwas festhalten müssen werde.

Dann stemmt er sich mit gespreizten Beinen auf die Knie hoch und zaubert sein magisches Gleitgel herbei. Ich liebe das Zeug. Es fühlt sich genial an, und man muss nie danach auf die Suche gehen.

»Sieh mich an«, fordert er, dann fängt er an, sich vorzubereiten.

Und schon bin ich hart wie Stahl. Fabian und ich sind beide flexibel, und ich war schon einige Male Top, aber meist ist es uns beiden lieber, wenn er den dominanten Part übernimmt. Warum ich noch nie darauf gekommen bin, dies könnte die optimale Lösung sein, weiß ich auch nicht. Es ist sehr offensichtlich, dass ich vor Fabian viel zu lange keinen Sex mehr hatte.

Gierig beobachte ich ihn. Aus dieser Perspektive sehe ich nicht genau, was er mit der Hand macht, aber Fabian trägt seine Gefühle stets offen zur Schau, und seine Miene spricht Bände.

Ich schlucke einmal heftig, dann sehe ich seinen Schwanz an, der halb steif in meine Richtung zeigt, lang und leicht gerötet. Das Licht wirft faszinierende Schatten auf seine gerippte Form.

»Fabian«, keuche ich, während ich die Hände krampfhaft verschränke. Er betrachtet mich mit diesem spielerischen Ausdruck im Gesicht.

»Schau mal, wie geduldig du warten kannst«, lobt er, während er auf den Knien nach oben rutscht. Meine Erektion streift dabei seinen inneren Schenkel, und mir stockt kurz der Atem. »Lass mich anfangen, du kannst dann später helfen.«

Oh, ja. Ich beiße mir auf die Lippe, und sein Blick bleibt daran hängen.

»Aber erst brauche ich eine Kostprobe.« Er lässt sich auf meinen Körper sinken, um unsere Oberkörper und unsere Schwänze aneinander zu reiben, und gibt mir einen tiefen, heißen, nassen Kuss.

Dann entzieht er sich mir wieder.

Mir bleibt das Protestgeräusch im Hals stecken, als er

sich wieder aufrichtet, meinen Schwanz ergreift und ihn sich langsam einführt.

Yess.

»Wie kann sich das nur sowas von gut anfühlen?«, japse ich, als ich bis zum Anschlag in ihn eingedrungen bin, und er sich mit winzigen kleinen Schaukelbewegungen auf mir niederlässt.

»Das frage ich mich jedes Mal, wenn ich mit dir zusammen bin«, antwortet er, und ich spüre eine körperliche Reaktion bei seinen Worten, als hätte er mich berührt. »Gib mir deine Hand.«

Instinktiv gehorche ich, entspanne den Klammergriff meiner verschränkten Finger und reiche ihm meine rechte Hand. Er nimmt sie, streicht Gleitgel auf meine Finger, dann schließt er sie um seine Erektion. Ich packe automatisch fester zu und genieße den Schauer, der ihn dabei überläuft.

Dann bemerke ich den Ring an meinem Finger.

»Warte, lass mich die andere Hand nehmen.« Ich will ihm nicht weh tun.

»Untersteh dich«, schilt er. »Versuch, den Takt zu halten.«

Bevor ich fragen kann, was er meint, geht er etwas nach oben, meine Augen verdrehen sich wie von selbst, und mein Griff bekommt einen anderen Winkel. Okay. Verstanden.

Ich streichle ihn, während er sich an mir Lust verschafft, ohne meinen Blick von ihm abzuwenden. Ich habe noch nie jemanden wie ihn kennengelernt, der mit einem so beiläufigen Selbstbewusstsein sicher in sich ruht. Sein Gesicht ist gerötet vor Erregung, und ich sehe Schweißperlen auf seiner Haut – wie ich gelernt habe, ein sicheres Anzeichen dafür, wie sehr er bei der Sache ist, denn er hat vergessen, seine Körpertemperatur zu regulieren. Das

Machtgefühl steigt mir zu Kopf, und ich spüre, wie sich meine Hoden fest zusammenziehen.

»Ich komme gleich«, presse ich hervor, und er öffnet die Augen.

»Mach schon. Spritz mich voll.«

Die Worte waren alles, was ich brauchte.

Mein Orgasmus ist noch nicht ganz vorbei, als ich spüre, wie er sich um mich verengt; seine inneren Muskeln umschließen rhythmisch meine Erektion, und ich zwinge mich, die Augen zu öffnen, um seinen Höhepunkt mitzuerleben, während ich noch nach Luft ringe. Er hat den Kopf zurückgeworfen und den Rücken durchgebogen. Natürlich hat er dabei keinen Erguss – Drachen produzieren kein Sperma, etwas, das mich sehr fasziniert hat, als ich davon erfahren habe. Jetzt kann ich nichts anderes denken als wie schön ich ihn gerade finde.

Schließlich entspannen wir uns beide schwer atmend, und Fabian zieht sich behutsam von mir herab. Dann legt er sich flach auf mich und kuschelt sich an. Ich schlinge die Arme um ihn, und das Glänzen des Rings, den er mir an den Finger gesteckt hat, springt mir ins Auge.

Er muss eine Bedeutung haben.

KAPITEL 13
RHYS

AUFGEWÜHLT LAUFE ich in der Küche auf und ab, raufe mir die Haare und versuche verzweifelt, dahinterzukommen, was ich übersehen habe. Was alle übersehen haben. Es ist streng genommen noch nicht mal meine Aufgabe, und doch lässt es mir keine Ruhe. Etwas verursacht das Verlangsamen unserer angeborenen Fähigkeiten. Wieso kommt keiner von uns darauf, was es ist?

Seit sechs Monaten weiß ich jetzt von diesem Problem. Andere arbeiten schon seit Jahren daran. Wir sind alle intelligent; manche sind die Besten auf ihrem Gebiet. Ressourcen stehen zur Verfügung. Es wird nach unkonventionellen Lösungen gesucht. Wieso kommt dann niemand zu einem Ergebnis?

Oder soll es vielleicht so sein?

Dieser Gedanken hat mich um drei Uhr morgens aus meinem warmen Bett neben dem noch wärmeren, dort schlafenden Drachen getrieben. Vielleicht sollte es gar keine Lösung geben. Am Ende hat die Magie aus irgendwelchen Gründen beschlossen, dass wir langsam aussterben ... oder zu Menschen werden sollen. Ist das überhaupt möglich? Als Zauberer unterscheide ich mich äußerlich weniger deutlich vom Durchschnittsmenschen als zum Beispiel Shifter oder Vampire. Wir sehen mehr oder weniger identisch aus. Unsere Körper ändern nicht ihre Form. Der einzige wirkliche Unterschied ist das innere Reservoir an Kraft, und die Fähigkeit, daraus Zauber zu wirken. Wenn das Reservoir verschwände, ich diese Fähigkeit vergessen würde ... wäre ich dann überhaupt noch ein Zauberer?

Ich neige dazu, es zu bejahen. Als xenophob habe ich mich noch nie betrachtet, aber vielleicht bin ich es, denn der Gedanke, ein Mensch – oder irgend etwas anderes als ein Zauberer – zu sein, fühlt sich komplett falsch an. Meine Fähigkeit zu zaubern ist ein großer Teil dessen, was mich ausmacht.

Aber wenn es eine Art evolutionärer Prozess ist, lässt es sich nicht ändern. Oder doch? Ich wollte, ich wüsste es. Es heißt, unsere Speziesführer und der Luzifer können mit der Magie kommunizieren. Aber was, wenn die Magie diese These bestätigt? Vielleicht würde ich es lieber doch nicht wissen.

»Was machst du denn da?«

Ich drehe mich zu Fabian um, der verschlafen blinzelnd in der Tür steht.

»Habe ich dich geweckt? Tut mir leid.« Ich gehe zu ihm und nehme ihn in die Arme. Ich habe keine Worte dafür, wie gut es tut, ihn an mich zu drücken.

Er schlingt die Arme um meine Taille, drückt sein Gesicht an meinen Hals und gibt mir einen Kuss an die Stelle. »Was ist denn los?«

»Nichts. Ich – es tut mir leid, dass ich dich geweckt habe.« Ich würde nur zu gern meine Ängste mit ihm teilen, aber das bringe ich nicht fertig. Ich will ihn nicht abschrecken.

»Dass ich dich im Bett vermisst habe hat mich geweckt«, verbessert er, seine Stimme undeutlich an meiner Haut. »Aber du bist offensichtlich zu besorgt über irgend etwas, um zu schlafen, also ist die einzige Lösung, mir zu erzählen, was das Problem ist, damit ich dir helfen kann, es zu lösen.«

Instinktiv umarme ich ihn fester. Er küsst nochmal meinen Hals, dann löst er sich von mir, nimmt mich bei der Hand und zieht mich zum Küchentisch.

»Setz dich«, befiehlt er und klopft auf den Stuhl. »Ich mache Tee und du kannst mir alles erzählen.«

»Ich will keinen Tee«, protestiere ich schwach und setze mich. Er nimmt den Stuhl neben mir.

So sitzen wir eine Weile schweigend da. Ich kann mich nicht dazu durchringen, zu sprechen und ihm damit zu zeigen, wie neurotisch ich wirklich bin. Die Zeit mit ihm war so wundervoll, und es geht schon viel länger als ich erwartet hatte. Ich bringe es nicht übers Herz, das zu ruinieren. Ich will ihn so lange wie möglich behalten.

»Rhys«, drängt er, und ich seufze.

»Es ist albern. Ich muss immer wieder an unsere schwindenden Fähigkeiten denken.«

Er runzelt die Stirn, und in seinem Blick erkenne ich Frustration. Er hat in jeder freien Minute das Lebende Archiv durchforstet nach Informationen, die hilfreich sein könnten, aber natürlich ist auch das erschwert, wenn man gar nicht weiß, wonach man eigentlich sucht. »Das kann ich verstehen«, sagt er. »Ich weiß, wie es dich belastet. Aber du brauchst deinen Schlaf.«

Ich schaue auf meine Hände, die ich auf der Tischplatte verschränkt habe, und der Silberring am Zeigefinger springt

mir ins Auge. Fabian hat ihn mir vor drei Wochen angesteckt, aber im Gegensatz zu anderen Ringern, die er mir
manchmal zum Anziehen mitbringt, hat er ihn nie zurück-
gefordert. Ich kann mich nicht dazu durchringen, ihn abzulegen, noch nicht mal im Schlaf. Es ist eine Verbindung zu
ihm, die ich nicht loslassen will.

Seine Hand liegt jetzt auf meiner. »Rhys.«

Ich seufze. »Wer wäre ich denn schon, ohne meine
Zauberkunst?«

»Du wärst immer noch du«, sagt er ohne Zögern. »Man
wird nicht man selbst aufgrund von Fähigkeiten. Du wärst
immer noch Wissenschaftler. Immer noch lieb und zuge-
wandt und sozial ungeschickt und ein Einzelgänger.«

»Danke.« Das stimmt zwar alles, aber es ist nicht
besonders angenehm, es zu hören.

Er lacht leise. »Warum zerbrichst du dir deswegen so
den Kopf? Du wärst längst tot, bevor der komplette Verlust
ein Problem werden würde, wenn die Fähigkeiten weiter in
diesem Tempo schwächer werden.«

»Ich weiß.« Ich sage nichts weiter. Er hat natürlich
recht. Und doch ...

Einen Augenblick später spricht er wieder. »Lass uns
nochmal von vorne anfangen. Wann haben sie begonnen,
nachzulassen?«

»Wann es genau war, ist schwer zu sagen, aber es
scheint etwa achteinhalbtausend Jahre her zu sein. Die
Geschichtsschreibung von damals weist zu viele Lücken
auf, um sicher sein zu können, ob es nicht schon davor
angefangen hat, aber wir gehen davon aus, dass es nicht
der Fall war.«

»Warum gibt es so viele Lücken in den Aufzeichnungen? Es gab doch damals schon eine etablierte Regierung,
oder? Ich war noch nicht am Leben, aber ich weiß, dass

viele Drachen und Elfen davor hier zu Besuch waren, und in all unseren Aufzeichnungen ist der Luzifer erwähnt.« Seine Finger zucken, als wollte er im Archiv nachsehen, und ich muss lächeln.

»Ja, schon. Aber während der Spezieskriege ist viel Wissen verloren gegangen, und damals gab es noch kein Backup in der Cloud wie heute.«

Er nickt. »Die Spezieskriege waren wann genau? Etwa zu der Zeit, als das begonnen hat?«

»Kurz davor«, korrigiere ich. »Soweit man das sagen kann, begann es einige hundert Jahre nach Kriegsende.« Ich schüttele den Kopf. »Du glaubst, die Kriege waren der Auslöser. Darüber haben wir auch schon nachgedacht. Aber wie soll das funktioniert haben?«

Fabian starrt ins Leere. »Ich bin nicht sicher. Es war offensichtlich keine biologische Waffe.«

»Nein«, sage ich trocken. »So etwas gab es damals noch nicht. Definitiv nichts, was so eine permanente Veränderung nach sich gezogen hätte. Wenn nicht nur gegen die Menschen gekämpft worden wäre, könnte man einen langsam funktionierenden Bann oder Zauber vermuten. Oder«, füge ich lachend hinzu, »wenn man sich ins Reich der Fantasy begeben wollen würde, so etwas wie einen Fluch. Aber dass es so etwas nicht gibt, weiß ja jeder.«

Er hebt einen Zeigefinger. »Moment. Lass uns mal darüber nachdenken.«

»Ein *Fluch*?« Hat er den Verstand verloren? »Fabian –«

»Nein, nein.« Er winkt ab. »Kein Fluch.«

Ich rudere mental wieder zurück. »Ein Bann also? Nein, Spaß. Kein Zauberer würde das jemals allen anderen antun. Und selbst wenn, wäre es unmöglich, einen solchen Bann zu wirken. Wenn man alle Faktoren bedenkt, die Anzahl der Spezies, die er betreffen muss, den Zeitraum, von dem wir reden ... er hätte in die DNA von Personen eindringen müssen, die erst Tausende von Jahren später geboren werden. Veränderungen in der Umwelt, die Evolution, Kreuzung der Spezies ... alles Dinge, die man nicht vorhersehen konnte. Vielleicht hätte es jemand versuchen können, aber selbst der erfolgreichste Bann hätte sich innerhalb von tausend Jahren zersetzt. Und die Folgen würden sich definitiv nicht so gleichmäßig bemerkbar machen. Bei manchen Familien und Spezies hätte sich schneller eine Wirkung gezeigt als bei anderen. Außerdem hätte man die Rückstände finden müssen, sobald man anfing, danach zu suchen. Nein, ein Bann ist es auf keinen Fall.«

»Und wenn es ein Elfen- oder Drachenzauber wäre?« Sein Blick ist immer noch unscharf, wie immer, wenn er im Archiv stöbert.

»Du glaubst, ein Drache oder ein Elf hätte so etwas verursacht?«, frage ich ungläubig. »Aber aus welchem Grund? Ihr habt euch in eure Welt zurückgezogen, als die Kriege ausbrachen. Soviel ich weiß, gab es danach keinen einzigen Elfen oder Drachen mehr auf der Erde. Und selbst wenn einer oder zwei zurückgeblieben wären, wieso hätten sie sich auf die Seite der Menschen schlagen sollen, der Aggressoren?«

»Nein, ich glaube, die –« Er hält so abrupt inne, dass ich einen Moment brauche um zu erkennen, dass er den Satz nicht beenden wird.

»Fabian?«, frage ich nach. Er runzelt die Stirn, und sein Blick ist wieder fokussiert.

»Ich werde dir etwas erzählen, aber du musst es für dich behalten. Es ist nur einem sehr kleinen Prozentsatz der Community bekannt.«

Mein Magen verkrampft sich vor Nervosität. »Solltest

du es mir dann überhaupt erzählen?« Ich will ja nicht, dass er Ärger bekommt.

Er hält inne. »Ich denke schon. Ich glaube, du kannst damit umgehen. Und vielleicht wird es helfen. Du kennst doch Noah?«

Blinzelnd versuche ich, den Zusammenhang herzustellen. »Noah ... vom CSG? Ja, ich habe mich schon ein paarmal mit ihm unterhalten.« Er ist Davids Verbindungsmann zu dem Team, das an diesem Problem arbeitet, außerdem meine Quelle für die meisten historischen Daten, auf die wir zurückgegriffen haben. Er ist ein Mensch, was mich anfangs gewundert hat. Und doch habe ich schon Dämonen ängstlich zusammenzucken sehen bei der Vorstellung, ihn um einen Gefallen bitten zu müssen.

»Ja. Es gibt eine lange und komplizierte Hintergrundgeschichte, die absolut vertraulich ist, aber es läuft darauf hinaus, dass Noah in der Lage ist, Magie zu praktizieren.«

Mir fällt die Kinnlade runter. »Ist nicht drin«, flüstere ich. »Noah ist ... was? Ein Elf? Doch sicherlich kein Drache?« Vor meinem inneren Auge entsteht eine komplexe Geschichte, in der Noah der letzte Nachkomme eines Elfen aus alten Zeiten ist, der vor mehreren tausend Jahren eine menschliche Frau geschwängert hat.

Was denn? Das könnte doch passiert sein.

Aber Fabians Lachen nach zu schließen doch eher nicht.

»Nein«, japst er. »Noah ist ein Mensch. Ganz eindeutig.«

Ich lächle etwas verlegen, dann runzele ich die Stirn. Was meint er nur –

Ich springe so abrupt auf, dass mein Stuhl nach hinten kippt. »Menschen können zaubern?« Das ist ja eine Katastrophe!

Fabian springt ebenfalls auf und nimmt meine Hand. »Bitte bleib ganz ruhig und lass mich erklären.«

Ich kann mich nicht davon abhalten, mental nach den Schutzzaubern um das Haus zu tasten. Ich bin nicht der Beste, was Schutzzauber angeht, aber die einfachen habe ich so oft geübt, dass ich sie kaum verbocken würde. Sie sollten alle abwehren, die nicht eingeladen sind, und wenn sie doch versagen, würde ich vor den Eindringlingen gewarnt werden. Die Vorstellung von Menschen mit Zauberkräften jagt mir einen Schauder über den Rücken. Sie hatten uns während der Spezieskriege um ein Haar komplett ausgerottet. Wenn die Magie nicht eingeschritten wäre, um uns zu retten, und jegliche Erinnerung an uns aus der kollektiven Erinnerung der Menschen entfernt hätte, wäre die Community ausgestorben. Wenn sie damals Zauberkräfte gehabt hätten …

Aber wenn sie …

Ich stelle meinen Stuhl wieder hin und lasse mich darauf fallen. »Konnten sie während der Spezieskriege zaubern?«, krächze ich heiser.

Fabian setzt sich neben mich, meine Hand fest in seiner. »Soviel ich weiß, ja. Darum ist die Lebensmacht eingeschritten – sie haben ihre Zauberkräfte missbraucht, um die anderen Spezies zu vernichten.«

Darüber will ich nicht allzu genau nachdenken. Ich habe menschliche Nachbarn, die ich immer extrem nett fand. Aber in diesem Augenblick wünschte ich wirklich, ich würde in einer reinen Community-Wohngegend leben. Was, wenn manche von ihnen wie Noah sind und ihre magischen Fähigkeiten wiederentdecken? Und wenn sie anders als Noah den Wunsch haben, das, was ihre frühen Vorfahren begonnen haben, zu Ende zu bringen und die Community dem Erdboden gleich zu machen?

Fabian beobachtet mich genau, und ich ringe mir ein Lächeln ab. Es wird eher eine Grimasse daraus. Ich muss mich mal zusammenreißen. »Kannst du mir sagen, was passiert ist? Haben sie ... vergessen, dass sie zaubern können, als sie uns vergessen haben? Und haben wir auch alles vergessen?«

Er zuckt die Achseln. »Die Lebensmacht hat dafür gesorgt, dass die Menschen vergessen. In der Community ist das Wissen einfach mit der Zeit verschütt gegangen, genau wie das Wissen über unsere Existenz. Da die Menschen nicht mehr Magie praktizierten, gab es keinen Grund mehr, es sich zu merken. Das CSG hat Aufzeichnungen dazu. Anscheinend gibt es Menschen, die in geringerem Maßstab noch praktizieren ... Zwicker?«

Ich starre ihn verständnislos an. Meint er Menschen mit altmodischen Sehhilfen?

»Es ist eine Art Religion«, bekräftigt er. »Sie ziehen sich im Mondlicht nackt aus.«

»Ah! Wicca-Anhänger meinst du. Ja, das ergibt Sinn. Obwohl deren Religion viel komplexere Aspekte hat als das Ausziehen«, fühle ich mich verpflichtet, hinzuzufügen, obwohl ich nicht viel darüber weiß. Aber das muss so sein, sonst würde es wesentlich mehr Wicca-Anhänger geben.

Fabian schürzt die Lippen. »Darüber sollte ich nachlesen. Menschliche Religionen sind faszinierend. Sie haben so unglaublich komplexe Narrative und wenden so viel Energie auf, um sie aufrecht zu erhalten.«

»Ein andermal vielleicht. Du hattest davon erzählt, wie Menschen die Magie wiederentdeckt haben.«

Er nickt. »Ich weiß auch keine Einzelheiten. Danach solltest du Noah fragen. Ich weiß nur, dass zwar manche Menschen in extrem reduzierter Form Magie praktizierten, aber dann kam Noah und hat es richtig gelernt. Er hat sich das fast alles selbst beigebracht, da es nur wenig Informationsquellen gab, seit wir zur Erde kamen. Die Elfen konnten ihm bei manchen Dingen behilflich sein, anderes hat er selbst herausgefunden. Er hat einen wirklich beachtlichen Verstand, obwohl er noch so jung ist. Wusstest du –« Er bemerkt meinen Gesichtsausdruck. Wenn man mir meine Gefühle ansieht, dürfte da weder Interesse noch Vergnügen zu sehen sein. Er fährt hastig fort: »Jedenfalls hat das CSG entschieden, mit dem Einverständnis der DEA, dass zum jetzigen Zeitpunkt das Wissen um menschliches Praktizieren von Magie streng begrenzt werden sollte. Das soll verhindern, dass sich Panik in der Community ausbreitet, und am Ende noch jemand auf die Idee kommt, einen Erstschlag gegen die Menschen auszuführen.«

Ich schäme mich. Sicher, ich hatte nicht vor, meine Nachbarn anzugreifen, aber ist es so viel besser, nach den Schutzzaubern zu sehen und im Geiste schon einen Umzug zu planen? Was haben meine Nachbarn je getan, um mich auf die Idee zu bringen, sie könnten mir etwas tun wollen?

Der Luzifer und sein Team haben sich wohl zu Recht für die Geheimhaltung entschieden.

»Das ist sicher klug«, presse ich hervor. »Wer weiß denn Bescheid?«

Fabian ist schon wieder vom Thema abgekommen. Er spielt mit dem Ring an meinem Finger, ein verträumtes Lächeln auf den Lippen. »Der steht dir so gut. Ich wusste es. Du bist die einzige Person, der ich ihn jemals geben würde.«

So lieb das auch sein mag ... »Fabian, wer weiß, dass Menschen Magie praktizieren können?«

»Hm?« Er reißt den Blick von dem Ring los. »Oh. Äh ... ein paar Leute beim CSG. Viele Drachen und Elfen, natürlich. Und die meisten Mitglieder der Community und

Menschen, die mit Mitgliedern der Community verheiratet sind.«

Das ist ein weiterer Schock. Das CSG unterstützt menschliche Magie? Es gab schon immer einige wenige Community-Mitglieder, die Beziehungen mit Menschen hatten. Wir leben schließlich komplett unter ihnen, und es wäre albern, zu denken, man könnte sich ganz von ihnen abgrenzen. Manchmal kann es schwierig werden, aber wir sind im Großen und Ganzen vorsichtig, sodass die Menschen, die in die Community aufgenommen werden, auch wirklich Teil davon werden. Aber trotzdem: Wieso sollte man ihnen beibringen, wie man Magie praktiziert?

Wieder gibt mir mein Gewissen innerlich einen Tritt. Gerade habe ich noch behauptet, diese Menschen seien Teil der Community, und jetzt spreche ich ihnen die Chance ab, ihre eigene Abstammungsgeschichte neu zu entdecken?

Ich atme einmal kräftig durch und versuche, die tiefsitzenden Vorurteile abzuschütteln. »Das ist schön. Ich nehme an, das sind Menschen, denen man zutrauen kann, damit verantwortungsvoll umzugehen.«

Fabian zuckt die Achseln. »Kann sein. Aber ich glaube, der wichtigste Grund dafür war, diese Ehen nicht unbedingt so früh zu Ende gehen lassen zu müssen. Es kann nicht einfach sein, zu wissen, dass man seinen Partner um Jahrhunderte überleben wird.«

Das stimmt natür – Moment. «Was?«

Er blinzelt zu mir hoch und sieht dabei so unschuldig aus, obwohl ich genau weiß, dass er alles andere ist als das. »Was denn, was?«, fragt Fabian.

»Willst du damit sagen, Menschen, die Magie praktizieren, können damit ihr Leben verlängern?« Das ist ja ... wow. Aber es ergibt natürlich auch Sinn. Die anderen Spezies haben alle viel längere Lebensspannen, was vermutlich mit unseren Fähigkeiten zusammenhängt. Wieso sollte die menschliche Lebensspanne nicht an ihre Fähigkeiten, beziehungsweise den Mangel an Fähigkeiten, gebunden sein?

Er nickt. »Es ist der gleiche Zauber, den auch die Elfen nutzen. Ein einfacher Trick, um den Alterungsprozess einzufrieren. Der Luzifer fand es grausam, Liebenden zu verwehren, zusammen zu bleiben, also wurde das Wissen diskret an die weitervermittelt, die es brauchen werden. Natürlich mit entsprechenden Hinweisen auf die notwendige Diskretion.«

Ich schüttele den Kopf. »Natürlich. Ich bin nur ... wow. Ich glaube, ich brauche etwas Zeit, um das zu verdauen.« Ich bin immer noch ganz perplex. »Ich schwöre, ich werde es nicht weitererzählen«, setze ich hinzu. Abgesehen davon, wie brisant die Information ist, würde ich Fabian nicht in Schwierigkeiten bringen wollen. »Heißt das, Rob weiß auch Bescheid? Da Dustin und er zusammen sind.« Das hoffe ich. Es hat mich schon einige Mal traurig gemacht, wenn ich sie zusammen gesehen habe, zu denken, dass sie höchstens noch vierzig oder fünfzig gemeinsame Jahre haben werden.

»Oh ja. Es war ein Riesenthema ... ich erinnere mich nicht mehr, warum. Aber er wird privat von Noah unterrichtet, und ist inzwischen relativ geschickt.« Er klatscht in die Hände. »Oh, und jetzt kann er dir Kunststücke zeigen! Es war schwer für ihn, ein Geheimnis darum zu machen in deiner Gegenwart. Er gibt gerne ein bisschen an.«

Jetzt muss ich kein Schamgefühl unterdrücken, sondern Enttäuschung. Ich dachte, Fabians Familie hätte mich akzeptiert, vielleicht nicht als ihresgleichen, aber wenigstens als jemanden, den sie mögen und dem sie vertrauen. Stattdessen werde ich die ganze Zeit außen vor gelassen.

Ich weiß ja, Fabian und ich werden vermutlich nicht für immer zusammenbleiben, aber nach sechs Monaten, an denen ich regelmäßig die Wochenenden auf Lass es Drachen verbracht habe, dachte ich doch, ich sei wenigstens vorübergehend Teil der Gruppe.

»Stimmt etwas nicht?«, fragt Fabian, und erschreckt mich damit. Er ist in vielerlei Hinsicht sehr aufmerksam, aber normalerweise nicht, wenn es um die Gefühle anderer geht.

»Nein«, sage ich abwehrend. »Ich – ich bin einfach geschockt, schätze ich. Ich hätte niemals erwartet, das zu hören. Äh, warum hast du es mir erzählt?« Ich weiß gar nicht mehr, wie wir auf das Thema zu sprechen gekommen sind.

Fabian ebenso wenig, seiner gerunzelten Stirn nach zu schließen. Ich gebe der Versuchung nach, die gerunzelte Haut zu küssen. Die Falten glätten sich, und der besorgte Ausdruck weicht einem Lächeln.

»Bist du bereit, wieder ins Bett zu gehen?«

Statt zu antworten, ziehe ich ihn hoch und gebe ihm einen Kuss, dann gehe ich voraus zur Tür. Er läuft mir fröhlich nach, dann bleibt er plötzlich im Türrahmen stehen.

Ich schaue über die Schulter. »Was denn?«

»Ich weiß wieder, warum ich es dir erzählt habe. Wir hatten darüber gesprochen, dass es ein Zauber sein könnte, der die Fähigkeiten beeinträchtigt ...«

Zum ersten Mal in meinem Leben spüre ich, wie ich blass werde. »Verdammt. Wenn die Menschen dazu in der Lage waren ...« Könnte das Problem auf einen Zauber zurückgehen, mit dem die Menschheit uns damals auszulöschen versuchte? Ich zwinge mich, logisch und ohne Vorurteile darüber nachzudenken. »Aber sie wollten uns umbringen. Jede Geschichte, die ich je gehört habe, berichtet es. Wir waren kurz vor dem Aussterben, als die Magie sich eingeschaltet hat. Wieso hätten sie einen so langfristigen Zauber wirken sollen, wenn sie ohnehin so kurz davor waren, uns auszulöschen?«

Fabian zuckt die Achseln und schürzt die Lippen. »Ich weiß es nicht. Und ich bin auch gar nicht sicher, ob ihre magischen Fähigkeiten so etwas anrichten könnten. Wir sollten mit Noah reden. Er klopft sich auf die Hüfte, dann sieht er sich suchend um. »Wo ist mein Handy?«

Ich muss lachen, und gebe ihm noch einen Kuss. Was habe ich nur für ein Glück, ihn gefunden zu haben! »Du wirst Noah nicht mitten in der Nacht anrufen. Wir reden morgen mit ihm.« Ich will zwar dringend Antworten, aber meine rationale Seite weiß auch, dass es kein Notfall ist.

Mein neugieriger Drache ist anderer Meinung. »Aber –«

»Bett«, erinnere ich ihn. »Mit mir.«

»Du hast zu viele Sachen an«, ist seine Antwort, wobei er die Finger ins Gummiband meiner Boxershorts schiebt. Ich nehme seine Hand und ziehe ihn daran ins Schlafzimmer.

ZUM ERSTEN MAL ist Fabian vor mir aufgestanden. Er war zwar schon ein paarmal vor mir wach, aber bisher ist er stets noch zum Kuscheln im Bett geblieben. Heute ist er wach, aufgestanden und angezogen, als ich die Augen aufschlage.

Es ist schockierend.

»Alles okay bei dir?«, frage ich, während ich mich stirnrunzelnd aufsetze. Die Decke rutscht auf meinen Schoß herab, und es ist sehr schmeichelhaft, wie er mitten in der Bewegung erstarrt, um meinen Oberkörper anzustarren.

»Guten Morgen, Nippel«, sagt er träumerisch.

Na dann.

»Fabian?« Ich nehme die Tasse Kaffee, die er mir gerade reichen wollte. »Wieso hast du mir Kaffee ans Bett gebracht? Wieso bist du überhaupt wach? Du hast heute gar keine Vorlesung.« Das war der Grund, warum er hier übernachtet hat.

»Psst. Ich bin beschäftigt.« Er nimmt meine freie Hand und legt sie flach auf meine Brust zwischen die Brustmuskeln, dann arrangiert er die Finger so, dass sie gespreizt sind. Ich schaue an mir herunter.

»Fabian, was machst du da?«

»So hübsch«, flüstert er. »Ich werde dir für alle Finger Ringe schenken.« Er streichelt sanft über den Ring, den ich trage. Ich habe mir damit im Schlaf fast den Schädel eingeschlagen, kann mich aber nicht dazu überwinden, ihn abzulegen. Nicht, wenn er ihn mir angesteckt hat. Obwohl ich glaube ich nicht an allen Fingern welche tragen möchte. »Ich brauche ein Foto!«, verkündet er und zieht das Handy aus der Tasche.

»Wovon denn?« Und wieso sitze ich immer noch mit der Hand auf der Brust da? Ich bewege sie, aber Fabian gibt ein schmerzliches Geräusch von sich, das mich innehalten lässt. Stattdessen richtet er die Kamera darauf und sieht mich bittend an. »Du machst Witze.«

»Bitte? Der Ring und deine Brust sind die beste Wichsvorlage aller Zeiten. Eine garantierte Soforterektion.«

Was ich dazu sagen soll? Keine Ahnung, aber ich kann ihm nichts abschlagen, also lasse ich meine Hand da, wo er sie platziert hat, und lasse ihn sein Foto schießen.

»Das zeigst du bitte niemandem«, sage ich warnend, obwohl es vermutlich keine große Sache wäre, wenn es jemand sehen sollte. Es ist schließlich nur mein nackter

Oberkörper. Und doch fühlt es sich wie etwas Privates an, das nur für Fabian bestimmt ist.

Er drückt das Handy an seine Brust. »Niemals! Ich werde dich nicht teilen.«

Seufzend lehne ich mich in die Kissen zurück und trinke einen Schluck Kaffee. »Also ... warum bist du so früh schon auf den Beinen?«

Er klettert auf die Matratze und setzt sich mit gekreuzten Beinen und freundlichem Lächeln zu mir aufs Bett. »Wir müssen mit Noah reden, weißt du nicht mehr? Das ist dir wichtig. Da hätte ich doch nicht den ganzen Tag im Bett liegen bleiben können.«

Mir stockt für den Moment der Atem. Es ist nur eine Kleinigkeit, aber er stellt mich vor seine eigenen Wünsche, ohne dass ich etwas dazu sagen musste.

»Danke«, sage ich mühsam. »Lass mich nur den Kaffee austrinken, dann mache ich mich fertig.«

»Keine Eile«, sagt er. »Ich habe Noah schon angerufen, und er sagte, er kommt vor der Arbeit hier vorbei. Du hast also«, fügt er mit Blick aufs Display hinzu, »etwa eine Stunde Zeit, dich anzuziehen.«

»Hast du gesagt, worum es geht?« Das hat er ganz sicher – wieso sonst sollte Noah hier vorbeikommen wollen? Aber Fabian schüttelt den Kopf.

»Ich habe nur gesagt, wir hätten eine Theorie, die wir gern mit ihm besprechen würden.« Er nimmt meine Hand und nestelt an dem Ring herum, während ich meinen Kaffee trinke. Der Augenblick hat etwas äußerst Intimes, und mein Herz flattert. Ich drehe meine Hand und verflechte unsere Finger. Fabian stockt der Atem. Das Lächeln, das er mir schenkt, ist ... perfekt.

»Ihr glaubt also, die Menschen haben Magie praktiziert, um die Community langsam auszulöschen?«, fragt Noah. »Verflucht nochmal.«

»Es ist nur eine Theorie«, sage ich schnell. »Ich glaube auch nicht wirklich daran; wieso hätten sie einen so langsam wirkenden Zauber nutzen sollen, wenn sie schon so kurz vor dem Sieg standen? Aber ich weiß auch nicht genug über menschliche Zauberkunst, oder das, was damals wirklich passiert ist, um sicher sein zu können.« Ich zögere. »Ich hoffe, du fühlst dich nicht vor den Kopf gestoßen.«

Er prustet spöttisch. »Stellvertretend für die Menschheit? Nee. Ich kann nicht bestreiten, was wir für eine bekloppte Spezies sind, die durchaus etwas so Niederträchtiges tun würde. Manche von uns jedenfalls.« Er nimmt die Tasse, die Fabian ihm reicht. »Danke. Aber ich glaube nicht, dass es möglich wäre.«

Fabian setzt sich neben mich an den Küchentisch. »Also magietechnisch nicht möglich?«

Noah zuckt die Achseln. »Ich lerne noch, was die Grenzen der menschlichen Magie sind; im Wesentlichen läuft es aber auf Wunschdenken hinaus, das in Erfüllung geht. Ihr Zauberer müsst immer genau verstehen, was ihr zu tun versucht, und einen Bann wirken, um ihn umzusetzen. Ich dagegen zapfe die Magie an und sage ihr, was ich will. Manche Sachen können auch komplexer sein, aber im Großen und Ganzen ist das der Prozess.«

Ich versuche, das zu begreifen. »Moment ... wenn du sagst, du zapfst die Magie an, meinst damit *die* Magie? Die von den Drachen als Lebensmacht bezeichnet wird? Die Energie, aus der alles besteht?«

Er nickt. »Japp. Das ist der Unterschied zwischen eurer Zauberkunst und von Menschen praktizierter Magie. Ihr nutzt eure inneren Kräfte. Ich borge mir etwas ... vom Universum, schätze ich.«

Irgendetwas an seinen Worten nagt innerlich an mir, aber ich komme nicht darauf, was. »Angesichts der unendlichen Kräfte, die es gibt, wäre es dann nicht umso einfacher, einen solchen Zauber zu wirken?«

Noah nippt an seinem Kaffee. »Theoretisch vielleicht. Aber die Magie selbst würde es nicht zulassen. Die Menschen haben schließlich ihre Fähigkeiten überhaupt nur vergessen, weil die Magie begriff, was sie damit anstellten, und sich eingemischt hat, zum Schutz der anderen Spezies. Wir verstehen vielleicht nicht, was das Wesen der Existenz motiviert, aber ganz eindeutig findet es Völkermord problematisch. Die Magie hat jetzt schon zweimal gehandelt, um eine gesamte Spezies zu retten.«

»Zweimal?« Fabian horcht sofort auf. »Wann war das andere Mal?«

Ich hebe fragend eine Augenbraue, denn ich dachte gerade das Gleiche. Hat das CSG Aufzeichnungen von vor den Spezieskriegen entdeckt?

Noah grinst. »Ihr seid hier, oder etwa nicht?«

Ich lehne mich nachdenklich zurück, während Fabian stottert: »Du glaubst, Drachen und Elfen sind zur Erde gekommen, weil die Magie sich eingemischt hat, um ihnen zu helfen?«

»Denk doch mal darüber nach.« Er spreizt die Hände. »Es mag vielleicht nicht ganz so dramatisch sein wie die Menschen die gesamte Community vergessen zu lassen, aber es ist doch ein großer Zufall, dass Caolan Alistair getroffen hat, just in dem Moment, als Elfen und Drachen einen Zufluchtsort brauchten. Ich meine, Al lebt noch nicht mal dort, wo Caolan rein zufällig hingelangt war. Und es war der exakt richtige Ort, an dem einen Tag, als Alistair sich dort aufhielt? Eine Person, die ihn direkt zu Percy bringen konnte, der einzigen Person, die autorisiert war, euch Asyl zu gewähren? Das wäre schon ein bemerkenswerter Zufall.« Er zuckt die Achseln. »Oder es war die Magie, die behilflich war.«

Ich fahre mir mit der Hand durch die Haare. »Ich weiß keine Einzelheiten«, gebe ich zu. »Das wurde nicht öffentlich gemacht. Aber es klingt tatsächlich ein bisschen zu perfekt. Wenn man also davon ausgeht, dass wir der Magie zu viel bedeuten, als dass sie zulassen würde, dass wir ausgelöscht werden, was passiert denn dann wirklich? Denn in ein paar Jahrtausenden werden die Spezies der Community keine Kräfte mehr haben. Und für manche ist es dann nicht mehr weit bis zum Aussterben. Wovon sollen Vampire und Inkuben sich ohne ihre Fähigkeiten ernähren?«

Noahs Miene verfinstert sich, vermutlich, weil sein fester Freund ein Vampir ist, und ihn das persönlich betrifft. Nicht, dass er sich darum sorgen müsste – Andrew wird lange tot sein, bis es wirklich soweit kommt. »Ich weiß nicht«, gibt er zu. »Wir müssen etwas übersehen haben.«

Fabian starrt ins Leere, während er mit den Fingern auf den Tisch trommelt. »Kein Zauberbann, kein menschlicher Zauber«, meint er nachdenklich. »Kann man ausschließen, dass es etwas ist, das jemand getan hat?«

»Ich glaube schon. Aber damit sind wir wieder bei Umweltfaktoren.« Ich seufze.

»Wie seid ihr überhaupt darauf gekommen, es könnte Magie im Spiel sein?«, fragt Noah und hebt seine Kaffeetasse an die Lippen, um zu trinken. »Es wäre ein so gigantisches und kompliziertes Unterfangen, für ein Ergebnis, das die Person, die dahintersteckt, selbst nie erleben würde.«

»Ich weiß, aber wir haben versucht, um die Ecke zu denken. Und wenn die Spezieskriege der auslösende Faktor waren, ist es auch nicht so weit hergeholt. Es ist einfach nur unmöglich.«

»Die Spezieskriege«, murmelt er nachdenklich. »Der Effekt begann sich ein paar hundert Jahre später zu zeigen, richtig?«

»Glauben wir. Damals waren sie auch noch minimal. Ohne die Korrelation mit den größeren Auswirkungen über die Zeit könnte man sie statistische Anomalien nennen.«

»Und Umweltfaktoren sind auch zu weit hergeholt, da es ja gleichmäßig über zwei Welten und zwei verschiedene Dimensionen verteilt werden musste, von der Anzahl verschiedener Spezies ganz zu schweigen.« Er stellt seine Tasse mit einem Klicken ab. »Tut mir leid. Ich wünschte, ich hätte mehr helfen können, aber ich sehe einfach nicht, wie es funktionieren sollte.«

»Nicht deine Schuld.« Ich schlucke meine Enttäuschung hinunter. »Äh, ich weiß ja, du musst zur Arbeit, aber könntest du vielleicht, bevor du gehst ...« ich breche ab und mache eine Geste. Schon die Frage ist mir peinlich.

Er grinst. Das sieht man nicht so oft an ihm, und es passt irgendwie gar nicht zu ihm. »Du willst eine Demonstration sehen? Na klar.« Seine Tasse erhebt sich vom Tisch und gleitet hinüber zum Spülbecken, wo sie schwebt, während sich die Tür der Spülmaschine öffnet wie von selbst. Dann stellt die Tasse sich auf den Kopf und platziert sich perfekt positioniert in die Spülmaschine. Ich schaue die ganze Zeit hin, kann aber keinen einzigen Bann erkennen, der auf Zauberei schließen lassen würde. Es ist tatsächlich eine völlig andere Fähigkeit als die, die wir Zauberer haben.

»Danke. Auch fürs Abräumen«, füge ich trocken hinzu.

»Fabian lässt gern Geschirr in der Spüle stehen.« Noah steht leise lachend auf, und Fabian und ich erheben uns ebenfalls.

»Das mache ich nicht *gern*«, protestiert Fabian. »Ich werde nur manchmal von wichtigen anderen Dingen abgelenkt. Ich lasse das Geschirr auch nie allzu lange stehen.«

Kommt wohl darauf an, was man unter »allzu« lang versteht – aber das sage ich nicht, sondern lächle nur liebevoll und hebe seine Hand an den Mund, um ihm einen Kuss darauf zu geben. Das von der Haut erwärmte Metall seiner zahlreichen Ringe streift meine Haut. Es ist ein Gefühl, von dem ich nie gedacht hätte, dass ich es mögen würde, aber das tue ich. Es ist das perfekte Symbol für Fabian.

»Ihr beiden seid sowas von süß, dass ich mich übergeben könnte«, kommentiert Noah und ruiniert die Stimmung. Aber als ich zu ihm hinüberblicke, ist sein Grinsen freundlicher als seine Worte. »Ich hätte nie für möglich gehalten, dass Fabian je eine feste Beziehung haben würde.«

Ich spüre einen Stich der Panik. *Noah, halt die Klappe. Du vergraulst ihn mir noch.* »Das ist ja ein bisschen übertrieben«, platze ich heraus. »Wir haben nur ganz locker etwas laufen.«

Noah runzelt die Stirn, und Fabian schnappt nach Luft, entreißt mir seine Hand und wirbelt zu mir herum. »Wir haben was?«

Nervöse Schmetterlinge stieben in meinem Magen auf. War das schon zuviel? Hätte ich sagen sollen, wir sind nur Freunde? »Äh –«

»Denkst du das wirklich? Dass wir nur *etwas laufen haben*? Wie *konntest* du nur? Ich habe dir einen meiner Ringe gegeben!«

Sein Gesicht ist gerötet vor Gefühlsüberschwang, seine

Augen blitzen empört, und seine spitzen Ohren zucken, und doch weiß ich nicht genau, was los ist. Bedeutet das, er denkt, wir sind ... fest zusammen?

Ich schlucke das Glücksgefühl, das in mir aufsteigen will, hinunter. Vielleicht habe ich etwas missverstanden. Das hier ist mir zu wichtig, um es zu ruinieren – ich will lieber ein bisschen von Fabian haben als gar nichts.

»Fabian –«, krächze ich, dann räuspere ich mich. »Ich dachte, du willst nichts Festes. Freunde, die vögeln. Erinnerst du dich?«

Er stampft mit dem Fuß auf. »Das ist Monate her. Bevor wir uns richtig kannten. Bevor wir unsere gesamte Freizeit miteinander verbracht haben, und bevor ich dir einen meiner Ringe geschenkt habe. Was für ein Dummkopf muss man sein, um nicht zu sehen, dass sich etwas geändert hat und dass man eine Beziehung führt?« Seine Empörung verwandelt sich in Trauer bei seinen letzten Worten, und seine Augen füllen sich mit Tränen. Noah klopft ihm ungeschickt auf den Arm. Er sieht aus, als wäre er überall lieber als hier.

Und damit fühle ich mich, als wäre mir das Herz aus der Brust gerissen worden. Ich habe Fabian zum Weinen gebracht.

»Nein«, presse ich hervor. »Nein, ich ... ich wusste einfach nicht ... ich dachte, du wolltest etwas Unverbindliches, und ich wollte dich nicht vergraulen. Der Dummkopf bin ich«, gestehe ich. »Der größte aller Dummköpfe. Ich wünsche mir nichts mehr, als dass du bei mir bleibst.«

Fabian runzelt schniefend die Stirn. »Du dachtest, ich will etwas Unverbindliches?«

»Das muss ich wirklich nicht unbedingt alles mitkriegen«, murmelt Noah schon auf dem Weg zur Tür.

»War es nicht so? Du hast davon gesprochen, dass wir Freunde sind.«

»Also dann Leute, bis später.« Noah wendet sich hastig zum Gehen. Einen Moment später höre ich die Eingangstür auf- und zugehen, und spüre, wie er durch die Schutzzauber geht.

»Wir sind Freunde«, protestiert Fabian. »So haben wir angefangen. Und dann wurde mehr daraus. Wie in dem Film da.«

Ich blinzele. »Welcher Film?«

Er winkt ab. »Ich weiß nicht, wie er hieß. Der abends im Kabelfernsehen lief.«

»Tja ...« Ich wähle meine Worte mit Bedacht. »Es hat eine Menge Diskussionen über deinen ... äh ... Mangel an langfristigen Beziehungen gegeben. Und ich dachte, du bist vielleicht einfach nicht daran interessiert, eine zu haben. Ich war glücklich mit allem, wozu du bereit warst.«

»Du willst also keine langfristige Beziehung mit mir?«

»Nein! Ich meine doch. Das will ich. Aber nur, wenn du es auch willst. Ich möchte nicht, dass du dich unter Druck gesetzt fühlst oder unglücklich bist.« Ich nehme meinen Mut zusammen, trete näher und nehme sein Gesicht in die Hand, wobei ich mit dem Daumen seine Lippen streife. Unter meiner Handfläche spüre ich die scharfen Konturen seines Knochenbaus, der mir anfangs so fremd schien und heute so vertraut ist wie meine eigene Gesichtsform. »Ich will dich, in welcher Form ich dich haben kann.«

Er atmet tief ein, mustert mich, dann tritt er zurück. Aber bevor mein Herz in tausend Stücke brechen kann, nimmt er meine Hand und hält sie hoch. »Siehst du das?« er tippt mit dem Finger an den Ring, den ich trage. »Das ist ein Ring aus meinem Schatz.«

Ich nicke und klammere mich an meine Hoffnung.

»Drachen teilen ihre Schätze nicht mit jeder beliebigen Person. Wir verleihen nichts daraus. Manche Drachen reden noch nicht mal gerne darüber, was sie in ihrem Schatz horten. Ich kenne Steffen seit tausenden von Jahren und habe keine Ahnung, was sich in seinem Schatz befindet. Ein Schatz ist etwas sehr Persönliches.«

Wieder nicke ich. »Okay.«

»Es gibt Drachen, die niemals etwas aus ihrem Schatz verschenken, noch nicht mal denen, die sie am liebsten haben. Wenn ich dir diesen Ring aus meinem Schatz gegeben habe, ist das ein Symbol dafür, dass du nicht nur ein Freund bist. Wir sind nicht unverbindlich. Wir haben nichts *laufen*. Du bist mein für immer. Ich dachte, du weißt das. Ich dachte, du akzeptierst es. Ich dachte ...« Er bricht ab, weil ihm der Atem stockt, und ich ergreife die Gelegenheit, drehe meine Hand, um seine zu nehmen und ihn an mich zu ziehen.

»Ja. Ich akzeptiere es. Für immer. Das will ich mit dir. Es – es ist mir eine Ehre, den Ring zu tragen. Das war es schon, bevor ich wusste, was er für eine Bedeutung hat. Bitte, es tut mir leid, dass ich das nicht verstanden habe. Sei nicht traurig.«

Er gibt ein Geräusch von sich, das ein ersticktes Schluchzen sein könnte und vergräbt das Gesicht an meinem Hals. »Mir tut es leid. Ich hätte sichergehen sollen, dass du weißt, was ich will. Ich finde es ganz schlimm, dass du dir meiner die ganze Zeit nicht sicher sein konntest.«

Ich halte ihn in den Armen, mein *für immer*, und genieße es, zu wissen, dass ich ihn behalten darf. Zu wissen, dass er genau das Gleiche will. »Lass uns einfach damit abschließen, dass wir besser hätten kommunizieren müssen, und aufhören mit dem Bedauern. Ich will nicht in Reue versinken, wenn wir glücklich sein können.«

»Darf ich dir noch mehr Ringe geben?«, fragt er undeutlich an meinem Hals.

Ich grinse. »Nicht für jeden Finger, aber ja. Ich werde gern deine Ringe tragen.«

Er zieht sich zurück, dann hebt er das Gesicht, um mich zu küssen. »Und du kannst mir welche kaufen.«

Jetzt lache ich laut auf. »Und ich kaufe dir noch welche. So viele du willst, und mehr.«

Er seufzt glücklich. »Kein Wunder, dass die Leute Beziehungen mögen. Man hat ständig Zugriff auf Sex, man hat jemanden, der einem Träume erfüllt, und einen besten Freund zum Kuscheln. Es ist rundum ein Gewinn.« Sein Lächeln wird lüstern. »Lass uns wieder ins Bett gehen.«

Unbedingt. »Das geht nicht«, sage ich entschieden, und ignoriere dabei die innere Stimme, die es für die beste Idee aller Zeiten hält. »Ich muss zur Arbeit. Aber ich mache keine Mittagspause und komme früher nach Hause«, verspreche ich dem schmollenden Fabian.

»Also gut. Ich warte hier.«

Nichts hat sich jemals in meinem Leben so gut angehört.

KAPITEL 14
FABIAN

Nachdem Rhys zur Arbeit geht, mache ich die Küche sauber – in erster Linie, um zu beweisen, dass ich es kann. Es könnte etwas dran sein: Ich lasse das Geschirr manchmal länger in der Spüle als es gut wäre. Wenn ich allein leben würde, würde sich vielleicht Schimmel darauf entwickeln, bevor ich daran denke, mich darum zu kümmern. Aber jetzt, da ich weiß, wie unsicher er sich unserer Beziehung ist, bin ich entschlossen, ihm zu zeigen, wie sehr ich zu ihm stehe. Zu uns.

Hm, hätte ihm erklären können, dass wir ein Seelenpaar sind. Das hatte ich vorhin ganz vergessen. Und ich werde ihm noch einen Ring geben. Sie sehen so gut aus an seinen Fingern, und so bekomme ich sie auch öfter zu Gesicht. Zu schade, dass er mir nicht erlaubt, ihm an jeden Finger einen Ring zu stecken, oder mehrere. Dann könnte er sich nackt ausstrecken, meine Ringe tragen und ...

Ich schüttele die Fantasie ab. Dafür ist später noch genug Zeit ..., wenn ich Rhys erstmal überzeugt habe, sich richtig schmücken zu lassen. Vorläufig muss ich mir etwas einfallen lassen, um ihm zu zeigen, wie echt unsere immerwährende Liebe ist. Ich brauche Rat.

»Morgen, Fabian«, grüßt mich Kethe, als sie den Anruf annimmt. »Du bist nicht irgendwo an einen Baum gefesselt, oder?«

Blinzelnd sehe ich mich um, nur für alle Fälle. Nein, ich bin definitiv im Wohnzimmer bei Rhys. »Wieso sollte ich denn an einen Baum gefesselt sein?«

»Wieso solltest du irgendwo gefesselt sein? Ich habe längst aufgehört, mich zu fragen, wie du manchmal in bestimmte Situationen gerätst. Allerdings sind wir sehr viel weniger in Sorge, seit du mit Rhys zusammen bist.«

Ich verstehe. Sie redet von früher, als ich mit Fremden Sex hatte und die Dinge manchmal etwas aus dem Ruder liefen. Aber das ist lange nicht mehr vorgekommen. Jetzt habe ich Rhys.

»Nein, ich bin nicht gefesselt«, versichere ich. Allerdings erinnert es mich daran, dass Rhys und ich das schon länger nicht mehr gemacht haben. Ich hätte nicht gedacht, dass er darauf stehen würde, weil er anfangs so zurückhaltend war, aber da habe ich mich getäuscht. Er ist erstaunlich scharf darauf, gefesselt zu werden, oder mich zu fesseln. Wir hatten viel Spaß damit. »Aber ich brauche trotzdem deine Hilfe.«

»Stimmt etwas nicht? Alles in Ordnung mit Rhys?« Ich höre im Hintergrund ein metallisches Scheppern, dann Schritte. »Okay, ich sitze. Du hast meine volle Aufmerksamkeit. Sag mir, was du brauchst.«

Ich liebe Kethe.

»Rhys soll wissen, wie sehr ich ihn liebe«, verkünde ich, dann berichte ich, was sich heute Morgen abgespielt hat.

»Er wusste gar nicht, dass du fest mit ihm zusammen sein willst?« Kethe klingt ganz erschrocken. »Aber ... dachte er denn, du sagst allen Leuten, mit denen du zusammen bist, dass du sie liebst?«

Ich halte inne. »Ich soll das wortwörtlich so sagen?«

»Fabian!«

Das soll also ja heißen. »Woher hätte ich das denn wissen sollen? Ich habe das ganze Ding mit der Liebe noch nie gemacht. Ich schlafe nicht mehr mit anderen, und habe ihm einen meiner Ringe gegeben. Müsste ihm nicht klar sein, was das bedeutet?«

Sie seufzt lange und anhaltend, als würde sie mit ihrem Leben hadern. »Er ist doch kein Gedankenleser, Fabian. Bestimmt wusste er, dass er dir wichtig ist, aber nicht, wie weit das geht. Hast du ihm denn immer noch nicht gesagt, dass du ihn liebst? Noch nicht mal heute morgen?«

»Ich habe ihm gesagt, dass er mein für immer ist«, protestiere ich. »Das zählt doch sicher?« Warum ist das so schwierig? In den Filmen ist das nie so.

Obwohl, wenn ich so darüber nachdenke? In den Filmen sagen sie *jedes Mal* »Ich liebe dich.«

»Es ist ein Anfang«, murmelt Kethe. »Wenn du ihm wirklich Sicherheit geben willst, musst du sagen, dass du ihn liebst. Rhys ist nicht wie du, Fabian. Dir ist es buchstäblich egal, was andere von dir halten. Du bist selbstsicher in einem Ausmaß wie kaum jemand sonst. Und du fühlst dich in jedem Umfeld und unter allen Leuten wohl. Du zweifelst nicht daran, dass Rhys dich liebt, weil du es an den Dingen erkennst, die er für dich tut, und du akzeptierst, was sie bedeuten. Aber Rhys sieht, was du für ihn tust, und ich wette, er weiß, dass es bedeutet, dass er dir wichtig ist, und dann hinterfragt er, wie weit das geht. Er stellt jedes kleinste Detail in Frage. Er braucht die Worte, ganz direkt, ohne Ausflüchte.«

Das ist schlimmer als ich dachte. »Du glaubst wirklich, er weiß nicht, was ich fühle?«

»Und selbst wenn, kann es denn schaden, es auszusprechen?«

Sie hat recht. »Es muss etwas Besonderes sein«, beschließe ich. »Was kann ich tun, um es besonders zu machen?«

»Denk darüber nach, was Rhys wichtig ist«, beginnt Kethe, aber ich habe schon eine Idee.

»Wir könnten in dieses Restaurant mit der Dachterrasse gehen, und ich organisiere ein Feuerwerk, das seinen Namen und ›Ich liebe dich‹ in den Himmel schreibt!«

»Geht so etwas überhaupt?« fragt sie zweifelnd. »Ich glaube, so funktionieren Feuerwerke nicht.«

Ich runzele die Stirn. Kann sein. Ich weiß nicht genug über Feuerwerk, um das beurteilen zu können. »Ich rufe dich zurück, Kethe. Jetzt muss ich erst mal zu Feuerwerk recherchieren.«

»Nein! Wenn du damit anfängst, vergisst du alles andere. Nichts, was Recherche erfordert, bitte.«

Hm. Da könnte sie recht haben. »Okay, dann kein Feuerwerk. Wie wäre es mit einem Flashmob? Das wäre ein Riesenspaß, und nichts sagt so deutlich ›Ich liebe dich‹ wie eine Gruppe von Leuten, die ein Liebeslied singen.«

»Fremde, meinst du? In der Öffentlichkeit? Wo ihr total im Mittelpunkt stehen würdet?«

Das soll mir offenbar etwas sagen, aber ich bin nicht sicher, was genau. »Ja?«

»Fabian, glaubst du wirklich, Rhys würde es gefallen, so viel Aufsehen zu erregen?«

Ich denke an meinen Rhys, der schon ganz rosa anläuft, wenn eine Handvoll Leute ihm zuhören, der sich eng an mich schmiegt, wenn wir uns in einer größeren Gruppe befinden. Der mir mal erzählt hat, dass er sein Labor so liebt, weil er dort allein mit seiner Arbeit ist, und ihm niemand zuschaut oder ihn beurteilt. Es ist schon klar, wovon sie redet.

»Essen zu Hause. Und vielleicht ein paar Episoden der Serie, die er zwar nicht mag, aber trotzdem anschaut, weil er an ein paar Figuren hängt.«

Kethe seufzt, dieses Mal erleichtert. »Das klingt perfekt.«

»Ich koche etwas!«

»Das klingt nicht ganz so perfekt. Fabian —«

»Nichts Aufwändiges«, versichere ich beruhigend, obwohl Rhys Käsesoufflé wirklich mag. Das kann doch nicht so schwer zu machen sein, oder? »Und ich koche nach einem Rezept.«

»Was, wenn du abgelenkt wirst?«, fragt sie fordernd. »Glaubst du wirklich, Rhys würde es gefallen, wenn er nach Hause kommt, und die Wohnung abgebrannt ist?«

Es war definitiv die richtige Entscheidung, Kethe anzurufen. Sie denkt an alle wichtigen Details.

»Wie wäre es, wenn ich mit meinen magischen Kräften etwas zu essen mache?«, schlage ich vor. Das habe ich noch nie versucht, aber die Magier-Figur in der Serie, die wir heute vielleicht anschauen werden, tut es, also ist es unter Umständen möglich. Obwohl es eine von Menschen produzierte Serie mit erfundener Magie ist. »Kann man das machen?«

»Ja«, sagt sie zögernd. »Du musst aber genau wissen, wie das Essen aussehen und schmecken soll.«

»Easy!«

»Und du musst dich dabei konzentrieren. An nichts anderes denken. Du willst ja nicht, dass Rhys erstickt, weil du beim ›Kochen‹ an Ringe gedacht hast und aus Versehen einer ins Essen gerät.«

»Das wäre schlecht«, sage ich zustimmend. »Obwohl es interessant wäre, zu sehen, was dabei für ein Ring herauskommt.«

Schweigen.

»Spaß«, versichere ich schnell. »Ich konzentriere mich, versprochen. Und wenn etwas komisch aussieht, bestellen wir eben etwas.«

»Mehr kann man nicht verlangen. Ruf mich an, wenn du in Schwierigkeiten gerätst«, fügt sie hinzu.

»Mache ich. Versprochen.« Ich nehme das Handy vom Ohr.

»Und Fabian?«

Ich hebe das Handy wieder ans Ohr und frage: »Ja?«

»Gratuliere. Ich freue mich so für dich.«

Ich bin selbst überrascht über das breite Lächeln, das ihre Worte auf mein Gesicht zaubern. »Ich mich auch.«

Wie sich herausstellt, ist es wesentlich aufwändiger, einen romantischen Abend zu Hause zu planen als einen Flashmob oder Worte am Himmel schreibendes Feuerwerk zu organisieren. Es reicht nicht, etwas zu essen zu haben. Nach einer gründlichen Suche in den meisten Schränken und Schubladen beschließe ich, für die Inszenierung eine besondere Tischdecke und Servietten zu besorgen. Im nächstgelegenen Kaufhaus finde ich nicht, was ich suche, und ich habe keine Zeit, die ganze Stadt zu durchforsten, also nutze ich erneut die Magie, um welche zu zaubern.

Dann muss ich sorgfältig überlegen, welche Episoden wir anschauen sollten. Es kommt reichlich Mord und Herzschmerz vor, also will ich nicht riskieren, dass Rhys eine Folge aussucht, die die Stimmung zerstört. Es ist nicht einfach, aber glücklicherweise finde ich bei YouTube die Lösung in Form eines vierzigminütigen Zusammenschnitts der romantischen Augenblicke zwischen den beiden von Rhys bevorzugten Charakteren. Ich füge es meiner Favoritenliste hinzu, um es später leichter zu finden.

Dann ... Essen. Da ich nicht wirklich kochen muss, entscheide ich mich doch für etwas Feines. Ich surfe auf ein paar Foodie-Websites, um mich inspirieren zu lassen, da Kethe mir eingeschärft hat, wie wichtig es ist, zu wissen, wie es schmeckt. Ich suche ein Gericht, das ich selbst schon gegessen habe, das elegant ist und das Rhys mag. Es ist so schwer zu entscheiden, dass ich ein paar verschiedene Kostproben erschaffe und sie probiere. Wenn er nach Hause kommt, werde ich fragen, worauf er Lust hat, und ihn dann damit beeindrucken, wie ich es herbeizaubere!

Bleibt nur noch die Atmosphäre. Ich mag zwar kein Experte für romantische Beziehungen sein, aber ich habe schon viel ferngesehen und Filme angeschaut. Ich weiß, wie Romantik aussieht. Wir brauchen Kerzen, jede Menge, auf allen freien Flächen, was einen weiteren Gang ins Kaufhaus bedeutet. Verdammt, daran hätte ich vorhin schon denken sollen.

Wieder im Laden angekommen gehe ich in die Kerzenabteilung. Sie haben eine gute Auswahl, aber nicht so viele, wie ich bräuchte. Ich zähle an den Fingern ab, als sich ein Verkäufer mit vielsagendem Lächeln nähert.

»Kann ich etwas für Sie tun?«

Es ist bei Weitem nicht das erste Mal, dass mich jemand anflirtet, also kenne ich die Anzeichen. Ich bin schon fast darauf eingestiegen – Flirten braucht schließlich nicht unbedingt irgendwo hinzuführen, und Spaß macht es auch

– aber ich bin nicht sicher, wie Rhys' Einstellung dazu ist, und ich habe jetzt eine feste Beziehung. Seine Gefühle liegen mir am Herzen, und ich möchte nichts tun, wobei er sich schlecht fühlen würde.

Also lächle ich einfach höflich. »Haben Sie noch andere Kerzen?«

Das süße junge Ding blickt verwirrt auf die Regale vor mir, in dem Kerzen in verschiedenen Größen und Formen stehen. »Äh ... wie viele brauchen Sie denn?«

Ich zucke die Achseln. »Ich bin nicht ganz sicher? Hundert vielleicht? Oder auch mehr. Aber wenn ich diese Duftkerzen nehme, müssen sie alle gleich duften, denn von gemischten Düften könnten wir Kopfschmerzen bekommen, oder?«

Er blinzelt mich an. »Äh ... möglich? Aber wenn man alle gleichzeitig anzündet, sollten sowieso nicht alles Duftkerzen sein. Das wäre viel zu intensiv. Es sei denn, es wäre ein besonders großer Raum? Oder im Freien.«

Ich schüttele den Kopf und mustere wieder das Regal. »Ein wertvoller Hinweis. Der Raum hat eine gute Größe, ist aber nicht riesig.«

Der Süße – Ryder steht auf seinem Namensschild – runzelt die Stirn. »Wozu brauchen Sie sie denn? Wir haben im Lager noch welche, aber nicht allzu viele.«

Ich hebe die Hände, als wollte ich ein Bild einrahmen. »Es wird ein unvergesslicher, romantischer Abend. Ich werde meinem festen Freund sagen, dass ich ihn liebe.« Es ist das erste Mal, dass ich diesen Begriff in Bezug auf mich selbst benutze, und mich überläuft ein kleiner Schauer. Es fühlt sich gut an.

Ryder beginnt zu strahlen. »Ehrlich? Oh mein Gott, das ist ja episch. Catrina!«, ruft er einer weiteren Verkäuferin zu, die gerade vorbeigelaufen kommt. »Dieser Kunde –« er schaut mich fragend an.

»Fabian«, ergänze ich.

»Fabian will seinem festen Freund sagen, dass er ihn liebt, und will dafür das Zimmer mit Kerzen anfüllen.«

Catrina, eine Frau mittleren Alters, drückt die Hände an die Brust und seufzt. »Wirklich? Das ist wunderbar. Ich wollte, jemand würde mal so etwas für mich tun.« Sie mustert mich von oben bis unten. »Ihr Freund hat wirklich Glück.«

»Ich habe Glück. Jeder Moment mit ihm kommt mir vor wie der beste meines Lebens.«

»Ohhh«, sagen sie wie aus einem Mund.

»Sie wollen also Kerzen im ganzen Raum haben?«, fragt Catrina. »Wie in *Friends*, als Monica Chandler um seine Hand gebeten hat?«

»Genau!« sie versteht mich. »Ganz genau so.«

»Wie meint ihr das?« Ryders Verwirrung ist wirklich bezaubernd. Catrina kneift die Augen zusammen.

»Bitte sag kein Wort, das mich daran erinnert, dass du zu jung bist, um *Friends* zu kennen.«

»Bin ich nicht«, protestiert er. »Ich meine, im Kabelfernsehen kommen manchmal Wiederholungen. Und meine Mom liebt *Friends*.«

»Oh mein Gott, seine *Mom*«, murmelt sie.

»Ähm, können wir uns mal wieder konzentrieren bitte? Mir läuft die Zeit davon«, sage ich, um wieder auf mich aufmerksam zu machen. »Wenn das hilft: Ich habe *Friends* gesehen. Und fand es super.« Ich erwähne mal nicht, dass ich alt genug bin, der Großvater ihrer längst vergessenen Ahnen zu sein. Ich sehe aus wie Zwanzig, das muss reichen.

»Danke«, sagt sie lächelnd. »Okay, Kerzen. Ich will Ihnen

ja nicht den Spaß verderben, denn es ist eine superromantische Idee, aber so viele Kerzen verbreiten Hitze und machen Flecken und außerdem ist die Brandgefahr zu bedenken.«

Meine Stimmung verdüstert sich.

»Aber« fügt sie mit erhobenem Finger hinzu, »es gibt diese coolen batteriebetriebenen Kerzen in der Campingabteilung. Sie könnten beides mischen – echte Kerzen direkt neben Ihnen und den Rest mit Batterien. So müssten Sie nicht die ganze Zeit alle im Auge behalten.«

Hm. »Sehen sie unecht aus? Denn ich möchte, dass es nach etwas Besonderem aussieht und nicht nach Kunststoff.«

Sie bedeutet mir, ihr zu folgen. »Kommen Sie, sehen Sie selbst.«

Wir laufen in die Partyabteilung. Gerade ist relativ wenig los hier, und Ryder ruft unterwegs noch jemandem zu, was wir gerade machen. Manche Kunden hören es, und als wir vor den batteriebetriebenen Kerzen in hübschen Gläsern stehen, haben wir ein kleines Gefolge angesammelt.

»... und dann hat er gesagt, jeder Moment mit seinem Freund fühlt sich an wie die beste aller Zeiten«, sagt Ryder abschließend, und jetzt ist ein ganzer Chor von »ohh«s zu hören.

»Sieht er gut aus, Ihr Freund?«, fragt eine großmütterlich aussehende Frau, und ich zücke zuvorkommend das Handy.

»Er ist wunderschön.« Ich drehe das Handy, um ihnen ein Foto von Rhys bei der Arbeit zu zeigen, mit dieser süßen Falte zwischen den Augenbrauen, die er immer bekommt, wenn er sich konzentriert.

»Ein sehr sexy Nerd«, lobt eine Frau, die ein Kleinkind

in einer Trage vor der Brust hat. »Und er sieht so leidenschaftlich aus.«

»Das ist er«, bestätige ich.

»Und ihr seid monogam? Nicht auf der Suche nach einem
Dritten oder so?«, fragt ein nach Hipster aussehender Typ,
der ein Schnauzbart-Pflegeset im Einkaufskorb hat. Der Rest
der Gruppe dreht sich zu ihm um und starrt ihn an. »Was
denn?«, fragt er defensiv. »Man kann doch mal fragen.«

»Fabian hat vor, eine Liebeserklärung zu machen«, sagt
Ryder mit in die Hüften gestemmten Händen.

»Das heißt nicht, dass sie ihre Liebe nicht teilen
wollen«, erwidert der Hipster. »Du hast doch keine
Ahnung, worauf die beiden stehen.«

»Nicht auf Teilen«, sage ich entschieden. »Trotzdem
danke fürs Angebot. Und jetzt – Kerzen?«

Wir wenden uns wieder den Produkten zu. Sie sehen
viel besser aus als ich gedacht hätte, selbst die, die nicht in
Schraubgläsern stecken. Das Design lässt sie aussehen, als
wären sie halb heruntergebrannt, sodass die »Dochte« im
Inneren der Kerze einen schönen Lichtschein abgeben.

»Wie viele von denen sind denn vorrätig?«, frage ich,
während ich im Geiste schon überlege, wo ich echte Kerzen
hinstellen will und wo diese Variante. Catrina geht im
Lager nachsehen.

»Fabian, mein Junge«, sagt die großmütterliche Frau,
»haben Sie schon überlegt, was Sie anziehen wollen? Ist
alles gebügelt?«

Ich schaue an mir herab. »Kann ich nicht einfach das
hier anziehen?« Meine Kleidung ist sauber und halbwegs
ordentlich. Ein paar kleine Fältchen, aber dazu brauche ich
nicht zu bügeln. Das kriege ich mit Magie im Handum-
drehen weg.

»Nein, das können Sie nicht«, erklärt sie. »Lassen Sie uns in die Herrenabteilung gehen.«

»Ich habe auch noch andere Sachen«, protestiere ich, aber sie nimmt mich am Oberarm und zieht mich mit.

»Da bin ich sicher. Aber die kann ich ja nicht begutachten, Sie werden also einfach neue kaufen müssen.«

Weitere fünfzehn Minuten später hat sie mir – mithilfe der ganzen Entourage – ein Outfit ausgesucht, das ich anprobiert habe und das von allen für akzeptabel befunden wurde. Diese Menschen sind sehr herrisch. Vielleicht ist das ihre geheime Fähigkeit, da sie nicht mehr Magie praktizieren können.

Etwas regt sich in meinem Hinterstübchen, und ich höre auf, mit Mirna (der Großmutter) zu diskutieren, und versuche, mich zu erinnern, was es mir gestern eingefallen war. Es hatte etwas mit Menschen und Magie Praktizieren zu tun ...

Finger schnippen vor meiner Nase. »Fabian, konzentriere dich! Du hast keine Zeit zum Tagträumen.«

Ich blinzele. Sie hat recht. »Ich muss noch einen Ring kaufen.«

Die ganze Gruppe schnappt kollektiv nach Luft. Es ist sehr beeindruckend.

»Willst du ihm einen Heiratsantrag machen?«, fragt Keilie atemlos. Ihr Baby, Morgan, zahnt, und schläft nur, wenn er getragen wird. Sie hält sich seit Stunden in diesem Kaufhaus auf.

»Das könnte verfrüht sein«, meint Hipster Deakin.

Alle anderen starren ihn an.

»Was denn? Er hat ihm noch nicht mal gesagt, dass er ihn liebt. Das muss zuerst passieren.«

»Er hat recht«, gibt Ryder widerstrebend zu. »Er muss

sich deiner Liebe sicher sein, bevor du ihm einen Heiratsantrag machen kannst.«

»Das wollte ich gar nicht. Ich will nur einen Ring kaufen. Vielleicht sogar mehrere.« Ich halte meine mit Ringen verzierte Hand hoch. »Ich mag Ringe.«

Mirna schürzt die Lippen. »Ist das wirklich der richtige Zeitpunkt für unvernünftige Einkäufe? Du hast jetzt an wichtigere Dinge zu denken.«

»Rhys Ringe zu kaufen ist wichtig. Er weiß, wie sehr ich sie mag und dass es etwas bedeutet, wenn ich sie ihm kaufe.« Das sollte er jedenfalls, nach der Diskussion heute morgen. Vielleicht auch schon länger, da er den, den ich ihm gegeben hatte, noch nicht mal zum Schlafen ablegt. »Haben Sie hier Ringe zu verkaufen?«

Ryder und Catrina wechseln einen Blick. »Ja, schon. Suchen Sie etwas Elegantes? Denn davon gibt es nicht viel. Das meiste ist Modeschmuck. Und wir haben nicht wirklich viel Auswahl für Herren.«

»Auch billiger Schmuck kann hübsch sein«, verkünde ich hochtrabend. Mir ist es nicht wichtig, woraus meine Ringe gemacht sind, allerdings muss ich aufpassen sein mit den billigen Stücken, denn sie halten nicht so lange.

Also traben wir in die Schmuckabteilung. Catrina hatte recht, es gibt nicht viele Optionen »für Herren« – ich will gar nicht erst davon anfangen, wie töricht die Einteilung von Schmuckstücken nach Geschlecht anstatt nach Stilrichtung ist ... aber es gibt eine recht gute Auswahl an Ringen für Frauen, also suche ich einfach etwas aus, das mir gefällt, in einer Größe, die Rhys und mir passen wird. Sie haben ein paar hübsche Stücke mit zarter Filigranarbeit, mit und ohne einfache Steine, und einige wirklich schicke, auffällige Designs. Rasch habe ich mich für vier Ringe entschieden.

Als ich das Kaufhaus schließlich in Gesellschaft des Grüppchens wieder verlasse, schiebe ich einen Einkaufswagen, in dem sich diverse Kerzen, Batterien für einen Teil von ihnen, ein neues Outfit, Accessoires und außerdem ein Teddy befinden, der »Ich liebe dich« sagt. Letzterer war Deakins Idee, für den Fall, dass ich es nicht gut rüberbringen sollte. Sie helfen mir noch, alles ins Auto zu laden, geben die ganze Zeit weitere gute Ratschläge, dann legen sie eine WhatsApp-Chatgruppe an, damit ich allen Bescheid sagen kann, wie es heute Abend gelaufen ist. Ich glaube, ich bin gerade von einer Truppe Menschen adoptiert worden, und habe schon Angst davor, was Percy und Brandt – und Steffen – dazu sagen werden, wenn sie es erfahren. Möglich, dass Steffen mein Handy konfisziert und mich für immer in meinem Zimmer einsperrt.

Was soll's. Ich mag Menschen. Sie sind so ahnungslos und interessant – sie halten ihre Götter für real und glauben, sie hätten keine magischen Kräfte.

Wieder bei Rhys angekommen – darf ich es wagen, zu sagen: bei uns? – beeile ich mich, alles vorzubereiten, und als ich fertig bin, sieht es umwerfend aus hier. Ich dusche mich schnell ab, ziehe meine neuen Sachen an und warte darauf, dass er nach Hause kommt.

Fünf Minuten später ist mir bereits sterbenslangweilig. Ich gebe mir Mühe, nicht wieder anzufangen zu arbeiten, oder auch nur an etwas zu denken, das mich ablenken könnte, denn ich will merken, wenn Rhys nach Hause kommt, und ihm meine volle Aufmerksamkeit widmen. Aber ich brauche etwas zu tun, sonst explodiert mein Gehirn noch vor Langeweile.

Also zücke ich das Handy und suche nach »Feuerwerk-Buchstaben«. Kethe hatte gesagt, das gibt es nicht, aber es ist möglich, dass sie sich täuscht. Sie ist schließlich keine

Expertin für Feuerwerk. Und obwohl ich ihr zustimme, dass ein ruhiger Abend zu Hause eine viel bessere Option für dieses Date ist, will ich doch vielleicht irgendwann in der Zukunft Rhys eine Botschaft mit Feuerwerk zukommen lassen.

Aber es scheint, als hätte Kethe ziemlich recht. Man kann zwar Worte aus einzelnen Buchstaben bilden, aber die epische Liebeserklärung in kursiver Schrift, die mir vorschwebt, ist bisher nicht umsetzbar. Aber dann führt ein Kommentar auf einer Website mich einen unerwarteten Pfad zum Konzept von Drohnen.

Drohnen mit Beleuchtung.

Es wäre wie eine von Glühwürmchen geschriebene Botschaft!

Ich könnte einen ganzen *Schwarm* Drohnen haben, die ein ganzes *Gedicht* über Liebe in den Himmel schreibt. Vielleicht könnten manche von ihnen sogar Glitzer verteilen. Glitzer ist einfach etwas Besonderes. Nichts ist ein so gutes Symbol für Liebe wie Tage später noch winzige Glitzerpartikel in der Unterwäsche zu finden. Was ist Liebe, wenn nicht kleine Glitzerpartikel, die am Körper kleben?

Oder so ähnlich. Ich habe immer noch nicht alle Details begriffen, was diese Beziehungs-Sache angeht.

Da höre ich das Garagentor aufgehen und stecke das Handy weg. Als Rhys hereinkommt, einen müden, aber glücklichen Ausdruck im Gesicht, begrüße ich ihn lächelnd mit einer Umarmung.

»Hi«, sagt er, offensichtlich erfreut. »Das ist ja schön.«

»Du bist mir wichtig«, verkünde ich, und sein Lächeln wird weicher.

»Danke, Fabian. Du bist mir auch wichtig.« Er küsst mich, ein sanfter, warmer Kuss, der keine Vorstufe zu Sex ist. Bevor ich mit Rhys zusammen war, habe ich nicht oft solche Küsse bekommen, doch jetzt sehne ich mich danach. Einfach mit jemandem zusammen sein und ihn küssen wollen, in seiner Nähe sein wollen ... das ist etwas Besonderes.

Als wir uns schließlich voneinander lösen, vergrabe ich mein Gesicht an seinem Hals und atme tief seinen Duft ein. Er ist so warm und wohltuend. Das ist mein Platz, an dem ich einfach seine Gesellschaft genieße.

»Hi«, murmelt er. »Glaubst du, wir können den Flur jetzt verlassen?«

Ich lache und löse mich aus der Umarmung. »Ich denke schon. Ich habe ganz besondere Pläne für uns. Du solltest duschen und dich umziehen.«

»Gehen wir irgendwo hin?« Er klingt ein bisschen enttäuscht, und ich bedanke mich im Geiste bei Kethe, der Stimme der Vernunft.

»Nein! Besondere Pläne nur für uns, hier zu Hause.«

Da ist das Lächeln wieder, strahlend und ein bisschen scheu, aber definitiv glücklich, den Abend mit mir verbringen zu dürfen. Ich versetze mir innerlich einen Tritt dafür, ihm auch nur eine Sekunde Unsicherheit zugemutet zu haben. Mein Wissenschafts-Nerd braucht eine Menge Streicheleinheiten und Bestätigung, und ich werde in Zukunft jeden Tag dafür sorgen.

Ab jetzt.

»Bevor du gehst: Ich habe etwas für dich besorgt. Genau genommen zwei Sachen.« Ich greife in die Tasche und ziehe die Ringe hervor, die ich für ihn ausgesucht habe. Zwei von den vieren sind schon an meiner Hand, aber diese beiden habe ich nur für ihn gekauft. »Du musst sie nicht gleichzeitig tragen«, füge ich hinzu, weil mir einfällt, dass er gezögert hat, an jedem Finger einen Ring zu tragen.

»Und wenn sie dir nicht gefallen, finde ich noch andere, die ich dir schenken kann.«

Er sieht sich die Ringe an, die ich in seine Handfläche gelegt habe, und sein Lächeln wird noch breiter. »Danke, Fabian. Sie sind sehr schön.« Er lächelt wissend. »Du willst mich wirklich mit Ringen schmücken, stimmt's?«

»Ja«, gebe ich zu. »Die Vorstellung, dass du meinen Schatz am Körper trägst, ist sexy wie nichts zuvor in der Geschichte aller Zeitrechnung.«

Jetzt überrascht mich sein Kuss, und er ist wesentlich erregender als der erste. Als wir uns schließlich voneinander lösen, beide verstrubbelt, verschwitzt und außer Atem, flüstert Rhys mir ins Ohr: »Ich liebe die Vorstellung, dein persönliches Ringmodel zu sein.«

Dann zieht er sich zurück. »Ich gehe duschen. Ich bin schon gespannt auf deine Pläne.«

… Pläne?

»Also dieses Essen war ausgezeichnet«, sagt Rhys lächelnd, während er seine Serviette auf den Tisch legt. »Fabian, du hast eine Gabe, das perfekte Date zu planen.«

Ich lächele zurück, sehr zufrieden mit mir. Das Essen war gelungen, und es war ein Kinderspiel, es herbeizuzaubern. Keine Ahnung, wieso Leute sich beschweren, wenn sie kochen müssen. »Das war erst der Anfang«, verspreche ich. »Bleib sitzen und trink deinen Wein aus, ich bereite kurz etwas vor.«

Er sieht neugierig aus. »Ich könnte schon mal abwaschen«, bietet er an, aber ich schüttele den Kopf.

»Ich mache die Küche sauber, bevor wir ins Bett gehen, aber du sollst nicht abwaschen. Das soll ein romantischer

Abend werden. Schmutziges Geschirr ist nicht romantisch.«

Er küsst mich auf die Wange und sagt: »Alles, was ich mit dir mache, ist romantisch.«

Ich pruste und hebe eine Augenbraue. »Wirklich?«

»Na gut, nicht alles.« Er lacht. »Aber ich hatte das Gefühl, es wäre das, was ich bei einem romantischen Date mit dir sagen sollte.«

Ich reiche ihm sein halb leeres Weinglas und gehe ins Wohnzimmer hinüber. Er war noch nicht hier drin, seit er nach Hause gekommen ist, was auch gut so ist, denn die Kerzen sind überall. Ich brauche fast fünfzehn Minuten, um alle zu entzünden beziehungsweise anzuknipsen. Ich könnte meine Magie dazu nutzen, aber das würde sich anfühlen wie Betrug. Gehört es nicht zur Romantik, sich Mühe zu geben? Ich musste schon ein Essen herbeizaubern, um Rhys nicht aus Versehen zu vergiften, aber das hier kriege ich sehr gut hin.

Aber ich bin auch zu neunundneunzig Prozent sicher, Rhys in meiner Abwesenheit abwaschen zu hören – mein Gehör ist ausgezeichnet, und dieses platschende Geräusch macht man beim Weintrinken nicht. Ich könnte ihm Vorwürfe machen, aber wenn es ihn glücklich macht, wieso sollte ich ihm den Spaß verderben?

Das hält mich nicht davon ab, ihn vorwurfsvoll anzuschauen und den Kopf zu schütteln, als ich wieder in der Küche ankomme. Er lächelt verlegen und stellt den letzten Teller ins Abtropfgestell. »Tut mir leid?«

»Gar nichts tut dir leid. Aber jetzt ist es ja schon passiert. Komm, es ist Zeit zum Kuscheln vor dem Fernseher.«

»Du hast die besten Ideen.« Folgsam läuft er mir ins Wohnzimmer nach, dann bleibt er stehen und schnappt nach Luft. Ich grinse. Es sieht großartig aus. Das ganze Zimmer ist von Kerzen erleuchtet und erweckt den Eindruck einer warmen, einladenden, romantischen Höhle.

»Oh wow, Fabian.« Er hebt kurz die Hand an die Lippen. »Wie hast du das nur fertiggebracht?«

»Ich hatte Hilfe«, gebe ich zu. Das konstante Vibrieren eintreffender Textnachrichten in meiner Tasche ignoriere ich schon seit einer Stunde, da ich recht sicher bin, dass es nur Nachrichten von meiner Menschen-Truppe sind, die wissen wollen, wie es läuft. Und vielleicht auch von Kethe. Wenn es ein Notfall wäre, würden sie sich auch bei Rhys melden.

»Es ist wunderbar.« Er nimmt mich in die Arme und drückt mich an sich. »Ich bin der größte Glückspilz aller Zeiten.«

Mir liegt auf der Zunge, etwas in der Art zu erwidern, dass *ich* eigentlich der Glückspilz bin, aber die Worte bleiben mir im Hals stecken. Denn er glaubt wirklich, dass es ein Glück für ihn ist, mit mir zusammen zu sein. Kethe hatte recht, ich hatte noch nie in meinem Leben Selbstzweifel, habe nie meinen Platz in der Welt oder meinen eigenen Wert infrage gestellt. Und doch habe ich mich noch nie so begehrt und geliebt gefühlt wie in diesem Moment, in dem Wissen, dass Rhys sich glücklich schätzt, mich in seinem Leben zu haben.

Diese ganze Sache mit der Liebe ist besser als jede Droge, die ich je ausprobiert habe, selbst dieses Unkraut im Sumpf, von dem ich als Jungdrache zwei Tage lang Schluckauf bekommen habe, bei dem mir kleine Blümchen aus dem Mund kamen.

»Ich auch«, presse ich schließlich hervor. »Na komm.« Ich ziehe ihn zur Couch und kuschele mich an seine Wärme. Im sanften Kerzenschein sieht seine Haut aus, als

LOUISA MASTERS

würde sie leuchten, aber noch strahlender ist seine Miene. Das war die beste Methode, ihm zu zeigen, was ich fühle.

Ich fische das Handy heraus und starte das gespeicherte Video auf dem Fernsehschirm.

»Was ist ... « Er bricht ab, und sein Mund bleibt offen stehen. »Wir schauen uns einen Malec-Zusammenschnitt an?«

»Vierzig Minuten der romantischsten Augenblicke«, bestätige ich. »Ich brauche aber noch Tipps, um dich weiter mit meinen Dating-Künsten zu beeindrucken.«

Er lacht, nimmt aber meine Hand und verflicht unsere Finger. Sieht so aus, als hätte ich auch damit richtig gelegen.

Allerdings stimmt das mit den Tipps. Rhys findet diese Serie gar nicht so toll, sieht sich aber wegen dieser beiden Charaktere manche Episoden mehrfach an. Es muss wohl so etwas sein wie das geheime Sammelalbum.

Und siehe da, ein paar Minuten, bevor er seufzt und lächelt, verstehe auch ich, was ihm gefällt. Beide Schauspieler sind extrem sexy, und es gibt leidenschaftliche Küsse, gefühlvolle Momente, intensive sexuelle Spannung und lachende Zweisamkeit.

Doch dann kommt eine Trennung, und ich setze mich abrupt auf. »Was?! Nein! Es sollte doch romantisch sein! YouTube ruiniert mir unseren Date-Abend!«

»Das ist glaube ich nicht die Schuld von YouTube«, murmelt Rhys, ohne den Blick vom Bildschirm abzuwenden. »Und es ist doch romantisch. Er trennt sich von ihm, weil es die einzige Möglichkeit ist, Magnus seine Magie zurückzugeben, ohne die er sich nicht komplett fühlt.«

Ich drehe mich um und starre meinen Freund von der Seite an. »Was?«

Rhys seufzt, nimmt die Fernbedienung und hält das

Video an, dann dreht er sich zu mir um. »Was meinst du mit ›was‹?«

»Erklär mir, wieso sie sich trennen.«

»Vielleicht sollten wir mal die ganze Serie zusammen anschauen«, meint Rhys nachdenklich. »Die langweiligen Szenen könnten wir überspringen.«

»Ich bezweifele, dass das schneller gehen würde, als wenn du es mir jetzt gleich erklärst.« Ich bin es nicht gewohnt, der Geduldige, Logische in dieser Beziehung zu sein, aber er kann ja wohl nicht ernsthaft glauben, dass es die Antwort ist, die ganze Serie anzugucken.

»Wahrscheinlich nicht«, gibt er zu. »Okay, also: Magnus – der da –«, beginnt er und zeigt auf den Bildschirm – »ist ein Zauberer, der magische Kräfte hat. Er hat sie aber an seinen Vater abgegeben, um einen Freund von Alec zu retten. Alec ist sein fester Freund, der da«, fügt er erklärend hinzu. »Dessen Vater ist ein Dämon – nicht so wie unsere, sondern so einer, die Menschen für Ausgeburten der Hölle halten.«

»Das war sehr edel und aufopfernd von ihm, aber wenn du sagst, er fühlt sich nicht mehr komplett, bereut er es wahrscheinlich. Und wie soll er durch die Trennung seine Zauberkräfte wiedererlangen?«

»Alec ist zum Vater von Magnus gegangen und hat einen Pakt mit ihm geschlossen: Magnus bekommt seine Kräfte wieder, wenn die beiden sich trennen.«

Ich denke darüber nach. »Das ist aber ein echt mieser Pakt«, bemerke ich dann. »Hat der Höllendämon etwas gegen die Beziehung?«

Rhys schüttelt den Kopf. »Er will Magnus manipulieren und glaubt, das wird einfacher, wenn er mit gebrochenem Herzen ohne Alec zurückbleibt.«

»Schlau von ihm. Nicht, dass ich seine Handlungen

gutheiße, aber all mein Wissen über Kriege in der Vergangenheit beweist ziemlich klar, dass es die beste Strategie zum Sieg ist, den Feind zu isolieren und zuzuschlagen, wenn er geschwächt ist.«

Er wirft mir einen merkwürdigen Blick zu. »Das ist ... nicht das, was du daraus mitnehmen solltest.«

Oh. Ich versuche es nochmal. »Der Höllendämon sollte sich schämen. Ich hoffe, Angus und Mac finden eine Möglichkeit, wieder zusammenzukommen und die magischen Kräfte zu behalten.« So. Ich lächle, zufrieden mit mir.

»Magnus und Alec«, korrigiert er.

Upps.

»Und so kommt es auch«, fährt er fort. »Aber dann passieren noch – weißt du was, wie sollten einfach weiter gucken.« Er nimmt die Fernbedienung in die Hand, zögert aber, um mich fragend anzuschauen.

»Was denn?«

»Würdest du dich auch nicht mehr komplett fühlen, wenn du deine magischen Kräfte verlieren würdest?«

Die Frage trifft mich wie ein Schlag. Keine Ahnung, wieso – wir hatten ja nur über das Thema gesprochen. Es ist eine logische Frage nach dem Gespräch. Und doch nimmt es mir den Atem.

»Ja.« Ich klinge heiser, und schlucke. »Vor allem, weil meine Fähigkeit als Gestaltwandler an die magischen Kräfte geknüpft ist. Ohne sie wäre ich für immer in ein und derselben Form gefangen.« Mich schaudert es bei der Vorstellung. Gefangen in zweibeiniger Form wäre meine natürliche Gestalt für immer verloren. Meine Fähigkeit, zu fliegen. Wenn ich aber in Drachenform bleiben müsste, würde ich alles verlieren, was meine zweibeinige Gestalt mir gibt, angefangen mit denen, die keine Drachen sind, und die mir so ans Herz gewachsen sind. Wir Drachen sind jetzt keine Wesen mehr, die nur eine Gestalt haben ... meine Seele ist daran gebunden, sowohl Drache als auch Zweibeiner zu sein. Nur noch eines davon zu sein, würde mich aus dem Gleichgewicht bringen –

Ach. Du. Scheiße.

Ich setze mich auf.

»Fabian?«, fragt Rhys erschrocken.

»Ich brauche das Archiv«, sage ich abrupt.

»Äh ... okay.«

Nein, Moment, heute ist unser Abend. Das kann warten. Wenn ich recht habe, wird ein Abend mehr oder weniger keine Rolle spielen. Und wenn ich unrecht habe, ist es sowieso egal.

Entschlossen verschiebe ich die ganze Idee auf später und mache es mir wieder auf der Couch bequem, dann lächle ich meinen wunderschönen, verdutzten Freund an. »Ich kümmere mich morgen darum. Heute ist unser Abend.«

Er lächelt, immer noch verwirrt, aber glücklich, und drückt wieder auf Play, dann schmiegt er sich an mich.

Auf dem Bildschirm geht die Szene weiter, und ich zwinge mich, im Hier und Jetzt zu bleiben und nicht mehr über magische Kräfte und deren Verlust nachzudenken, der nicht nur die Person betrifft, die sie verliert. In der nächsten Szene im Zusammenschnitt küssen die beiden sich, also geht es vermutlich aufwärts, doch dann sind sie schon wieder getrennt? Und der Große, dessen Name nicht Mac ist, vergießt Tränen.

Diese Serie ist eine emotionale Achterbahn, dabei sehe ich nur kleine Ausschnitte davon.

Aber es endet mit einer Hochzeit, bei der alle lächeln und glücklich aussehen, und Rhys seufzt zufrieden. »Das war wunderbar. Danke, dass du mich so verwöhnst.«

Das ist mein Stichwort, und plötzlich bin ich nervös. Wie absurd! Ich bin absolut sicher, dass Rhys mich auch liebt, und dass wir für immer zusammenbleiben werden. Und doch wollen meine Hände zu zittern anfangen, während ich mich darauf vorbereite, zu sprechen.

»Dich zu verwöhnen ist das, was ich bis ans Ende unserer Tage machen will«, sage ich. »Ich liebe dich.«

Ihm bleibt der Mund offen stehen, dann stürzt er sich auf mich und küsst mich so leidenschaftlich, dass unsere Zähne aneinanderstoßen. Es ist mir egal – es ist die perfekte Reaktion.

Dann löst er sich wieder von mir, strahlt mich an, und sagt: »Ich liebe dich auch. So sehr. Und das hier«, fährt er mit einer Geste auf den ganzen Raum fort, »ist großartig, aber alles, was ich brauche, bist du.«

»Du hast mich«, versichere ich ihm. »Wie ist deine Haltung zu mit Feuerwerk in den Himmel geschriebenen Namen?«

KAPITEL 15
RHYS

ALS ICH AM Samstag nach einem romantischen Abend, der mit sehr athletischem Sex endete, erwache, habe ich ein Lächeln auf den Lippen. Ich bin relativ sicher, dass es das gleiche Lächeln ist, mit dem ich eingeschlafen bin. Ich hatte wunderbare Träume von Fabian als Shadowhunter. Spoiler: Er war nicht allzu erfolgreich, sah aber sehr verführerisch aus. Und es gelang ihm trotzdem, mich aus den Klauen der Monster zu befreien, die mich gefangen hatten.

Offenbar habe ich eine kleine Rettungsfantasie.

Mit leisem Lachen stemme ich mich hoch und blicke mich um. Fabians Bettseite ist leer, und er ist nicht hier, was vermutlich bedeutet, dass er unten arbeitet. Ihm war gestern Abend etwas eingefallen, wie mir nicht entgangen war, und er ist wahrscheinlich schon ganz ungeduldig, der Sache nachzugehen, was auch immer es war. Und doch ist er gestern Abend bei mir geblieben.

Und ja, allerdings – ich fühle mich heute sehr selbstzufrieden. Ich werde von einem großartigen, sexy Drachen geliebt, der alle Register gezogen hat, um mir deutlich zu

251

zeigen, wie viel ich ihm bedeute, und dabei sogar seine andere große Liebe ignoriert hat: seine Arbeit.

Seufzend recke ich mich, dann rolle ich mich zur Bettkante und stehe auf. Fabian arbeitet vielleicht gerade, aber wir haben vor, am Nachmittag nach Lass es Drachen zu fliegen. Es wird Fabian guttun, mit seiner Familie zu Abend zu essen und dort zu übernachten. Wir verbringen an den Wochenenden regelmäßig ein paar Stunden mit seiner Familie, und zwar nicht nur, weil Fabian sich regelmäßig verwandeln muss. Wenn es nur das wäre, könnte er das unter der Woche tun, wenn ich bei der Arbeit bin. Er hat schließlich keine regelmäßigen Arbeitszeiten.

Nein, wir sind so oft dort, weil es ein zweites Zuhause geworden ist. Ich liebe Fabians Sippe – sogar Steffen – und sie mögen mich anscheinend auch. Jetzt, da ich weiß, dass Fabian mich nicht nur als Freund und praktische Sexgelegenheit sieht, ist es leicht, meine Unsicherheit abzulegen, die mich so gehemmt hat, und zu erkennen, dass ich auch für sie nicht nur ein »netter Kerl, der mit Fabian zusammen ist« bin.

Ich gehe ins Bad, um mich zu erleichtern und kurz abzuduschen, und als ich in ein Handtusch gewickelt wieder ins Schlafzimmer trete, klingelt mein Handy. Es ist Sura, und ich zögere nur eine Sekunde, bevor ich den Anruf annehme. Gestern hatte sie sich die ganze Geschichte zu Fabians und meinen Missverständnissen anhören müssen, und mir anschließend eine Stunde lang die Leviten gelesen, weil ich Fabian nicht mitgeteilt hatte, was meine Erwartungen an eine Beziehung sind. Sie hat verdient, zu hören, wie es ausgegangen ist.

»Hi«, sage ich zur Begrüßung.

»Selber hi. Du hattest den Auftrag, mir gestern Abend noch telefonisch oder mit einer Textnachricht Bescheid zu sagen, wie das Gespräch mit Fabian verlaufen ist. Ich bin extra wach geblieben!«

»Bist du nicht. Wahrscheinlich warst du sowieso wach. Oder du bist ausgegangen.« Ich bin ziemlich sicher, dass sie gestern von einer Party gesprochen hat, zu der sie gehen wollte.

»Darum geht es nicht«, antwortet sie ausweichend, also habe ich recht. »Es geht darum, dass du die Anweisung hattest, mir zu erzählen, wie es lief.«

»Ich hatte überhaupt keine solche Anweisung. Fabian hat mich mit einem fantastischen Essen und einem Geschenk erwartet, das mir gezeigt hat, wie viel ich ihm bedeute, wir haben zusammen die romantischste halbe Fernsehstunde aller Zeiten angeschaut, und dann hat er mir gesagt, dass er mich liebt. Ich glaube, er kennt meine Bedürfnisse, was unsere Beziehung betrifft, sehr genau.«

Schweigen.

»Wow«, sagt sie schließlich. »Das zeigt wirklich, wie gut er dich kennt. Und bestätigt meine Argumentation, dass alles deine eigene Schuld war. Er wusste nicht, dass du unglücklich warst, weil du es ihm nicht gesagt hast.«

»Ich war nie unglücklich«, sage ich abwehrend, während ich aufstehe und mit einer einfachen Zaubergeste meine Kleidungsstücke aus dem begehbaren Kleiderschrank hervorzaubere. »Ich war unsicher.« Dann stelle ich das Handy auf Lautsprecher um, lege es aufs Bett und ziehe mich an. Sura wird wahrscheinlich noch eine Weile weiter dozieren, und da Fabian nicht hier ist, ergibt es keinen Sinn, nackt zu bleiben.

Kaum hatte ich diesen Gedanken, als ich durchs Haus rennende Schritte höre.

»Rhys!« Fabian platzt herein, während ich mein T-Shirt

überziehe. »Komm und sieh dir das an.« Er nimmt mich an der Hand.

»Guten Morgen, Fabian«, sagt Sura trocken aus dem Handylautsprecher.

Fabian schaut abwesend hin. »Hi, Sura. Er ruft dich zurück. Das hier ist wichtig.« Er sieht besorgt aus, aber seine Augen leuchten. Das muss wohl etwas Großes sein.

»Bis später, Sura«, sage ich langsam, während ich nach dem Handy greife. Worum es wohl geht? Um das, was ihm gestern Abend einfiel?

»Ja, bis dann. Tschüs.« Sie lacht noch, als der Anruf unterbrochen wird.

Ich lasse mich von Fabian aus dem Schlafzimmer in die Küche hinunterziehen, wo sein Laptop und sein Notizblock zwischen einem unordentlichen Stapel Papier liegen.

»Ich habe heute Morgen deinen Drucker benutzt«, sagt er, als er meinen Blick bemerkt.

»Das ist in Ordnung, das weißt du doch. Aber was ist das?« Die Schrift auf den Seiten ist für mich unlesbar, vermutlich ist das seine Muttersprache – oder eine andere tote Sprache, möglicherweise.

»Ich glaube, ich habe die Antwort gefunden, Rhys. Ich weiß, wieso eure Fähigkeiten nachlassen.«

Ich habe das Gefühl, mir würde der Boden unter den Füßen weggezogen, und stolpere zu einem Stuhl, um mich festzuklammern, dann beschließe ich, mich lieber hinzusetzen. »Ehrlich?«, krächze ich.

Er zuckt die Achseln. »Ich glaube schon. Ich muss noch Brandt bitten, sich bei der Lebensmacht zu erkundigen. Aber es ergibt alles Sinn.«

»Ist es ... lässt es sich wieder in Ordnung bringen?«

Jetzt hält er inne. »Theoretisch ja. Aber die Lösung

könnte schlimmer sein als das Problem. Kommt darauf an, wie man es betrachtet.«

Zugegeben, das hört sich schlimm an.

»Eines nach dem anderen, bitte«, sage ich. Ich versuche, ganz ruhig zu klingen und nicht so, als würde ich mich am liebsten übergeben. »Und dann müssen wir wohl alle anderen, die an dem Projekt arbeiten, dazu rufen, schätze ich. Und Brandt oder ... jemandem wie ihm Bescheid sagen.« Brandt, der Luzifer und der Elfenkönig können direkt mit der existenziellen Magie in Kontakt treten – wenn sie überhaupt mit jemandem kommuniziert, dann mit ihnen. Wenn Fabians Theorie stimmt, werden sie es alle bestätigen und sagen können, ob die angestrebten Lösungen funktionieren werden. Wie das genau geht, weiß ich nicht, aber so wie ich gehört habe, hat die Magie bei den Ereignissen, die zur Migration der Elfen und Drachen zur Erde führten, eine entscheidende Rolle gespielt.

Jemand muss mir das bei Gelegenheit ausführlicher erklären. Sobald das jetzige Problem gelöst ist, vielleicht.

»Es beschäftigt mich schon seit Monaten«, sagt er und setzt sich neben mich, dann dreht er den Bildschirm des Laptops so, dass wir beide ihn sehen können. »Etwas im Zusammenhang mit Menschen. Etwas, das ich gehört oder gelesen hatte, und das mir nicht einfallen wollte. Aber gestern Abend kam ich durch Angus und Mac wieder darauf.«

Ich beiße mir auf die Lippe, um ihn nicht zu verbessern. Es ist jetzt unwichtig, und ich will ihn nicht ablenken. Auch wenn ich es unverständlich finde, dass jemand sich die Namen von Malec nicht merken kann.

»Wie denn?«, frage ich stattdessen.

»Als Angus seine magischen Kräfte verloren hat, war er nicht mehr ganz. Und wenn es mir zustoßen würde, wäre ich es auch nicht, aber es würde auch mein Umfeld betreffen. Ich hätte nicht mehr die Fähigkeit, die Gestalt zu wechseln. Unsere Beziehung würde sich verändern, oder sogar scheitern. Meine Familie wäre betroffen. Mein Job. Wenn alle Drachen ihre magischen Kräfte verlören, würde es die ganze Welt betreffen. Alles müsste sich ändern, um sich dem anzupassen, wie wir uns verändert hätten.«

»Okay«, sage ich langsam.

»Wir haben darüber gesprochen, ob es aus der Umwelt kommen könnte. Dass es etwas sein müsste, das sich in zwei Dimensionen verändert und sich auf alle Spezies auswirkt.«

Ich schüttele den Kopf. »Aber das hatten wir ausgeschlossen. Es gibt nichts, das sich so gleichmäßig in beiden Dimensionen verändern könnte, dass es alle Spezies beeinträchtigt.«

»*Doch*. Die Lebensmacht selbst.«

Es fühlt sich an, als wäre der gesamte Sauerstoff aus dem Raum abgesaugt worden.

»Die Magie?«, frage ich atemlos. »Du glaubst, die existenzielle Magie, aus der alles besteht, hat ein Problem?« Oh nein, Verdammt. Nein, verdammt nochmal. »Sind wir ... glaubst du, wir stehen vor dem ...« Ich kann den Satz nicht beenden. Der Gedanke an eine Apokalypse oder schlimmer, an das Ende aller Dinge, das ist zu viel ohne Kaffee.

Ich brauche Kaffee.

»Gibt es Kaffee?«, frage ich, und schneide Fabian das Wort damit ab. Er blinzelt mit offenem Mund und deutet dann auf die Ablage. Ich stolpere von meinem Stuhl, um mir eine Tasse Kaffee zu nehmen, dann komme ich zu ihm zurück, während ich das den Nebel im Gehirn vertreibende Elixier schlürfe. »Okay. Sorry. Du wolltest gerade sagen, dass das Ende der Welt nah ist.« Dann stürze ich den Rest Kaffee hinunter.

Er klingt, als würde er leise lachen. »Nein, das wollte ich nicht. Der Welt geht's gut. Und die Lebensmacht hat auch nicht unbedingt ein *Problem* in dem Sinne.«

Vorsichtig setze ich die Tasse ab, mit etwas lauterem Klick, als ich erwartet hatte. Es schwappt aber zum Glück nichts über. »Fabian, erkläre bitte schneller und mit sehr viel weniger Drama. Ich glaube nicht, dass ich die Spannung aushalten kann.«

Er sieht fast gekränkt aus. »Ich bin überhaupt nicht dramatisch. Aber gut. Denk mal darüber nach. Wir hatten die ganze Zeit alle Elemente direkt vor der Nase, haben sie aber nie zusammengefügt.«

»Fabian!«

»Was passierte, kurz bevor die Fähigkeiten zu schwinden begannen?«

Ich funkele ihn an, aber er wartet einfach auf meine Antwort. »Die Spezieskriege.«

»Und was genau?«

Ich weiß nicht, was er meint. »Die Beinahe-Vernichtung der Community?«

»Durch ...?«

Gleich erwürge ich ihn.

»Durch die Menschheit«, sage ich schneidend, doch dann beginnt mir ein Licht aufzugehen. »Verdammt, die Menschheit. Sie haben die Erinnerung an uns verloren. Aber wie sollte das ...?« Dann verstehe ich auch den Rest. Das Wissen, das ich erst kürzlich erlangt habe. »Ihre Fähigkeit, Magie zu praktizieren.«

»Genau«, bestätigt Fabian kopfschüttelnd. »Ich weiß gar nicht, wie uns das entgangen ist.«

»Erkläre mir deinen Gedankengang.« Ich bin immer noch nicht sicher, ganz folgen zu können.

»Es geht um die Balance. Die Lebensmacht balanciert alles, was existiert. Wir sehen das nicht immer, denn manchmal passiert die Kehrseite der Medaille nicht hier. Die Lebensmacht hat alles und überall zur Verfügung ... wir tun vielleicht etwas, aber der ausgleichende Effekt geschieht vielleicht woanders.«

»Klar. Wie beim Schmetterlingseffekt.«

Er starrt mich verständnislos an. »Was?«

Ich winke ab. »Egal. Du glaubst, das Ergebnis davon, dass Menschen die ihnen angeborenen Fähigkeiten nicht nutzen, ist, dass wir unsere auch einbüßen? Um alles auszugleichen?« Ich glaube, ich fange gleich an, zu hyperventilieren.

Die Begeisterung in Fabians Miene weicht der Besorgnis. »Rhys, du musst dich beruhigen. Atme tief durch.« Er nimmt meine Hand und legt sie auf seine Brust. »Atme gleichzeitig mit mir.«

Allein seine Berührung beruhigt mich schon, und ich beginne folgsam, mit ihm gemeinsam tief ein- und auszuatmen. Die Gedanken an den Verlust meiner Fähigkeiten als irgendeinen kosmischen Balanceakt schiebe ich beiseite.

Schließlich lächelt Fabian und beugt sich vor, um mir einen Kuss zu geben. »Na bitte. Es wird alles gut.«

Ich lasse mich an die Stuhllehne zurücksinken, ohne seine Hand loszulassen. »Wie kann das sein? Du hast selbst gesagt, dass du daran zerbrechen würdest, wenn du deine Magie verlieren würdest. Du wärst nicht mehr komplett. Das trifft auch auf mich zu.« Ich blinzele gegen die Tränen. »Ist es wahrscheinlich, dass der Prozess sich beschleunigt? Ich weiß jetzt, dass es nicht so aussieht, als würden unsere

Fähigkeiten uns noch zu meinen Lebzeiten ganz verloren gehen, aber warum geschieht es dann so langsam?«

Fabian drückt meine Hand. »Weil die Lebensmacht uns ermöglichen will, alles in Ordnung zu bringen.«

»... dieses graduelle Schwinden geschieht also, weil die Magie auf unserer Seite ist und möchte, dass wir es aufhalten?«, fragt Imani. Sie klingt so verwirrt wie ich mich auch fühle. Fabian und ich haben fieberhaft herumtelefoniert, und es gelang uns innerhalb weniger Stunden, alle in die Räume der DEA zusammen zu bitten, und jetzt sitzen uns einige Leute gegenüber, die nicht begeistert sind, samstags zur Arbeit zu kommen, nur um mitgeteilt zu bekommen, das Problem, das alle so beschäftigt habe, sei die Quittung für den Regelverstoß einer anderen Spezies.

»Ja«, sagt Fabian an alle in dem vollen Raum gewandt. Das Projektteam ist anwesend, außerdem der Elfenkönig und seine engsten Berater, der Luzifer und sein Seniorteam, sowie Brandt, Percy, Sophie und Steffen – der sichtlich angespannt ist, Brandt mit so vielen anderen auf engem Raum zu sehen. »Meiner Meinung nach schon. Mir fällt kein anderer Grund ein. Die Lebensmacht braucht Balance, kennt aber den Preis dafür, sowohl psychologisch als auch praktisch gesehen, also gibt uns dieser graduelle Rückgang Zeit, das zu korrigieren; sollte das nicht gelingen, hat es auf diese Weise den geringstmöglichen Effekt auf den Rest der Welt. So würden unsere Fähigkeiten langsam abnehmen, bis sie kaum noch genutzt werden können, während gleichzeitig Methoden entwickelt werden können, das zu kompensieren; und eines Tages wird es eine Generation geben, die sie gar nicht mehr hat.« Er spreizt die Hände. »Sie können nichts vermissen, was sie nie gekannt haben.«

Ich brauche nicht um mich zu blicken, um zu wissen, wie alle darauf reagieren.

»Aber wenn das ein Ergebnis davon ist, was die Menschheit hier auf der Erde getan hat, wieso betrifft es uns dann auch?«, fragt Caolan. »Bis vor Kurzem waren wir so gut wie völlig getrennt von der Erde, was bis auf eine Zeit zurückgeht, die vor ...« er sucht das richtige Wort, »dem Ereignis lag.«

»Dem Ereignis?«, fragt Alistair Smythe, ein Höllenhund aus dem Team des Luzifer, spöttisch lachend.

»Klappe, Alistair«, sagen mehrere Anwesende im Chor.

Ich will es gar nicht unbedingt wissen.

»Aber unsere Dimensionen sind – waren – verbunden«, erläutert Fabian. »Während unserer ganzen Geschichte waren wir niemals in der Lage, zu anderen Dimensionen zu reisen außer hierher.« Er sieht die ältere Elfin an, die neben dem König sitzt. »So steht es jedenfalls in den Aufzeichnungen der Drachen. Eerika?«

Sie nickt. »In denen der Elfen ebenso. Es gab Portale zu anderen Dimensionen, aber die waren entweder nicht bewohnbar bis zu dem Punkt, dass man kaum dorthin gelangen konnte, oder die Elfen, die dort hingingen, kamen nicht wieder. Die Erde war der einzige Ort, der gefahrlos besucht werden konnte.«

»Und das taten wir auch regelmäßig, bis die Spezies-kriege ausbrachen«, sagt der König traurig mit Blick auf Brandt. »Sind wir aufgrund unseres Hochmuts betroffen? Hätten wir etwas tun können, um die Menschheit von ihrem Kurs abzubringen?«

Brandt seufzt. »Ich weiß es nicht. Vielleicht haben wir

uns auch zu schnell zurückgezogen und die Community der Menschheit überlassen.«

»Wir sollten uns vor Schuldzuweisungen hüten«, sagt der Luzifer leise, und ich nutze die Gelegenheit, ihn mir genauer anzusehen. Er ist erst einige Jahre im Amt, und ist jünger als jeder andere Luzifer, von dem ich je gehört habe, also jung wie ein Mensch. Ich glaube, er ist erst um die Vierzig. Es ist fast schon unheimlich, zu denken, dass er die Macht über die ganze Welt in der Hand hält.

Aber die Magie steht hinter ihm. Die gleiche Magie, die uns langsam alles wegnimmt, das uns zu dem macht, was wir sind.

Ich unterdrücke meine Übelkeit und höre wieder zu.

»... jetzt, da wir begreifen, was geschieht, müssen wir die nächsten Schritte überdenken«, sagt Sam, der Luzifer. »Du hast recht, Fabian. Deine Theorie ist von der Magie bestätigt worden.«

Fabian sieht unwillkürlich zu Brandt hinüber, der nickt, der König ebenfalls.

»Wow. Okay, das ist ... nun ja, gut ist es nicht. Aber immerhin wissen wir jetzt, womit wir es zu tun haben.«

Noch nie habe ich Fabian so verunsichert klingen hören. Aber dann atmet er durch und sein Selbstvertrauen kehrt zurück.

»Beim nächsten Teil bin ich nicht ganz sicher«, sagt er und klingt dabei alles andere als unsicher. »Meine Hoffnung ist, dass die Lebensmacht es bestätigen wird, oder uns wenigstens wissen lassen wird, ob wir auf dem richtigen Weg sind.«

»Ihr Plan, das Problem zu bewältigen, meinen Sie?«, fragt Imani, die zwar geschockt aussieht, aber nicht ganz so sehr wie die anderen Anwesenden.

»Ja. Ich glaube, um das, was geschieht, zu stoppen oder sogar rückgängig zu machen, muss die Balance wiederhergestellt werden.«

Eine Weile herrscht verwirrtes Schweigen. Das hatte Fabian mir noch nicht erzählt, also bin ich genau so schlau wie alle –

»Kommt überhaupt nicht in Frage, verflucht nochmal!«, brüllt Gideon Bailey, und die meisten zucken zusammen. Er springt mit wildem Blick auf. »Über meine Leiche werde ich das zulassen!«

Was ... oh.

Nein, verdammt nochmal.

Ich wende mich an Fabian. »Du willst die Menschen daran erinnern, dass sie Magie praktizieren können?«, zische ich. »Ihnen von uns erzählen? Bist du *verrückt* geworden?«

Ein Raunen geht durch den Raum. Elfen und Drachen sind still. Die meisten halten sich zurück, aber wir anderen ... tja, wir haben neuntausend Jahre damit verbracht, uns vor der Menschheit verborgen zu halten, nachdem sie versucht hatte, uns auszurotten. Und ganz ehrlich sieht recht wenig von dem, was sie sich gegenseitig antun, danach aus, als würden sie nicht das Gleiche wieder versuchen, wenn sie von uns wüssten.

Fabian hebt die Hände. »Die Entscheidung liegt nicht bei mir«, sagt er tröstend. »Ich zeige nur eine Möglichkeit auf.«

»Es ist leider auch die einzige«, sagt der Luzifer, der so klingt, als müsste er sich die Worte mühsam abringen. Alle sehen ihn an, Münder öffnen sich schockiert. »Gideon, setz dich wieder hin«, sagt er zu seinem Partner. »Die Magie bestätigt, dass der einzige Weg, den Rückgang unserer Fähigkeiten aufzuhalten, ist, die Balance wieder herzustellen ... indem die Menschheit wieder lernt, Magie zu praktizieren.«

»Verdammt«, sagt Noah, der einzige Mensch in der Runde. »Verdammt verdammt verdammt. Das ist *keine* gute Idee, Sam.«

Der Luzifer zuckt hilflos die Achseln. »Entweder das, oder dabei zuschauen, wie unsere Fähigkeiten nach und nach dahinschwinden. Ich – ich kann die Vorstellung nicht ertragen, dass Shifterkinder nie Gestaltwandeln lernen sollen.«

Ein Chor von Geräuschen kommt von allen Shiftern im Raum, der mir fast das Herz bricht.

»Ich kann es nicht glauben«, sagt Imani, der die Tränen über die Wangen laufen. »Sie werden uns umbringen. Wie soll das denn eine Balance sein? Sie werden uns auslöschen, und es wird keine Balance geben.«

Ich bekomme keine Luft. Sie hat recht, und ich habe einen Schmerz in der Brust, und ich kann nicht atmen. Was auch immer wir tun, unsere Nachkommen sind verloren. Entweder sterben sie im Kampf gegen die Menschheit, oder sie entwickeln sich zurück zu etwas, was auch so gut wie menschlich ist. Noch schlimmer ... ich schaue zu Andrew Turner hinüber, einem Vampir, von dem man munkelt, er sei bei der Unterzeichnung der Magna Carta dabei gewesen. Ohne ihre Fähigkeiten würden Spezies wie Vampire und Inkuben buchstäblich verhungern. Das, was wir sonst essen, reicht ihnen nicht zum Überleben. Können sie sich in der verbleibenden Zeit ausreichend weiter entwickeln, um darauf verzichten zu können?

»Okay«, sagt David, der heute zum ersten Mal spricht. Sein Ausdruck zeugt von verbissener Entschlossenheit, obwohl er blasser ist als gewöhnlich. »Das ist ... nicht ideal, aber ...« Er bricht ab. »Sam, ist das absolut sicher? Der einzige Weg, den Verfall aufzuhalten ist, den Menschen von uns zu erzählen?«

Der Luzifer öffnet den Mund, dann hält er inne und runzelt die Stirn. »Könntest du die Frage wiederholen, bitte?«

David und Andrew wechseln einen Blick. Andrew setzt sich auf und fixiert den Luzifer. »Ist die einzige Möglichkeit, den Verlust unserer Fähigkeiten aufzuhalten, den Menschen zu verraten, dass es uns gibt?«

Der Luzifer sieht nachdenklich aus. »Nein.«

Ein Murmeln macht sich breit. »Aber ihr habt gesagt«, setzt Imani an, doch David hebt die Hand.

»Wir müssen den Menschen also nicht verraten, dass es uns gibt?«, fragt er, wobei er den Luzifer scharf beobachtet.

»Nein.«

»Wie vermeiden wir das?«, will Noah wissen. »Lassen wir sie denken, sie hätten die Magie selbst entdeckt? Sie würden vermutlich trotzdem Massenvernichtungen anrichten.« Er zuckt zusammen. »Sollte ich vielleicht eher ›wir‹ sagen als ›sie‹?«

»Nein«, höre ich mehrere Anwesende sagen.

»Du bist einer von uns«, sagt Andrew entschieden.

»Noah hat aber nicht unrecht«, meint David nachdenklich. »Sam, wäre das Problem damit gelöst, wenn Menschen wieder lernen, Magie zu praktizieren, ohne von der Community zu erfahren?«

Der Luzifer nickt langsam, dann schaut er zu Brandt und dem Elfenkönig hinüber. »Es scheint ein recht klares Ja zu sein.«

»Ich verstehe es auch so«, bestätigt Brandt und der König nickt.

»Ich ebenfalls.«

Erleichterung erfüllt mich, aber die verflüchtigt sich

bei Gideons nächsten Worten. »Das reicht nicht. Wenn ihr den Menschen – allen Menschen – Magie in die Hand gebt, werden sie diese Welt in Schutt und Asche legen. Wir wären innerhalb von Jahrzehnten, nicht Jahrhunderten, alle tot, und wir wären unter Umständen sogar gezwungen, unsere Existenz zu offenbaren, um uns zu schützen.«

»Müssen es unbedingt alle Menschen sein?« Ich habe gefragt, bevor ich es mir verkneifen konnte. Es ist das erste Mal, dass ich ein Wort zu jemandem außer Fabian sage. Schließlich gibt es keinen offiziellen Grund für meine Anwesenheit hier; ich bin einfach nur Fabians Begleiter.

»Äh ...« der Luzifer wirkt verblüfft. »Nein.«

»Was soll das heißen?«, fragt David frustriert. »Es wäre jetzt wirklich mal ein guter Zeitpunkt für klare Aussagen.«

Ich beschließe, meine Theorie weiterzuspinnen. »Die Menschen sind uns zahlenmäßig überlegen; um also eine Balance zu erzielen, müssten nicht alle Menschen Magie praktizieren. Nur eine Anzahl, die unserer Population entspricht.« Ich schaue unsicher zu Brandt hinüber. Ihn kenne ich besser als den Luzifer, und ich fühle mich wohler damit, ihn anzusehen. »Oder?«

»Ja«, sagt Brandt zustimmend. Er strahlt.

»Das ist ein ausgezeichneter Hinweis, äh ... Rhys war Ihr Name, nicht wahr?«, bemerkt der Luzifer.

»Rhys Griffiths, Sir.« Ich hebe grüßend die Hand, dann zwinge ich mich, sie wieder sinken zu lassen. Jetzt wäre sicher der falsche Zeitpunkt, mein soziales Handicap unter Beweis zu stellen.

»*Dr.* Griffiths«, fügt Fabian stolz hinzu. Ich fühle mich rot werden, aber innerlich schmelze ich dahin, weil er so mit mir angibt.

»Rhys leitet die Studie, die zeigt, dass regelmäßiger Sex

die metaphysische Gesundheit verbessert«, erklärt David, wobei er mich von der Seite anlächelt.

»Dafür wollen Gideon und ich uns auch anmelden«, verkündet der Luzifer. »Jetzt ganz besonders, da diese Studie offenbar dabei helfen wird, unsere metaphysischen Muskeln aufzubauen, sobald die Balance wieder hergestellt ist.«

»Wie bitte?«, fragt Gideon fordernd. Es wäre sicher beängstigend, wenn er nicht gleichzeitig seinen Partner so verliebt anhimmeln würde. Wie kann man innerhalb von wenigen Sekunden von geradezu absurd beängstigend zu schwärmerisch umschwenken?

Der Luzifer tippt sich an die Stirn und sieht Brandt und den König an. »Das habe ich jedenfalls so verstanden.«

»Ich ebenso«, bestätigt König Raðulfr. »Sobald die Balance wieder besteht, können wir beginnen, die Einschränkungen rückgängig zu machen.«

David kneift die Augen zusammen. »Der erste Schritt ist also, unsere Bevölkerungszahlen festzustellen ... ich nehme an, einschließlich der Elfen, aber nicht der Drachen?«

Die drei Regierenden nicken.

»Okay. Dann bestimmen wir eine entsprechende Anzahl Menschen, denen beigebracht werden kann, Magie zu praktizieren, hoffentlich, ohne dass sie gleich beschließen, gegen uns in den Krieg zu ziehen und uns alle zu vernichten.«

»Anfangs vielleicht erstmal solche wie mich«, schlägt Noah vor. »Solche, die schon zur Community gehören. Ehepartner, Eltern, Kinder. Wir unterrichten bereits einige von ihnen, also wird das Programm einfach schneller ausgeweitet als geplant.«

»Die könnten uns helfen, andere auszuwählen, denen

man vertrauen kann«, fügt Alistair hinzu. »Sie wissen, was auf dem Spiel steht und haben selbst Interesse daran, die Community zu schützen. Und sie haben sich als vertrauenswürdig erwiesen, indem sie unser Geheimnis vor Freunden und Familie bewahrt haben. Sie würden vermutlich keine ungeeigneten Personen empfehlen und uns damit schaden.«

»Das könnte dennoch passieren«, widerspricht Gideon. »Ein Großteil der Arbeit des CSG besteht darin, mit versehentlichen Enthüllungen umzugehen. Was, wenn jemand, den man für vertrauenswürdig hält, irgendeinen irrwitzigen Groll hegt, und die neu erlernten magischen Kräfte nutzt, um sich an einem Ex zu rächen oder so?«

»Dafür gibt es das CSG«, erinnert ihn der Luzifer. »Wir bauen die Operative weiter aus, rufen vielleicht eine Abteilung für menschliche Magie ins Leben oder so. Das gehört zu unseren Aufgaben.«

Der König und Brandt wechseln einen Blick. »Die DEA wäre interessiert, Menschen-Management zu einer zwischenstaatlichen Funktion zu erheben«, sagt seine Majestät. »Wir leben alle in dieser Welt mit Menschen zusammen, und ich vermute, sowohl Elfen als auch Drachen werden früher oder später untereinander heiraten.«

»Danke«, sagt der Luzifer. »Das klingt nach einer großartigen Idee. Ich denke, die Organisation können wir David und Caolan überlassen?«

Alle Anwesenden stimmen zu.

»Es ist ein Anfang«, sagt David, »aber die Menschen werden trotzdem anfangs noch knapp sein.«

»Was ist mit Wicca-Anhängern?«, fragt Noah. »Die befassen sich schon auf dilettantische Weise mit der Magie. Wir könnten ihnen zeigen, wie sie ihre Fähigkeiten verbessern können. Das wichtigste Credo ihrer Religion ist, keinen Schaden anzurichten, also sollten sie kein großes Risiko darstellen.«

»Die Idee gefällt mir.«

Ich bin nicht der einzige Anwesende, der Gideon verblüfft anschaut. Etwas *gefällt* ihm? Ist das möglich? Also abgesehen vom Luzifer natürlich.

»Daran sollten wir uns halten«, fährt er fort. »Menschen und Organisationen, die sich zu friedlicher Gesinnung bekennen. Es muss doch welche geben. Und Menschen wie Noah, die bereits Teil der Community sind, können sich in diese Organisationen begeben und ihnen zeigen, wie man Magie praktiziert, dabei aber sehr deutlich betonen, wie wichtig es ist, es geheim zu halten, um möglichen Missbrauch zu verhindern.«

»Nicht Noah«, sagt Noah sofort. »Bitte nicht Noah.«

»Dabei bist du ein so guter Lehrer«, sagt Andrew boshaft. »Das sagen alle.«

»Diejenigen, die nicht schreiend davonlaufen, jedenfalls«, fügt Alistair hinzu. »Was denn? Ihr braucht mich nicht so vorwurfsvoll anzusehen. Noah weiß selbst, was er für ein Kotzbrocken ist.«

Noah nickt. »Das habe ich kultiviert. Es hält mir die Nervensägen vom Leib. Die meisten von ihnen jedenfalls.«

Ich glaube, ich muss hier raus, bevor ich noch meinem Entsetzen Ausdruck gebe. Diese Leute bilden unsere Regierung. Was hat die Magie sich nur dabei *gedacht*?

Obwohl ... sie scheinen es ja offenbar ganz gut zu machen, denn sie haben Systeme etabliert, die ermöglicht haben, das größte Problem, das wir bislang zu bewältigen hatten, zu einer Lösung zu bringen.

Jetzt ergreift David wieder das Wort. »Okay, wir beginnen also damit, und sehen, wie weit wir damit kommen. Es ist immerhin ein Anfang. Fabian, du sagtest, ein Teil der Informationen, die dich zu diesen Schlüssen gebracht haben, entstammen einem Aufsatz über menschliche Magie?«

Schweigen.

Ich schaue zu meinem Freund hinüber und merke, dass er vollkommen in Gedanken ist. Percy seufzt, Brandt lacht leise, und ich stupse ihn an, bevor sein glasiger Blick noch anderen auffällt. Vielleicht denken sie, dass er sich seine Antwort genau überlegt, anstatt das ganze Gespräch zu ignorieren.

Er zuckt zusammen, als mein Ellbogen seine Rippen berührt. »Was denn?«

David wiederholt mit amüsiert aufblitzenden Augen seine Frage.

»Ja. Er wurde von Achatius verfasst. Ich hatte vor, ihn übersetzen zu lassen und euch zu senden, aber dann ist es mir entfallen.«

»Die DEA kann sich um die Übersetzung kümmern«, bietet Caolan an.

»Gibt es noch weitere Aufzeichnungen zu menschlicher Magie?«, fragt David. »Aus denen wir mehr dazu erfahren könnten?«

»Bestimmt.« Fabian zuckt die Achseln. »Ich kann eine Suche starten, wenn es gewünscht ist?«

»Ich kann helfen«, fügt Eerika hinzu. »Wir hätten von Anfang an gründlicher nachforschen sollen.«

»Und Rhys kann mit seinem Forschungsprojekt fortfahren«, sagt David abschließend. »Es sieht so aus, als würden wir es zukünftig noch weiter ausbauen.«

»Natürlich«, presse ich hervor. Ich versuche, nicht durchzudrehen bei der Vorstellung, dass eine von mir ausgedachte Studie die seit Jahrtausenden stattfindende

Schädigung unserer metaphysischen Gesundheit heilen soll. Wenn das Ganze nicht so top secret wäre, dass es nicht publik gemacht wird, um keine allgemeine Panik auszulösen, wäre ich jetzt berühmt.

Die Besprechung löst sich auf, nachdem David versprochen hat, allen weitere Informationen von Noah zukommen zu lassen, wozu Noah eine Grimasse zieht – und als sich der Raum zu leeren beginnt, kommen Brandt und Percy zu uns.

»Ausgezeichnete Arbeit, ihr beiden«, sagt Percy mit herzlichem Lächeln, und sofort habe ich das Gefühl, eine Auszeichnung erhalten zu haben. »Ihr habt die Community gerettet.«

»Es liegt noch viel Arbeit vor uns«, sage ich bescheiden.

»Aber nichts davon könnte geschehen, wenn wir nicht so großartig wären«, fügt Fabian hinzu. Ich verschlucke mich fast, weil ich so lachen muss.

»Was ging dir denn durch den Kopf?«, fragt Brandt. »Es muss wichtig gewesen sein, wenn noch nicht mal das Schicksal der Welt deine Aufmerksamkeit fesseln konnte.«

»Es war ausgesprochen wichtig«, bestätigt Fabian würdevoll. »Ich denke darüber nach, auch Brustwarzenringe in meinen Schatz aufzunehmen.«

»Du willst dir die Brustwarzen piercen lassen?«, fragt Sophie, die sich zu uns stellt, neugierig.

Er schüttelt den Kopf. »Oh nein. Sie sind nicht für mich.«

Alle schauen mich an.

»Abgelehnt. Nein, Fabian.« Ich werde mir nicht die Nippel piercen lassen, nur damit er mich mit noch mehr Ringen schmücken kann.

Er lächelt zuversichtlich. »Du musst ja nicht sofort entscheiden. Wir haben Zeit. Also, eine ganze *Ewigkeit*.«

Brandt klatscht in die Hände. »Stimmt ja, Kethe sagt, es gibt große Neuigkeiten, was eure Beziehung angeht.«

»Es ist kompliziert«, erklärt Fabian ernst. »Rhys war nicht bewusst, dass ich ihn liebe, weil ich es nicht explizit ausgesprochen hatte. Er dachte, wir hätten nur unverbindlich etwas miteinander. Also habe ich einen episch romantischen Abend geplant.« Er klopft mir auf den Arm. »Jetzt weiß er es.«

Bestimmt wäre ich peinlich berührt, mein Privatleben so offenzulegen, aber ich komme jetzt schon seit einem halben Jahr regelmäßig unter Drachen. Ich weiß, wie sie ticken. Privatsphäre ist eine Illusion.

»War es wirklich ein episch romantischer Abend?«, fragt Percy mit blitzenden Augen. Er versteht besser als jeder andere auf Lass es Drachen, wie interessant es sein kann, mit einem Drachen zusammen zu sein.

»Er hat alle Register gezogen und dabei berücksichtigt, was ich wollen würde. Es war perfekt.« Ich lächele Fabian an und versuche, nicht allzu hin und weg auszusehen. In den letzten dreißig Stunden hat sich für mich so viel verändert. Ich muss nicht mehr befürchten, alles könnte im Nu wieder zu Ende sein – und dadurch ist alles anders geworden.

»Das habe ich«, bestätigt er stolz. »Obwohl ich nach wie vor glaube, ein Feuerwerk wäre episch gewesen. Ach, ich habe ganz vergessen, meiner Truppe Bescheid zu geben.«

Äh ... »Du hast was?«

Er zückt das Handy. »Die Menschen, die mir gestern beim Einkaufen geholfen haben. Sie waren alle sehr beeindruckt davon, wie romantisch ich bin. Außer Deakin. Der hat immer wieder gefragt, ob wir nicht einen Dritten suchen.« Er hört auf, zu tippen und sieht mich an. »Tun wir nicht, oder? Ich habe nein gesagt, aber wenn du wollen würdest, wäre er eine gute Wahl.«

Das darf ja wohl nicht ... »Definitiv nicht«, sage ich schwach, und jetzt klopft Sophie mir tröstend den Arm.

»Das wird schon«, murmelt sie. »Ich bin so froh, jetzt einen Zauberer in der Familie zu haben.«

Irgendwie fühle ich mich auch nicht besser, wenn ich das höre.

EPILOG
FABIAN

Es gibt kaum etwas Wunderbareres als im Lebenden Archiv zu stöbern, wenn mein nackter, mit Ringen geschmückter Freund neben mir liegt. Er hatte die letzten Daten aus der Studie überflogen, aber jetzt liegt sein Tablet vergessen auf der Matratze neben ihm, und er döst ein bisschen.

Er ist perfekt.

Oder vielmehr wäre er es, wenn er einverstanden wäre, sich die Brustwarzen piercen zu lassen.

Nein, er ist definitiv auch so schon perfekt. Die Nippel wären nur ein netter Bonus. Ich habe schon nach Körperschmuck gesucht, und dabei die wunderbarsten mit Schnörkeln verzierten silbernen Brustwarzenringe mit grünem Stein gefunden, die perfekt zu seinen Augen passen würden. Es gab auch ein passendes Stück für ein Prince-Albert, und ich konnte kaum noch an etwas anderes denken als daran, wie hübsch sein Schwanz mit einem Piercing aussehen würde.

Penispiercings werde ich aber erst erwähnen, nachdem die Nippel gepierct sind, und er zugibt, dass es das mag. Und das wird er früher oder später. Mein Rhys ist abenteuerlustiger als er denkt. Jahrelange Selbstzweifel haben ihn gebremst, aber jetzt beginnt sein wahres Ich aufzublühen.

Und selbst wenn er sich nie piercen lässt – ich liebe ihn trotzdem mehr als meinen eigenen Atem. Ich wusste gar nicht, dass man so empfinden kann. Er ist die einzige Person, für die ich bereitwillig und ohne Zögern Archivzeit aufgeben würde, einfach um mit ihm zu reden. Denn mit Rhys zu reden ist wichtiger als Wissen über die Drachen- spezies zu bewahren.

Außerdem hat er wesentlich mehr Sexappeal als mein Briefbeschwerer, und er gibt mir Streicheleinheiten.

Er rührt sich neben mir und murmelt verschlafen: »Was machst du da?«

Ich streiche über die samtige Haut, die seinen Bizeps umhüllt, und antworte: »Nur weiter nach Informationen zu menschlicher Magie suchen. Schlaf ruhig weiter.« Er hat in letzter Zeit so viel gearbeitet und braucht seinen Schlaf.

Verschlafen blinzelt er mich an. »Du hast an mich gedacht.«

Ich spüre, wie das Glücksgefühl in mir explodiert. »Habe ich. Aber das tue ich ja meistens.«

Er rollt sich auf die Seite und schmiegt sich enger an mich. »Ich habe von dir geträumt. Wir sind mit dem Doctor in der Tardis gereist. Du hast toll ausgesehen mit seinem Schal.«

Oh, das wäre ein spaßiges Rollenspiel. Wir sind beide Fans von *Doctor Who*. Aber ich würde abwechseln, wer den Doctor spielen darf.

Obwohl – spielt das überhaupt eine Rolle? Das einzig Wichtige ist der warme, wunderschöne Zauberer, der sich an mich kuschelt.

»Ich mag es, wenn du von mir träumst.«

»Unser ganzes gemeinsames Leben ist wie ein in Erfüllung gegangener Traum«, murmelt er und lässt die Augen wieder zufallen.

Das kann ich unterschreiben. Sicher, genau genommen stirbt seine Spezies gerade langsam aus, und die einzige Möglichkeit, sie zu retten, ist das Brechen der obersten Maxime, nach der sie seit neuntausend Jahren leben; sie müssen den Menschen beibringen, Magie zu praktizieren. Und Menschen sind als Spezies unbestritten unberechenbar und destruktiv; es kann sehr wohl sein, dass diese neu gewonnene Fähigkeit dazu verwendet wird, dass eine Reihe globaler Konflikte ausbricht, die uns alle auslöschen würden.

Aber das muss auch nicht so kommen. Es könnte auch gut gehen. Und unabhängig davon, ob die Welt von der Menschheit zerstört oder gerettet wird – ich darf mit Rhys zusammenleben. Ihn lieben und von ihm geliebt werden. Ich kann ihn mit Ringen schmücken und faule Abende im Bett mit ihm verbringen. Und wenn das kein Traum ist, dann weiß ich auch nicht.

DANKE, dass ihr das *Drachen-Experiment* gelesen habt! Falls ihr den Rest der Reihe noch nicht kennt: Sie beginnt mit der Geschichte von Brandt und Percy, *Drachenlieben leicht gemacht*.

Um die Bonus-Szene zu erhalten, in der Rhys sich die Brustwarzen piercen lässt, abonniert meinen Newsletter hier: https://www.louisamasters.com/translations

Steffens Buch kommt als Nächstes!

EBENFALLS VON LOUISA MASTERS

DEUTSCHE VERSIONEN

Lass es Drachen
Drachenlieben Leicht Gemacht
Der Professor und sein Drache

Teufel sind auch nur Menschen
Ein Dämon fürs Herz
Vampire sind die besseren Liebhaber
Da wird ja der Hund in der Hölle verrückt
Liebe wie von Zauberhand

Geister inklusive
Spuk und Schmied
Drama und Dämonenjäger
Grusel und Getreide
Retter und Rabauken

Franklin U
Mr. Romance

Also by Louisa Masters

Saddles & Suits

Alistair's Extraordinaries

Elf Magic

Wooing the Wiccan

Grave Situation

Elemental Men: The Complete Series

The Collective

Higher Demon

Demon Hunter

Demons-In-Law

Asher

Micah

Zachary

Franklin U

Mr. Romance

The Holigay Hookup *related novella

Batting Style

Ghostly Guardians

Spirited Situation

Vortex Conundrum

Conduit Crisis

Gateway Catastrophe

Here Be Dragons

Dragon Ever After

The Professor's Dragon

The Dragon Experiment

Conspiracy of Dragons

Hidden Species

Demons Do It Better

One Bite With A Vampire

Hijinks With A Hellhound

Sorcerers Always Satisfy

Hidden Species Box Set

Met His Match

<u>Charming Him</u>

<u>Offside Rules</u>

<u>A Christmas Chance (novella)</u>

<u>Between the Covers (M/F)</u>

Joy Universe

I've Got This

<u>Follow My Lead</u>

<u>In Your Hands</u>

<u>Take Us There</u>

Novellas

Fake It 'Til You Make It (permafree)

One Golden Night

O Hell, All Ye Shoppers

Out of the Office

After the Blaze

Blokes Down Under Novella Collection

ÜBER DIE AUTORIN

Louisa Masters hat mit dem Lesen von Romanzen früher angefangen, als es ihrer Mutter recht war. Während sich andere Teenager aus dem Haus schlichen, hat Louisa herausgefunden, wie sie romantische Bücher lesen konnte, ohne erwischt zu werden. Als Erwachsene fördert sie ihre Sucht in jeder freien Sekunde, wobei sie sich nur gelegentlich davon losreißt, um Dinge zu tun wie zum Beispiel Telefonanrufe zu beantworten oder Rechnungen zu bezahlen.

Louisa hat eine lange Liste von Orten, die sie zuerst in Büchern entdeckt hat und besuchen will, und hin und wieder überwindet sie ihre Abneigung gegen Jetlags und unternimmt Reisen, die ihre Fantasie ankurbeln. Sie lebt in Melbourne, Australien, wo sie sich zwar die meiste Zeit des Jahres über das Wetter beschwert, aber insgeheim weiß, dass sie wahrscheinlich nie von dort wegziehen wird.